虹の生涯(上)

新選組義勇伝

森村誠一

祥伝社文庫

目次

虹の生涯　上

新選組義勇伝

風化した誇り

一

和多田主膳（わただしゅぜん）は堀端にうずくまって釣り糸を垂れていた。朝から同じ場所に、塑像（そぞう）のようにうずくまったまま釣り糸の先を見つめている。まだ一尾（び）も釣れていない。だが、釣果（ちょうか）は問題ではない。このようにして終日過ごし、時間を潰（つぶ）しているのである。

わしが死ぬ日まで、果たして何尾釣れるか？

主膳はふと考える。たとえ釣れても雑魚（ざこ）ばかりである。夕食の足しにもならず、夕刻帰るとき、魚籠（びく）からふたたび堀へ放してしまう。

中には間抜けな魚がいて、主膳の釣り糸に二度かかったらしいのもいる。魚の方も主膳ならば放してくれることを心得ていて、安んじてかかったのであろうか。そんなことを考えながら、主膳は苦笑した。

瘦せても枯れても、公儀御庭番家筋十七家のうち、和多田家の末裔が終日、なすことなく堀端にうずくまり、釣り糸を垂れている。将軍直属の隠密として活躍し、その権威を支えた御庭番が、天下泰平のご時世の間に牙を失った成れの果てを自嘲した。

家督は息子に譲り、隠居の身にすることはなにもない。息子が嫁を迎えてからは、狭い長屋のなかに居場所を失った。以来、主膳は季節、晴雨に関わりなく、堀端へ来て釣り糸を垂れた。

「旦那、釣れやすか」

突然、背後から声をかけられた。声の方角へ視線を向けると、三十前後のいなせな（格好のよい）町人が釣り竿を担いで立っている。

「やあ、与吉殿か。どうやら魚にも愛想を尽かされたようだ。朝から糸を垂れておるが、雑魚一尾かからぬ」

「殿はやめてくだせえよ。この寒空じゃ、魚も底で泥を被って寝ておりやしょう」

与吉と呼ばれた町人は、白いものがちらつき始めた空を見た。旧暦三月初めというのに、真冬並みの寒波がぶり返して、朝から雪模様であった。

江戸の町は水たまりさえあれば、だれかが釣り糸を垂れているが、さすがにこの早朝寒空の下では、粋狂（すいきょう）な釣り人は主膳一人であった。そこに粋狂仲間が一人加わった。主膳とよく堀端で顔を合わせるうちに、どちらからともなく言葉を交わすようになった。

身の上を詮索（せんさく）したわけではないが、与吉はどうやら大店（おおだな）の若旦那で、道楽が過ぎて、親から勘当されているらしい。若いわりに世事に通じ、悟（さと）ったようなところがある。

遊びという遊びをし尽くして、釣り竿担いで堀端へ通うようになったという。同じように釣り糸を垂れていても、主膳のようになすことなく、死ぬ日まで時間を潰しているのとはだいぶちがう。

「女の部屋の股炬燵（またごたつ）にも飽（あ）きやしてね、たぶん堀端には旦那がいらっしゃるだろうとおもって、めいりやした。糸を垂れながら、旦那と雪見も悪くねえとおもいやして」

与吉は笑った。

「このような寒空の下、わしのような老いぼれと雪見をするよりも、若い女性（にょしょう）と差しつ差されつ、雪見酒の方がはるかに楽しかろうに」

「女は飽きやす。旦那との雪見はおつなもんでやす」

与吉は主膳の隣に腰を下ろして釣り糸を垂れた。

「わしも飽きるほど女性に浸ってみたいものよの」

「旦那も若えころは、さぞや女を泣かしたんじゃありやせんか」

「女を泣かすような余裕は、世間のよけい者にはござらぬ」

　幕府の覇権の下、出番を失い消費者階級になった武士は、町人の経済力に押さえ込まれてしまった。要領のいい者は副業や内職で稼いだが、将軍直属の御庭番家筋として誇りだけが高い武骨一辺倒の主膳には、与吉は別世界の人間であった。

　だが、遊びに骨の髄までふやけたような与吉は、武士の気骨を留めた主膳に憧れているようなところがあった。

　二百数十年つづいた徳川の平和な治世も、黒船によって泰平の眠りを覚まされた。四海に外国船が跳梁し、幕威もようやく衰え、天下騒然たる気配になってきている。

　主膳は五十九歳、まだ老け込む年齢ではないが、もはや押し出された心太であった。どんなに世の中の潮流が慌しくなっても、もはや自分の出番はないとあきらめている。野心もなかった。

　雪は止むどころか、ますます激しくなっている。すでに周囲は一面の銀世界となっていた。時ならぬこの大雪に、与吉が言ったように魚も恐れをなしたのか、釣り糸にぴくりとも魚信を伝えてこない。

　二人だけであった堀端に、いつの間にか人影が増えている。門の外には茶屋が開き、床几に腰を下ろして、甘酒や熱燗を飲みながら雪を見ている客もいる。

　だが、雪見の客ばかりではなさそうである。武鑑を手にした浅葱裏（田舎侍）の姿も目立つ。

　間もなく大小名の行列が続々と登城して来た。今日は三月三日、上巳（桃）の節句の登城日であった。

「これはいかん。上巳の登城日であるのを忘れておった。この賑わいでは、魚も恐れをなして上がって来まい」

　主膳はつぶやいた。風が出て、密度の濃い牡丹雪が渦を巻いた。

「ぶるる、こいつはいけねえや。せっかく股炬燵で暖まった身体が、骨の髄まで冷えちまいやす」

　与吉が胴震いした。

「そろそろ引き揚げようかの」

　主膳の老いた身体には、与吉よりも寒さがこたえた。

　居場所のない家ではあるが、堀端よりは暖かい。すでに春と油断して出て来たのが迂闊であった。

「旦那、よろしかったら、私(あっし)の女の家にめえりやせんか。熱燗に手料理ぐらいはありやすぜ」

与吉が誘った。

「いやいや、老いぼれたとはいえ、それほど野暮(やぼ)ではない」

主膳は辞退した。

「遠慮には及びやせんよ。女も私の面(つら)に飽きておりやす。汚(きたね)えところでやすが、旦那がお運びくださりゃあ、女も喜びやすぜ」

与吉はしきりに誘った。主膳は、ふと心が動いた。家に帰っても、嫁の冷たい顔があるだけである。

幕府は戦闘組織であった。それをそのまま文治（平和）政府の機構に転用したのであるから無理がある。戦闘プロフェッショナルの武士は平和な時代に無用の長物(ちょうぶつ)と化し、あまった武士は閑職や小普請(こぶしん)（予備役）へ落とされる。

現役時代からして仕事がないのであるから、隠居した武士は悲惨である。武士の誇りだけを後生大事に抱きしめて、息子や嫁の出て行けがしの扱いに黙って耐えなければならない。隠居は当主の同居人であり、隠居といえどもみだりに転居は許されない。

「私、お舅さまとお食事をすると、食欲が失せてしまいます。食べ物を噛むたびに、お口の中が見えるのです」

と嫁が言い出してから、主膳は息子夫婦と食事時間をずらして、一人で食べるようになった。

それでも、当初は嫁が食べるものを用意してくれたが、そのうちに、それも面倒くさがり、猫の飯とほとんど同じものを取り分けるようになった。猫と一緒に、冷えた猫飯を食べていると、悲哀が身に迫った。

次に嫁は、主膳が使った後の風呂がくさいと言い出した。それ以後、主膳は冬以外は井戸水で身体を拭った。厳冬期だけ、町の湯屋へ通った。

家の雪隠も使わず、空き地や野原で用を足した。瘦せても枯れても元直参、公儀御庭番の身が、犬や猫のように野原で用を足している。主膳は情けなくて涙も出なかった。要領のよい者は御庭番から立身して、勘定奉行にまで成り上がっているが、傍流の主膳は生涯冷や飯であった。

二

和多田家は八代将軍吉宗が宗家を継いだとき、紀州から引き連れて来た御庭番十七家のうちの一家である。

紀州藩時代は薬込役という役職に就いており、本来、銃に玉薬をつめ込む役であったが、時に応じて、藩主直接の密命を奉じて諸国を探る隠密でもあった。

これが御庭番家筋十七家で、幕府の御広敷伊賀者に任命された。

御庭番は当初、御目見以下（将軍に拝謁できない）であったが、その職務が本来、将軍の直命による諸国の探索であるところから重用され、栄達した者が多い。

だが、主膳の家は和多田家の傍系で、御目見以下の添番格五十俵十人扶持の軽輩であった。出世の早い御庭番の中で、最も冷や飯を食わされた家系である。

「紀州から上様に従いて江戸入りをしたのに、ご先祖様が要領が悪いから、いつまでも五十俵十人扶持御目見以下なのよ。あなたも上様から隠密御用を承り、御駕籠台で上様に直接、諸国の事情をご報告申し上げ、出世してくださいな」

嫁は息子の惣一郎の尻を叩いた。

だが、いまや隠密御用とは名ばかりの、江戸城内庭の巡察だけが仕事になった去勢された御庭番に、諸国探索の密命が下るはずもなかった。

「お舅さまは、昔は腕の立つ忍者と聞いておりますわ。ご隠居なさって、特にお内職もないようですから、お得意の忍術を用いて、少しは主人が出世するように御上役に働きかけてくださいましな」

と嫁は貧乏暮らしの鬱憤を主膳に向けてきた。

五十俵十人扶持、当主自身が軽輩であるから中間・小者を使うことはないが、物価の高い江戸では、夫婦二人でも生活が苦しい。これに隠居の主膳が加わるのであるから、猫の飯でも文句は言えない。

平和な時世では武士の武芸も必要とされない。先祖の遺勲で高禄にありついている上級旗本は、もっぱら遊芸や出世のための接待に身をやつし、生活に追われる御家人は内職に励んだ。傘、提灯、凧貼り、昆虫や小鳥の飼育、竹細工、木版彫りなど、御家人文化と言われるほどに名人が現われ、玄人はだしの腕を競った。

御家人だけではなく、諸藩の江戸勤番武士も内職に精を出し、結構な収入を得ている。

このような武士の風潮の中で、武骨な主膳は、公儀御庭番の誇りだけを抱いていた。それでも現役のころは、いつの日か御駕籠台に召し出され、将軍直々の密命を承る栄誉を夢見ていた。

　そんなことは一度もないまま隠居したいまも、将軍の直命により諸国を探索し、御駕籠台において華々しく復命する場面をおもい描くこともあった。あり得るはずもない場面を夢見て、泰平の世になんの役にも立たない武芸に励んだ。

　一般には伊賀者、甲賀者が将軍直属の隠密のように考えられているが、彼らは徳川の初期に情報収集や、敵地に侵入して、後方攪乱の仕事をしただけで、徳川の文治時代に入ってからは、吉宗の将軍襲職後、紀州から引き連れて来た御庭番に諸大名、諸国の探索を申しつけたのである。将軍家直属の隠密の主流は紀州出身の御庭番家筋十七家という誇りが高い。

　その誇りにしがみついて武芸よりは、遊芸や手内職の方が、出世や生活のために役立つ世間の風潮に抗し、かたくなに武士の表芸に励んだ。

　嫁が忍術を出世に役立てろというのは、役にも立たぬものに励んでいる主膳に対する嘲りと同時に、主膳を超人的な忍法の持ち主と錯覚しているようなところがあった。

　世間の潮流に背いて、いつの日か上様のために役立つことがあらんと武芸に励みながら、ついにそれを役立てることがないまま退役(たいえき)してしまった。実戦に用いたことがないので、自分でも自分の武芸がどの程度のものかわからない。

　ペーパーライセンスの所有者が、ついに一度も車を運転しないまま終わってしまうのに似ている。それを虚(むな)しいともおもわなくなった。忍者の末裔の御庭番などという存在が、時代錯誤の役職であった。

　日本で最も人間の集まる、いや、幕末には世界最大の都会に発展した江戸にいて、自分の居場所がない。人間の犇(ひしめ)き合う江戸で、まったく求められていない虚しさを、主膳は釣り糸の先に見つめるようになった。

　魚は釣れても釣れなくてもよい。釣り糸を見つめていると時間だけが確実に流れた。人間が多いということはそれだけ混み合っており、生存競争も激甚(げきじん)ということである。

　同時にチャンスも多い。直参、将軍直属の公儀御庭番という職にありながら、ついになすことなく退(しりぞ)いた。天下の中心地江戸にいて、将軍直接の手に付きながら、結局、無用の小物（長物ですらない）として隠居した自分の人生をおもった。生まれてきた意味がなにもない人生、それが和多田主膳の人生であった。

　この世に生きているということは、自分の存在が大なり小なり周囲に認められることである。したがって、山間僻地や無人島では認めてくれる人がいない。いても少ない。江戸のような人口稠密な場所でこそ、認められる機会が多い。

同時に、そのような人間の坩堝の中で認められないということは、山間僻地や無人島の孤独とちがって、自分が存在しないのと同じことである。山間離島でも自分は確実に存在するが、都会、特に江戸で認められないということはまったく無視されていることである。

そこに確実に存在しながら、存在しない者として扱われる。それが主膳の人生であった。つまり公儀御庭番和多田主膳は透明人間のように見えないのである。

将軍直属であっても、御目見以下、ついにその直命を被ることなく、武芸を役立てることもなく、誇りだけを抱いて終わった。透明な誇りと言えよう。

だが、最近はその誇りすら風化していくようであった。

なんの役にも立たない人生、生まれてきたことがまったく無意味な人間、しかし、そのような目で見ると、江戸にはむしろそのような人間の方が圧倒的に多そうである。

江戸には昼間からなにもせずにぶらぶらしている人間が実に多い。一体、どうして生計を立てているのか不思議なような人間たちが妻を持ち、子供を抱えている。生まれてきてなにもなさず、無駄飯を食い、排泄して一生を終わる。

そういう無用人間が江戸の人口の大半を占めているとしたら、認められない人間こそ、江戸の主体と言えよう。無意味な主体であるが、そこに紛れもない江戸がある。

釣り糸を終日見つめながら、そんなことを考えていると、家祖相伝の誇りが静かに風化していくようである。

誇りならなくとも生きていける。むしろ誇りのない方が生きやすい。現役時代、いつの日か主君の馬前で華々しく討ち死にするような時代錯誤の夢を描いて、共に切磋琢磨した同僚たちもほとんど隠居してしまった。鬼籍に入った者もいる。

三

主膳と同じ家祖を紀州家出身の十七家に発する梶野甚左衛門は終日、野良猫に餌を配って歩いている。最近は猫の餌代にも事欠き、自分の食を詰めてまで猫に分け与えている。

倉地内記は賭け碁に精を出し、せっせとへぼ碁打ちから金を巻き上げている。

古坂平四郎は、なんと乞食の真似をしている。あるとき、神社の境内で日向ぼっこをしていると、通行人が金を投げて行った。これに味をしめた平四郎は、それ以後、乞食のなりをして盛り場に座った。一日座っていると結構な実入りになると弛緩した表情で自慢している平四郎には、もはや紀州以来の公儀御庭番の破片も残っていなかった。平四郎はすでに心身共に本物の乞食に成り下がっていた。

主膳はそれを悲しいとも嘆かわしいともおもわない。彼自身が彼らと差のないような暮らしをしている。

朝目覚めると、今日一日、なにをして過ごそうかと惑う。することがなにもないので、惑うのである。惑ったところで、釣り竿を担いで堀端へ行くしか行き場所がない。

夕方帰宅して、猫と一緒に冷えた飯を食っていると、やれやれこれで一日が終わったと、なぜかほっとする。そんな暮らし振りであるから、野良猫に餌を配り、賭け碁で金を巻き上げ、乞食をしてものを乞うのとさしたるちがいはない。賭け碁や乞食は少なくとも金を稼いでいる。その意味では生産していると言えよう。

主膳が市中、当てもなくうろついているとき、たまたま古坂平四郎が四、五人の乞食に袋叩きにされている場面に行き合わせた。御庭番の中でも手練で聞こえていた古坂が、乞食に殴られるままになっている。

驚いた主膳が救おうとすると、平四郎が低い抑えた声で、

「手出し無用。出るな」

と言った。

「てめえ、だれに断って菰を広げて（物乞いする）いやがるんだ」

「鳥の餌箱じゃあるめえし、ここはてめえらが勝手にくちばしを突っ込む場所じゃねえや」

「一昨日来やがれ、この蒟蒻の幽霊め（ぶるぶる震えている）」

乞食たちは罵り、殴り、足蹴にして、動かなくなった平四郎をその場に残して立ち去って行った。

「平四郎、大事ないか」

乞食が立ち去った後、主膳は平四郎を助け起こした。

「案ずるな。さしたることではない」

平四郎は言ったが、唇が切れて血を流している。

「お主ほどの者が、物乞い風情に黙って打たれたのか」

「物乞い風情と言うが、わしも物乞いだぞ。武士を捨てなければ物乞いなどできぬ。これでわしも物乞いの仲間入りができたというものよ」

平四郎は苦笑した。

「物乞いの仲間入り」

主膳は絶句した。

「わしは物乞いを楽しんでおる。これが案外、気に入っているんだ。凝(じ)っと座っていると、世間がよう見えるようになるぞ。裃(かみしも)を着け、大小をたばさんで、しゃちほこばっている必要もない。変わる季節、花の香りや風の色、雨の音、町の声もよく聞こえる。どうだ、主膳、お主も一緒にわしと菰を広げぬか」

平四郎は半ば真面目な顔で主膳を誘った。

「お主、そこまで……」

主膳は言葉を失った。

「そこまで、なんだ？　この時世に、なんの役にもたたぬ武士の魂(たましい)だの、誇りだのを抱えて、なにになる。武士は無用の長物、いや、無用の虫けらだ。わしは少なくとも虫けらではない。他人(ひと)のおこぼれを分けてもらって生きておる」

古坂平四郎と別れた主膳は、そこまで割り切れない自分を悲しくおもった。すでに隠居して武士に見切りをつけながら、武士の尻尾(しっぽ)を引きずっている。武士の身分に便々として未練を残している。

ならば、現役時代になにをしたか。将軍の密命を奉じて、諸国、諸大名の動静を探索したこともなければ、将軍家のために我が武芸を役立てたこともない。現役のころから、すでに社会の余計者であった。そんな尻尾は恥の尻尾でしかない。

そんな恥の尾に未練を残しているおれは、なに者なのか。自問自答している間に虚しさが深くなる。

「我らは生まれる時代をまちがえたのだ」

野良猫に餌をやりながら、梶野甚左衛門が自嘲するように言った。

「そうよの。生まれ遅れたと言ってもよい。せめて天草の戦（寛永十四年・一六三七年）のころに生まれ合わせていれば、多少の働きができたものをな」

碁会所からの帰途、二人がいる所へ偶然来合わせた倉地内記が悔しげに言った。

「ようやくご時世が騒がしくなったときは、御役御免になっておる。もっとも御役に就いていたところで、旗本八万騎、永の天下泰平で腰が抜けておる。我らだけが気張ってもどうにもなるまい」

甚左衛門が言った。

「紀州以来の家筋も我ら限りであろう。仮に武士の姿をしていても、武士の魂はない。そんなものはとうに失せてしまったわ」

内記が虚ろな声をして笑った。

「お主、恥ずかしくはないか」

主膳はおもわず問うてから、しまったとおもった。だが、内記は少しも悪びれずに、

「わしは恥を食ろうて生きておる。平四郎も同じであろう。恥を恥とおもうていては生きてはおれぬよ」

と答えた。甚左衛門は黙ってうなずいた。

「恥を食ろうて生きておるか。そう言われてみれば、そうよな」

主膳は猫と飯を分け合っているおのれの身分をおもった。武士の誇りが風化して、恥を常食とするようになった。世が末なのではなく、武士の世が末になったのか。

戦場の血煙を浴びて生き残った強者が、昔を懐かしむのではない。懐かしむべき昔もなく、生きるべき今も、夢を託すべき明日もない。

甚左衛門も内記も平四郎も、生きるという言葉を用いているが、これを生きていると言えるのか。生きているとは、生命の躍動を全身におぼえることではないのか。これは生きているのではなく、ただ生存しているだけにすぎない。

考えてみれば、出番を失った御庭番の家筋に生まれたときから生きていたのではな

く、生存していただけであったかもしれない。現役中はそれを意識しなかったのである。

御家人の中には、そのような武士の身分をさっさと見限って、内職に活路を見いだし、専門職人顔負けの名人になった者もいるが、彼らは死に体の武士からよみがえったと言えるであろう。要領のよい変わり身の早さであるが、生きるすべを知っている。

だが、誇りを風化させ、恥を常食としていても、武士の尾をどこかに引きずっている限り、この死に体から脱出できない。死に体であっても、また隠居をしても、みだりに死ぬことは許されない。

理由のない自決をすれば、あまっている人員を整理したい幕府に、家名断絶の口実をあたえてしまう。主膳らには死ぬことも許されなかった。

だがこのように死ぬ日まで恥を食いながら生きて（生存して）いくことをおもうと、ぞっとした。

与吉から女の家へ誘われて、主膳はふと、心が動いた。このまま家に帰ったところで、いる場所はない。卑猥な表現であるが、女の股炬燵とはいかにも暖かそうである。他人の女ではあっても、冷えた身体に熱燗の酒をおもうと、心が動いた。

与吉とは言葉を交わすようになってから半年ほどになるが、彼の女の家へ行くのは初めてである。

与吉は三十前後の若さで、主膳の知らぬ遊びをし尽くし、経験したこともないような世界を知っているらしい。親から勘当されて女の家に転がり込み、のらくらしながらそれを恥ともおもわず、人生を楽しんでいるようである。

そういう生き方がたとえできる身分であったとしても、主膳にはできないであろう。羨ましいとおもった。

雪が一段と激しくなった。霏々(ひひ)と降りしきる牡丹雪はますます密度濃く、堀のかなたの城が霞(かす)んでいる。

「旦那、こりゃあ積もりやすぜ」

雪をついて大名の行列が次々に登城して来る。いずれも笠を被り、合羽(かっぱ)を着け、大小が濡(ぬ)れないように柄袋(つかぶくろ)を被せている。

一際重厚な行列が来た。

「旦那、井伊(いい)様のお行列ですぜ」

与吉がささやいた。幕府の大老井伊掃部頭直弼(かもんのかみなおすけ)の行列が、供揃(ともぞろ)いも厳(いか)めしく、静々と練り歩いて来た。

竜の口の仇討ち

一

　当時、十三代将軍家定に子がなく、その継嗣をめぐり、一橋派と南紀派が対立していた。一橋慶喜を推すのは福井藩主松平慶永、徳島藩主蜂須賀斉裕、薩摩藩主島津斉彬以下、開明派幕臣に対して、彦根藩主井伊直弼以下、譜代大名は紀州藩主徳川慶福（後の家茂）を推挙し、両派一歩も譲らなかった。

　安政五年（一八五八）四月、井伊直弼が大老に就任して、この対立は事実上、南紀派の勝利となった。

　井伊は、大老の強権によって慶福を将軍継嗣とすることを老中一同に申し渡し、同年六月二十五日、三家三卿以下、諸大名に発表した。

井伊は革新的な一橋派を押さえ、紀州慶福を担いで徳川の権威を維持、強化しようと図っていた。彼は大老就任と同時に、自分の政治的理念の実現に向かって、一橋派に連なる大名、公卿、学者、神官、僧侶すべてを弾圧した。

このため、一橋派は一毛も残さず刈り取られ、絶滅した感があった。だが、井伊の恐怖政治に対する反感は深く地下に潜り、噴出の機会を狙うマグマとなって蓄えられた。

家祖を紀州家に発する主膳は、紀州慶福を推挙して、十四代将軍家茂に押し上げた井伊直弼に対して好感を持っていた。いまや幕府も十四代を重ね、ようやくその威勢衰えかけた徳川の大屋台を背負い、井伊は孤軍奮闘している。

束の間、足を止めて井伊の行列を見送った主膳は、雪に追い立てられるようにふたたび歩き出した。井伊大老の行列を見ようとして、見物人が集まりかけている。門外の茶屋に休んでいた客も出て来た。

尊皇攘夷派の恨みを集めている井伊であるが、江戸っ子には人気があった。ようやく衰えかけた幕府を支えて、尊攘派、および外国の圧力に毅然として対抗している井伊が、江戸っ子には江戸を代表して万丈の気炎を吐いているように見えた。

井伊の行列は桜田門外へさしかかった。風が出たようである。雪が渦を巻いて行列を隠した。

行列の先の方がにわかに騒がしくなった。わらわらと人が駆け集まって行く気配が波紋のように広がった。

主膳はおおかた、田舎侍がその先を横切ったのであろうとおもった。それにしては騒ぎが一向に鎮まらない。鎮まるどころか、ますます広がってくるようである。

「何でやしょう。ちょっと様子を見てめえりやす」

好奇心の旺盛な与吉が踵をめぐらした。主膳が呼び止めようとしたときは、与吉は井伊の行列の方角へ引き返していた。

主膳には与吉と共に引き返して、騒ぎの原因を見届けるほどの興味はない。そのまま先へ帰ることもならず、やむを得ず雪の中に立ち尽くして、与吉が帰って来るのを待った。

安政七年（一八六〇）三月三日朝、井伊家上邸を発した時の大老井伊掃部頭直弼の行列は、桜田門外にさしかかった。井伊の江戸上邸は現在の永田町一丁目、憲政記念館の辺りにあり、桜田門から指呼の距離にある。

供廻り約六十名、時の大老の行列にふさわしく、威風堂々と桜田門にさしかかった。折からの雪に護衛陣は刀が雪に濡れるのを嫌い、柄袋と、羅紗や油紙の鞘袋を被せていた。

不測の事態には間に合わないが、上邸から桜田門までせいぜい四町（約四四〇メートル）、それも郭内で、天下の大老を狙う者があろうなどとはだれも努おもわない。

それでも安政の大獄を断行した井伊に、反対派の怨みが集まっている折から、護衛陣には家中の手練を揃えている。万一、刺客が襲って来ようとも、武名高い「赤備え」の伝統を引く鉄壁の護衛陣が、鎧袖一触にはね返すであろうという自信に満ちている。

扈従の赤合羽が銀世界に映えて、文字通りの赤備えとなった。供廻りが赤い合羽を着けたのは、このようなデモンストレーション効果も狙っている。

だが、護衛を六十名揃えても、行列は前後に伸びて、肝心の駕籠脇を固めるのは数名の側近となり、護衛の効果は薄い。

まず、尾州家の行列が行き、その後から井伊家の行列がつづいた。供先が松平大隅守庭前の大下水へさしかかったとき、道端で見物していた一人の武士が、供頭日下部三郎右衛門の前に駆け寄った。

「捧げまする」

　武士は奉書のようなものを捧げ持って、三郎右衛門に差し出した。

「控えい。直訴はご法度である。不調法あるべからず」

　直訴とおもった三郎右衛門は叱責した。

「ご大老の御行列と存じ　奉り、たっての願いの儀これあり、まかり出でました。なにとぞお取り次ぎくださいますよう」

　日下部の制止にもかかわらず武士は奉書を捧げて近づいて来た。

「ならぬ。ならぬと申すのが聞こえぬか」

　三郎右衛門は声を張り上げた。

「なんとした」

　供目付の沢村軍六が寄って来た。だが、彼も直訴とおもっている。

　そのとき奉書を持った武士が奉書を投げ捨て、笠を宙に投げ上げ、合羽を脱ぎ捨てた。合羽の下には白鉢巻き、白襷、十文字に武装充分の身支度をしている。

「すわ、狼藉者」

　仰天した日下部と沢村が抜き合わせようとしたが、武器は柄袋に封じられていて、咄嗟に応戦できない。その間に刺客の必殺剣が風を巻いて襲ってきた。

一合の手合わせもしない間に、井伊家の遣い手日下部三郎右衛門と沢村軍六は自らの血煙に包まれながら、雪を朱に染めて倒れた。この刺客の先陣が水戸浪士森五六郎である。

折からの横なぐりの雪が視野を隠して、井伊家の行列の後方は、先頭で何が起きたのかよくわからない。

満を持して待ち伏せていた十八名の刺客団が、井伊家の二人の家士が倒れたのを合図に、一斉に斬り込んで来た。

愕然とした井伊家の家中がこれを阻止しようとしたが、行列は充分に伸びきり、柄袋を被せた刀は咄嗟の用に間に合わない。

「御駕籠脇を固めよ」

駕籠脇に侍っていた家中随一の遣い手、川西忠左衛門は両手に二刀を抜き放って絶叫した。さすがに彼は柄袋を被せていなかった。だが、忠左衛門の声は風雪に吹き消されて、伸びた行列の前後に届かない。うろたえた家士は右往左往するばかりで、たちまち刺客団に斬り立てられた。

武器を封じられた井伊家中は防戦一方であった。けなげに鞘のまま防戦する者もあったが、しょせん真剣の敵ではなく、たちまち斬り伏せられる。雪を朱に染めて倒れる者は井伊の家中ばかりであった。

駕籠が動いている間は門内へ逃げ込めるが、駕籠舁（か）きは恐れをなして、駕籠を地上に放り出して逸速（いちはや）く逃げ出してしまった。

地上に固定された駕籠を目指して、勢いに乗った刺客団が殺到した。

「殿を守り奉れ」

「駕籠脇を固めよ」

川西忠左衛門は多数の刺客団を相手に奮戦しながら絶叫した。忠左衛門一人では駕籠の両脇を守れない。

この間、刺客陣は井伊の護衛陣をはねのけて、駕籠に殺到して来た。川西忠左衛門が阿修羅（あしゅら）のようになって防いでいるが、刺客団の剣を阻止するのが精一杯で、反撃ができない。

刺客団は厚い着込みを重ねて武装充分なのに対して、井伊の護衛陣は外見は華々しいが、大名行列の見物用に飾りたてているだけで、有事の用に立たない。立ち働いているのは忠左衛門以下、数名の手練の親衛（しんえい）だけである。

この間、忠左衛門も確実に傷つけられている。刺客にとっての掠（かす）り傷は井伊家の護衛陣には深手となった。

井伊家の行列が刺客団に襲撃されても、尾張家の行列は関わり合いになるのを恐れるように、これを見捨ててさっさと門内に入った。井伊家につづく諸大名の行列も、ただ茫然として見守っているだけである。

松平、上杉など、現場に軒を並べている諸大名邸は、時ならぬ変事に火の粉が降りかかるのを恐れ、表門を閉ざして素知らぬ顔であった。

二百数十年つづいた天下泰平に腰の抜けた武家は、突然降って湧いた剣戟に、ただおろおろするばかりで、為す術を知らない。天下の大老の危難に救援しようとする者はいなかった。

我が身大事に逸早く現場から逃げ去ったり、邸の中にやどかりのように閉じ籠もって、見て見ぬ振りをしている。駕籠脇を守っていた加田九郎太、永田太郎兵衛が相次いで刺客の剣に斃れた。

井伊家の誇る遣い手を屠った刺客団は、ただ一人残った川西忠左衛門に攻撃を集中した。しばし忠左衛門に阻まれて、刺客団は駕籠に取りつけない。

「こやつは我らに任せよ。左翼へまわれ」

刺客団の首領格、関鉄之介が怒鳴った。数名の刺客ががら空きの駕籠の左手へまわった。それを横目にしながら、忠左衛門はどうすることもできない。

「だれぞ、左側を守れ」

忠左衛門は悲痛な声で呼びかけたが、彼を除く井伊家の家臣は算を乱したように地上に倒れている。

左翼に取りついた海後嵯磯之助ががら空きの駕籠の戸越しに、柄も通れと突き刺した。柄頭にしたたかな手応えがあった。

「殿、お駕籠よりお出ましを」

忠左衛門が叫んだときは、井伊直弼はすでに駕籠の中で動けなくなっていた。忠左衛門は奥歯をきりきりと噛み鳴らした。

幕府の大老が武名高い井伊家の〝赤備え〟六十名に守られながら、その約四分の一の浪士団に討たれたとあっては、井伊家の恥を天下にさらすのみならずか、幕府の権威を失墜する。忠左衛門は眼前の光景が信じられなかった。

だが、その現実と、ただ一人、自分がまだ闘っている。我が息のある限り、殿は討たせぬ。忠左衛門は全身血浸しの雑巾のようになりながら抵抗をやめなかった。

「しぶといやつめ」

稲田重蔵と佐野竹之介が同時に斬りつけてきた。佐野の剣は左手の小刀でくい止めたが、稲田の剣を受けた忠左衛門の太刀が折れた。稲田は余勢を駆って一気に剣を振り下ろした。

稲田の剣を頭蓋(ずがい)に受けた忠左衛門は、自らの血煙で視野を失いながらも、左手の小刀を佐野から引きはずして手探りに薙(な)ぎ上げた。忠左衛門の最後の一撃は、稲田の額(ひたい)を割ったが、すでに忠左衛門は意識がなかった。

稲田は重傷に屈(くっ)せず、倒れ伏した川西を跨(また)いで、駕籠の右翼ににじり寄り、川西を斬った剣を駕籠の戸に突き刺した。

つづいて刺客団に参加したただ一人の薩摩藩士有村次左衛門(ありむらじざえもん)が、駕籠の戸を蹴破って、稲田と海後の突きを左右から受けて気息奄々(きそくえんえん)としている井伊直弼を、駕籠の外へ引きずり出した。

井伊の意識はすでに混濁(こんだく)しているようである。駕籠脇の雪中にうずくまったまま、ものも言えない。

「奸賊(かんぞく)、覚悟」

有村が呼ばわって一刀を振り下ろしたが、彼も動転していて手許(てもと)が狂った。鬢(びん)の辺りを傷つけただけで、井伊は前方に倒れ伏した。これを首筋をつかんで引きずり起こして、ようやく首を打ち落とした。

「仕留(しと)めたぞ」

「やった」

刺客団から一斉に歓声があがった。

それまで散りぢりになって絶望的な抵抗をつづけていた四、五人の井伊家の家臣も、刺客団に制圧された。

長いようであったが、襲撃は約十五分で終わった。

二

「旦那、大変（てえへん）だ。井伊様の行列に水戸の浪士が斬り込んだそうでやす」

ようやく与吉が戻って来て、報告した。

「なんだと」

「いま剣戟の真っ最中でやすが、井伊様の方が旗色が悪そうでやすぜ」

「浪士の人数はどれくらいだ」

「十四、五人、あるいはもう少しいるかもしれやせん」

「井伊家はざっと見たところ、六、七十人、赤備えの手練を揃えているであろうから、よもや後（おく）れを取るまいとはおもうが刀に柄袋を被せておったな。武装もほとんどしておらん。不意を衝かれると、井伊家といえども危ない」

「旦那、どうしやす」

与吉に問われて、束の間、主膳は迷った。主膳はすでに引退した御庭番であり、井伊家にはなんの関わりもない。本来、迷うまでもないことである。

だが、井伊直弼は主膳の出身である紀伊藩のシンパで、将軍継嗣に際して、一橋慶喜と争った慶福を支持して、彼を十四代将軍に就けた。いわば紀伊藩の大スポンサーである。初老の御庭番が駆けつけたところで、どれほどの救援にもなるまいが、井伊の危難を前にして見過ごしにはできないおもいがあった。

「旦那、まさか」

釣り竿を手に握りなおして踵をめぐらした主膳に、与吉が驚いたように声をかけた。

「様子を見にまいる」

主膳は雪駄を脱いで、雪の中を走り出した。冷たさをまったく感じない。与吉も主膳の後につづいた。

二人が桜田門外に駆け戻ったときは、すべてが終わっていた。井伊の首を奪った刺客団は勝鬨をあげて、引き揚げていた。現場には駕籠脇に首を失った井伊直弼が酷たらしい骸をさらし、井伊家の死傷者が雪を染めて累々と横たわっている。

死傷者の間に家士がまとっていた赤合羽や刀、履き物、指や肉片が散乱し、深手を負ってまだ息のある者がうめいている。目を覆うような惨状であった。まだ役人は出張って来ていない。

刺客団も手負っているにちがいないが、仲間に助けられて、現場から立ち去ったらしい。雪はまだ降りつづき、凄惨な現場に白い化粧を施そうとしている。

井伊の亡骸を確かめたとき、主膳の枯れたとおもっていた心身に、ふつふつと熱いものがたぎってきた。天下の覇者である幕府の大老が、その本拠である江戸城の郭内でたった十数名の浪士に首を奪られた。

それを見過ごしたのみならずか、江戸城内、および周囲に軒を連ねる重臣、諸大名家から一兵の救援も出ない。家祖家康が豊家を滅ぼし、天下に号令してから十四代、幕府はここまで去勢されてしまったのか。

すでに隠居はしたものの、紀州家出身の、元公儀御庭番の自分がその場面に遭遇した。

「やはか、このままではすまさぬ」

束の間、無惨な現場に立ちすくんだ主膳は、きりきりと奥歯を嚙んだ。井伊の首を奪られた以上、もはや為す術はないが、せめてその首を取り戻してやりたい。

まだ刺客団は遠くまで行っていまい。いまからならば追いつけるかもしれない。主膳は刺客団が去った方角へ爪先を向けた。

「旦那、どうなさるおつもりで」

与吉が驚いたような目を向けた。

「井伊殿の首級を取り戻す」

「旦那、正気でやすか」

「正気ではないかもしれぬな。だが、このまま徳川の禄を食んだ者として、見捨ててはおけぬ」

「さすがは旦那だ。初めてお目にかかったときから、尋常のお方じゃねえと睨んでおりやした。私もお手伝いいたしやすぜ」

与吉は手を叩いた。

「なにを申すか。与吉殿は関わりない。お主を巻き込みたくない。お主はここから女の許へ帰れ」

与吉に言い残す間も惜しんで、主膳は刺客団の後を追った。

井伊直弼の首級を奪った浪士団は、かねての申し合わせの通り、重傷者は老中の屋敷へ自首し、自力で動ける者は京へ上るべく、その場で解散した。このうち一名は戦闘に加わらず、見届け役を務めた。

井伊の首を奪った、この日第一等の殊勲者、有村次左衛門は愛刀の関の孫六兼元、二尺六寸の大業物の剣尖に直弼の首を突き刺し、

「愉快なりかな、天下の大奸を除けり」

と高く掲げ、詩を吟じながら日比谷門の方角へ向かっていた。

三

主膳は雪中に押された足跡と、点々としたたる血の跡を追った。日比谷門から八代洲河岸を伝い、馬場先門まで来ると、前方に数個の人影が見えた。追いすがった主膳は、

「狼藉者、待て」

と呼び止めた。剣尖に井伊の首級を刺し貫いた有村次左衛門と廣岡子之次郎である。二人とも、いまの激闘で傷を負っているが、井伊の首級を奪って心昂っていた。

「お主、なに者じゃ」

有村が血に染まった面を振り向けた。

「畏れ多くも上様御膝元御真ん前にて、ご大老の行列に狼藉を働き、ご大老の御首級を奪い奉りし罪、天人共に許さず。直参、和多田主膳が成敗してつかわす」

主膳は名乗りをあげて、釣り竿を構えた。

「なんだと。我らを成敗とな。笑わせるな。棺桶片足の老いぼれが、おおかた出るところをまちがえたのであろう」

廣岡子之次郎がせせら笑った。

「問答無用」

主膳は遠い間合いから釣り竿を繰り出した。

釣り竿は槍と化して、慌てて刀を構えようとした子之次郎を、風を切って一閃した。

釣り竿でしたたかに打ち据えられた廣岡の手から、刀が弾き飛ばされた。そこへ雪と風を巻いて、主膳の剣が振り下ろされた。廣岡はなんの手合わせをする間もなく、一撃のもとに斬り下ろされた。

一瞬の間に廣岡を斬られて、愕然とした山口辰之介と鯉淵要人が左右から迎え撃った。廣岡の血を吸ったばかりの主膳の剣は反転して、山口の額を割っていた。刺客団のうちで最も老体の鯉淵は戦意を失って、その場にうずくまった。

鯉淵を無視して、主膳は有村に迫った。井伊を討ち取った昂揚と、四対一の圧倒的優勢に余裕を持っていた有村も、あっという間に三人を無力にされて、愕然とした。

慌てて主膳に立ち向かおうとしたが、愛刀関の孫六の切っ先には井伊の首が突き刺されていて、おもうように扱えない。

「お上を憚らざる不逞者め。おもい知れ」

廣岡、山口の血をたっぷりと吸った刀が有村に殺到した。有村は為す術もなく自らの血煙に包まれながら、井伊の首を貫いた剣を握りしめたまま斃れた。

有村に止めを刺した主膳は、彼の刀の切っ先から井伊の首級を抜き取ると、首に巻いていた襟巻きに包んだ。

「ご大老、おいたわしや」

自分では泣いている意識がないのに、主膳の目から涙が噴きこぼれた。

「旦那、おやりになりやしたね。大したもんだ。一人で四人を討ち果たし、井伊様の仇を討ちやした」

与吉が駆け寄ってきた。

主膳は浪士から奪い返した井伊直弼の首を、竜(たつ)の口(くち)の遠藤但馬守(えんどうたじまのかみ)に差し出した。

桜田門外の襲撃は、全国に激烈な衝撃波となって走った。

わずか十八人の浪士団が江戸城郭内において、天下の大老の首を奪(と)ったのである。

十八人の浪人が八百万石の天下の権力者に勝った。だが、衝撃はこれだけに留まらなかった。

大老暗殺の陰に隠れた感があったが、隠居した老御家人がたった一人で浪士団を追跡し、四人を討ち果たして大老の首を取り返した。二百数十年、偸安(とうあん)の夢を貪(むさぼ)って、腰の抜けた幕府に、まだこれだけの気骨を留めた武士がいたことに、世間は驚いた。

井伊の首を竜の口に届けた老武士は、応対した遠藤家の家士に名乗らなかった。家士は名前を問うたが、元徳川の禄を食んだ隠居と告げただけで、逃げるように立ち去った。

遠藤家の家士は、その老武士が刺客団を追跡して来て、遠藤邸の前で四人の刺客を討ち果たした場面を目撃していた。そのほかにも数人の目撃者がいた。

「大(てえ)したもんじゃねえかよ。六十人の手練を揃えた井伊の赤備えを蹴(けえ)散らした水戸の浪人衆だぜ。隠居した御家人がたった一人で追いかけて、大老様の首を取り返したってんだから、豪気じゃねえかよ」

「その御家人が最初から居合わせりゃあ、井伊様は首を奪られずにすんだってえわけだ」

「惜しいことをしたもんだねえ、井伊様の行列が襲われたと聞きつけて、本所の割下水から駆けつけたってえ話だぜ」

「それじゃあ、高田馬場の安さん以上じゃねえか」

「堀部安兵衛が実際に斬ったのは三人だそうだが、その御家人は十八人全部、叩き斬ったってよ」

話に尾鰭がついて、江戸っ子は「竜の口の仇討ち」でもちきりであった。

江戸市中では、むしろ大老が討たれたことよりも、竜の口の仇討ちの方がニュースバリューが高い。

「その豪気なご隠居は、一体だれだ」

「うちの横町に住んでいるご隠居かもしれねえ」

「冗談言っちゃいけねえや。そんなご隠居が、おめえらのようななめくじ長屋に住むものか」

「なめくじ長屋で悪かったな。そういうてめえの長屋はなんだ。掃き溜め長屋じゃねえか」

「掃き溜めに鶴というぜ」

「てめえのところはせいぜい鴨(かも)だな」

口さがない江戸っ子たちは、御家人捜しを始めていた。

和多田主膳は自分でも驚いていた。井伊直弼が討たれたと聞いた瞬間、彼の全身が沸騰(ふっとう)した。武士の誇りが風化し、すでに枯れたとおもっていた自分の心身に、そのような熱いものが残っていようとはおもわなかった。

生涯、御目見以下の添番格御庭番五十俵十人扶持の軽禄のまま終わり、将軍の内密御用を受けて活躍する機会もなかった。いつの日か社稷(しゃしょく)（徳川家）と上様のために役立つことあらんと研鑽(けんさん)した武芸も、有事に用いることもなく、虚しく堀端に糸を垂れていた身が、井伊家の危難に遭遇して、長い休眠から覚めたように立ち上がった。

時相に背いて、ひたすら武芸に励んでいるときも、果たしてそれが実戦に通用するのかどうかわからなかった。たぎりたった熱いものに心身を任せて、ほとんど無意識に行動して、自分の隠された能力を知らされた形である。

だが、まだ実感がない。大老を討った刺客陣をほとんどその場を去らせず討ち果たして、井伊の首を取り戻した者が果たして自分なのか。なにか別の者が自分の心身に取り憑いて、突き動かしたような気がしてならない。

　大老が討たれて、世間は大騒ぎしているが、主膳にとっては過ぎたことである。井伊亡き後、南紀派は失速し、一橋派が勢いを盛り返すであろう。幕府の権威は失墜し、政局は大きく変動するであろうが、主膳にはもはや関係ないことであった。

　堀端の定位置に釣り糸を垂らすのはやめたが、江戸には糸を垂らす場所はどこにでもある。水溜まりさえあれば、江戸っ子は糸を垂らす。釣れても釣れなくても問題ではない。雨が降った後の水溜まりに、平然と糸を垂らしている者があるという笑い話があるほどである。

　主膳の暮らしはなにも変わらなかった。息子夫婦もいま、世間の話題の的になっている竜の口の仇討ちの主が、よもや主膳とはつゆ気がついていない。相変わらず居場所を失った、押し出された心太の暮らしであった。

「あなた、もしかしてお舅さまが井伊様の仇を討ったということはないかしら」

　嫁が息子に聞いている声がふと聞こえてきた。

「父上が……まさか。父上に左様な甲斐性があれば、和多田家はとうに御目見以上に取り立てられているわ」

息子が苦笑している。

「そうですわね。我が家の猫がいじめられて逃げ帰って来ても、お舅さまには猫の仇討ちもできそうもないわ」

「そうだな」

「あなた、笑っている場合ではありませんわよ。和多田家のご当主はあなたですからね。もう少ししっかりあそばして」

「いや、あの猫はわしが飼っているわけではない。父上が拾ってきた猫じゃ」

鉾先（ほこさき）を自分に向けられて、息子は辟易（へきえき）したようである。

もっとも猫の仇討ちもできぬのは、息子に限ったことではなく、井伊家の赤備え以下、旗本八万騎が三河（みかわ）以来の気骨を失っている。

主膳は、その場に居合わせて一部始終を目撃した与吉には、固く口止めした。

「旦那、罪なお人でやすねえ。こんな百年に一度、出遭うか出遭わねえような天下の一大事（いちでえじ）を、自分（てめえ）の目ん玉で見届けていながら、口に閂（かんぬき）をかけろとおっしゃるんで」

与吉は抗議した。

「与吉殿が一言でもしゃべれば、絶交だ」

「そんな情（つれ）ねえことをおっしゃらねえでくだせえよ。夫婦は一世、碁敵は五世、主従は七世、釣り仲間は十世と申しやすぜ」

与吉は恨めしげな顔をしたが、絶交と聞いて約束を守ったようである。

だが、主膳は幕府の探索力を見くびっていた。

元禄期、江戸で馬がものを言うという流言が飛んだ。幕府はこれを不届き至極の流言として、一町ごとに話の出所を確かめ、さかのぼり、住民一人一人について調書を取り、その数三十五万三千五百八十二通に達したという。

これは当時の子供、および無宿人を除く江戸町方総人口に等しい。そして、三ヵ月にして流言のもとを筑紫園右衛門という浪人と突き止め、市中引廻しの上、斬罪に処した。

主膳自身、御庭番という探索方に属しながら、幕府の恐るべき探索力を忘れていたのである。

無縁の陰供(かげとも)

一

この間、幕府は井伊亡き後、久世大和守(くぜやまとのかみ)と安藤対馬守(あんどうつしまのかみ)の連立政権をもって臨(のぞ)み、政局の混乱を収拾しようとしていた。

だが、失墜した幕府の権威は覆うべくもない。たった十八人で大老を討てることを天下に知らしめてしまったのである。安藤・久世政権は、なんとかこの失墜した幕威を挽回(ばんかい)できないものかと知恵を絞った。

「上様にはご正室がおわさぬ。いずれはしかるべくご正室をお迎えあそばさなければならぬが、いかがでござろうか。この際、京都より尊い御血筋をご正室に迎え奉っては」

安藤対馬守が言い出した。

「京都より尊い御血筋を迎え奉る……」

久世大和守以下、幕閣一同は対馬守の言葉に顔を見合わせた。

四代家綱（いえつな）の時代に、大老酒井忠清（さかいただきよ）が権勢を次代につなごうとして、家綱に子なきを奇貨（きか）として、京都から宮将軍を迎えようと画策した故事がある。

だが、家綱の弟綱吉（つなよし）がいるのにもかかわらず、貴種とはいえ他姓の血脈をもって継嗣とするのは、家康以来の家訓に背くと堀田正俊（ほったまさとし）が反対して、実現しなかった。

対馬守の提案は後嗣ではなく、現将軍の正室を皇室から迎えようというものである。幕威が失墜したいま、当代将軍が皇室と婚姻を結ぶことは、姑息（こそく）ではあっても失墜した幕威を回復する絶妙な手段であった。

「それは妙案でござる」

久世大和守は賛成して、幕閣一同も賛意を表明した。

皇室の女性を将軍家茂の御台所（みだいどころ）に迎えれば、公武合体（こうぶがったい）によって当面の危機を乗り越えられるかもしれない。

「御台所に迎え奉る女性がおわすか」

本多美濃守（ほんだみののかみ）が言った。

「それならば、最もふさわしい女性があらせられる。和宮親子内親王は主上（孝明天皇）の異母妹で、おん歳十五歳、才色兼備の優しい御気性と承っておる。まことに和宮様ならば、上様の御台所として、これに優るお方はないと存ずるが」

「しかし、和宮様は六歳のとき、有栖川宮熾仁親王とご婚約相整ったと承っておるが……」

内藤紀伊守が言った。

「御婚約整ったとはいえ、御輿入れなしたまわれたわけではない。また有栖川宮家であるが、徳川家とご縁の深いお家柄、徳川家の危難に際して事情をご賢察たまわらば、ご婚約を解消し、当家に譲りたまわるかもしれぬ」

安藤対馬守は強い決意を示して言った。

大老井伊直弼を標的とする反幕の気運は、井伊を討って昂揚している。ここに皇家と婚約が成立すれば、反幕気運を躱せる。公武合体に弓引く輩は、皇家に楯突く叛徒と見なされるであろう。

有栖川宮家と因縁浅からぬのは、酒井忠清が宮将軍として推した人物こそ、有栖川宮幸仁親王であったからである。堀田正俊に阻止されて宮将軍は実現しなかったが、いまここに和宮を将軍家御台所として迎えれば、幸仁親王に対する償いともなる。

危機を躱す巧妙な手段ではあるが、ここに公武合体を申し出ることは、京都に足許を見られ、幕主朝従の原則を自ら崩すことになる。

孝明天皇は老獪である。大の幕府贔屓でありながら、尊皇反幕の時流に乗って、朝廷の主導権を取り戻そうとしている。だからといって、幕府から政権を返されても、朝廷には政治能力はない。

反幕の時流と言っても、その牙城とされる水戸、長州、薩摩、土佐、肥後など、各藩においても藩論は揺れている。そんな頼りにならない非統一の勢力を当てにして、幕府に向かい合うことはできない。

ここに幕府の方から公武合体のプロポーズをすれば、孝明天皇にとってはまさに渡りに船であろう。だが、井伊を失った幕府の足許を見て、必ずや高い値段を吹っかける（さまざまな条件をつける）であろう。

そもそも皇女降嫁要請案は安藤の発案ではない。すでに井伊直弼が皇女江戸降嫁のアイディアを温めていた。だが、井伊の目的は公武合体ではなく、皇女を人質に取り、幕主朝従の原則を確認するためであった。安藤案の降嫁要請とはまったく性質が異なっている。

ここに幕閣の意見が統一されて、和宮降嫁申請に向かって運動が始まった。

「旦那、こうして旦那と竿を並べられるのも、今日が最後になりやした」

大川端に見つけた新たな釣り場で肩を並べていた与吉が、突然言い出した。

「ほう、ご身分になにか変わったことでもあったのかね」

主膳は糸の先から与吉の方へ視線を転じた。

「勘当が解けやしてね」

「それはめでたい。与吉殿はわしのような余計者と竿を並べているような御仁ではない」

「とんでもねえ。旦那の方こそ、私ごときが足許にも近寄れねえお方であることは、とくと目の当たりにしてございやす。実は、親父が死にやしてね。ほかに跡継ぎがいねえので、仕方なく家に戻ることになりやした」

「それは、めでたい。いよいよ与吉殿の本領を発揮するときがきたというものではないか」

「私はこうして旦那と竿を並べているのが、一番性に合っているような気がしやすがね」

「与吉殿のような若い御仁が、左様なことを言ってはいかぬ。おそらく親父殿も与吉殿を信じて安んじて逝かれたとおもう」

「親父、大した店でもねえが、代々つづいた店を私の代で潰されると思うと、死んでも死に切れなかったんじゃねえかとおもいやす」

「いやいや、左様なことは決してない。与吉殿ならば、先祖代々の店を継いで、立派に守り立てていくであろう。これからは寂しくなるが、本来、釣り糸というものは一人で垂れるものだ」

　主膳は痩せ我慢を張った。

　たしかに釣りは孤独であるが、与吉と竿を並べていると、余計者の同志を得たような安らぎをおぼえた。

　余計者に同志は贅沢とも言えるが、余計者だけに、世間から取り残された寂しさを分け合う友が欲しい。主膳にとって与吉は、寂しさを共有した同志と言えた。

　胸襟を開いて語り合ったわけでもなく、たがいの身の上を詮索したこともない。生まれも育ちも、生活環境もまったく異なる二人であったが、なぜか彼らは馬が合った。その同志を失って、明日からまた一人で釣り糸を垂れることをおもうと、寂しさを拭えない。

「旦那、店を継いでも、時どきめえりやすよ。どうせ形ばかりの跡継ぎでやす。店は番頭どもが仕切って、私はどうせ飾りものでやしょう」

主膳の寂しげな顔の色を読み取ったらしく、与吉は慰めるように言った。

「与吉殿に左様な隙はもうござるまい。あってはならぬ。親父殿があの世から見てござるよ。与吉殿ならば、親父殿が成仏できるような立派な跡継ぎになられるであろう」

主膳も与吉も、二人がふたたび竿を並べるときはこないことを知っていた。

「旦那、それじゃあお達者で。ごめんなすって」

竿をしまって数歩行きかけた与吉は、振り向いて、

「旦那、私は約束を守りやしたよ。旦那と竿を並べられなくなっても、絶縁しねえでくだせえよ」

と言った。

帰宅すると、嫁の形相が変わっていた。

「お舅さま、お願いがあります」

嫁は主膳の顔を見ると、改まった口調で言った。非番の息子は当惑した顔をしている。主膳はなにか変事が出来したのを悟った。

主膳が嫁に向かい合うと、彼女は切り口上で、

「お舅さま、家の中になにか妙なにおいがいたしませんこと？」

と問うた。

「はて、わしにはべつになにもにおわんが」

主膳は答えた。

「お舅さまは鼻が馴れてしまったのですわ。クロをなんとかしてくださいませ。あの猫、すっかり惚けてしまって、家中に粗相をして回っています」

「クロが粗相を……」

主膳は絶句した。クロは主膳が可愛がっている飼い猫である。

十年ほど前、生まれて間もなく捨てられて鳴いていたところを、通り合わせた主膳が拾って来た。それから十年、当時の猫としては長生きをしたが、最近、老耄して、家の中に粗相をするようになった。猫医者に診せるような余裕はない。主膳がいれば後始末をするのであるが、不在中、粗相をしてしまったらしい。

「これはクロに不調法をさせてしもうた。以後、気をつけるゆえ、堪忍してもらいたい」

主膳は嫁の前に頭を下げた。

「いいえ、堪忍にも限度がありますわ。私、クロの粗相をした部屋で暮らすことはできません。クロを捨ててくださらなければ、私が出て行きます」

気の強い嫁は柳眉（りゅうび）を逆立てて言った。

「父上、私からもお願い申します。たかが猫のために、妻を去らせるわけにはまいりませぬ」

息子がかたわらから言った。たかが猫とはいえ、嫁よりも長い年月を共に暮らしている。和多田家では、嫁の方が新参者なのである。

クロは主膳にとってもはや猫ではない。家族同然、いや、家族以上に大切な盟友である。だが、当主の許さぬ動物を飼うことはできぬ。

主膳は出所を失った寂しさをクロに語りかけた。クロは黙って耳を傾け、にゃあと鳴いた。クロに語ると、主膳は胸に溜（た）まった鬱憤が溶けた。そのクロが老耄したからといって、いまさら追い出すわけにはいかない。

当惑した主膳は、梶野甚左衛門に相談することにした。野良猫に餌を配っている甚左衛門ならば、なにかよい知恵を授けてくれるかもしれない。

クロは部屋の隅にうずくまって、彼らのやり取りを不安そうな表情で見守っている。自分のことで家人がもめている気配を悟っているのである。クロは自分の存在が主膳を困らせていることを知っている。老耄はしても、利口な猫であった。
「一両日、待ってもらえまいか。クロを預ける先を見つけるほどに」
　主膳は息子夫婦に手をつくようにして頼んだ。
「あんな老いぼれ猫、だれが預かるものですか。これまでもお舅さまから同じような
お言葉を何度も聞いております」
　嫁は居丈高になった。
「必ずなんとかする」
　主膳は頭を下げつづけた。
「仏の顔も三度と申します。もう二十度か三十度くらい、仏の顔をしていますわ。今
度という今度は最後にいたしますからね」
　嫁は席を蹴るように立った。
　その場逃れになんとかするとは言っても、どうする当てもない。甚左衛門に相談し
たが、
「外で飼う以外にないな。縁外へ出して、餌だけあたえてはどうか」
　と言った。
　だが、多年、家の中で暮らしていたクロは、稀に外へ出ても他の猫に脅されて、す

ぐに逃げ帰って来てしまう。外で飼うことは不可能であった。

ましてや、寒冷の季節に向かう折から、老いたクロを寒い戸外へ追い立てることはできない。

クロを出さなければ、嫁が出ていくと言い張る。嫁の口調には、まんざら脅かしではない真実味があった。クロが主膳にとってどんなに大切な存在であっても、当主権を失った主膳は、クロのために嫁を家出させるわけにはいかない。

主膳はクロを捨てる決心をした。

「クロ、許せ。わしはお主を家に置けぬ。不甲斐ない飼い主を怨め」

クロを捨てるべく心を定めた前夜、主膳はクロの好物の餌をあたえながら言い聞かせた。涙が溢れて止まらなかった。両親を失ったときも、井伊直弼の首を奪られたときも、これほどの涙は出なかった。

その夜、主膳はクロを抱いて寝た。夜中、ふと目覚めると、クロの姿が見えなくなっている。家中捜したが、見当たらない。夜中、外を捜索するわけにもいかないので、夜明けを待って捜したが、やはり見つからない。クロは自分の運命を悟って家出をしたのかもしれない。

間もなく、近所の者が、お宅のクロが近くの池に浮いていると知らせてくれた。愕然として駆けつけてみると、まぎれもなくクロの死骸（しがい）が池の面に浮いていた。主膳は、クロが自発的に池に入ったことを悟った。

多年、家の中で暮らしたクロは、外では生きていけない。主膳に捨てられるよりは、自らの意志で家出をして、命を絶ったのである。

猫の自殺は聞いたことがないが、クロはまぎれもなく自殺をしたのである。池の岸にクロの足跡が残されていた。

クロの死骸を抱き上げた主膳は、池のほとりに埋めた。せめて我が家の庭に埋めてやりたかったが、それはクロの遺志に反するであろう。自ら死を選んだクロは、これ以上、主膳に迷惑をかけることを嫌っている。

庭に埋めでもしたら、嫁がどんな厭味（いやみ）を言うかもわからないし、クロを掘り出して芥溜（ごみた）め場に捨てかねない。クロが選んだ死に場所に葬（ほうむ）ってやるほうが供養（くよう）になるだろうとおもった。

二

与吉と別れ、クロが死んで、主膳はたった一人、取り残されたおもいを強くした。

この間も世間は幕末に向かって激しく動いているようであったが、主膳には関係なかった。桜田門外の変に行き合わせて、竜の口で仇を討ったことが別世界の出来事のようにおもわれる。

井伊が死んで、幕府の狼狽と混乱を反映するように、江戸城の綱紀も緩んでいるようであった。

井伊政権下にあっては、恐怖政治と悪しざまに言われても、殿中の空気は秋霜烈日のように張りつめていた。それが井伊政治への反動もあって、一ぺんに緩んだ。要職以外の武士は、二日勤めて一日休むという楽な勤務である。これを三番勤めと呼び、今日の週休三日制並みである。

御庭番の勤務内容は、部屋の勤めと隠密御用の二種類があるが、後者は幕末に近づくにしたがってほとんどなくなった。

いまの勤務は御庭番の役名の由来通り、もっぱら江戸城内庭取り締まりである。昼は大奥の御広敷（大奥警備詰所）の控え部屋に詰め、七つ（午後四時）から天守台下の番所に入り、宿直をする。翌朝六つ（午前六時）、御広敷に戻り、早番に引き渡す。

日勤は、庭や御座敷・奥向きに職人や人足が入るときに、これを見回る。さらに吹上奥締まりと呼ぶ吹上御庭で催物のある場合や、西丸の山里を取り締まる西丸ご休息山里御庭之者という任務もあった。

いずれにしても大した役目ではない。内庭の巡察や天守台の宿直も形式にすぎず、吹上御庭の催物も最近は年に二、三度しかない。

それでも井伊政権下では、遅刻は過料、宿明け（当直明け）無断で帰宅すると改易、明六つ（午前六時）前に下城しても、当年の知行は召し上げという厳罰に処せられたが、井伊没後は遅刻、無断下城のし放題で、内庭の巡察も怠けるわ、当直には酒や食物を持ち合って宴会をするわというたるみぶりであった。

朝寝坊して平然と遅刻していく息子に、現役時代の治に居て乱を忘れぬ勤務体制を知っている主膳は、徳川の世も末であることを痛感した。

こんなことであるから、井伊の赤備えも張り子の虎となり、たった十八名の刺客団に六十名の手練を揃えた護衛陣が蹴散らされてしまったのである。

だが、主膳がいまさらそんなことを言ったところで始まらない。主膳自身が息子の嫁の圧力に負けて、飼い猫を自殺させてしまったのである。世も末であると同時に、自分も終わったとおもった。せめて大老の首を取り返したことを、末路を飾る花道として喜ぶべきであろう。

クロが死んでから、主膳は釣りにもあまり出かけなくなった。天気のよい日は終日、家の近くの社の境内で日向ぼっこをしながらうつらうつらしている。雨や雪の日は、嫁に邪魔にされながらも、家の隅に膝を抱えて縮こまっている。クロが死んでから、とみに無気力になっていた。

そんなある日、いつものとおり社の境内で日向ぼっこをしていると、嫁が呼びに来た。

「お舅さま、大変です。お城からお使者が来ました」

嫁の顔色が蒼白になっている。主膳がなにか不調法を働いて、城から譴責の使者が来たとおもったらしい。主膳に心当たりはない。

竜の口の仇討ちからそろそろ一年が経過しようとしている。元号も二月十九日(一八六一)、万延から文久と変わっていた。いまごろになって、あの事件の関わりで城使が来ようとはおもわれない。

ともあれ主膳は、嫁に袖を引っ張られるようにして帰宅した。長屋にはたしかに江戸城からの使者が来ていた。和多田家に初めて迎える上使であった。

御庭番の住居は組屋敷と言わず、長屋と呼んだ。初期は紀州から吉宗に従いて来た十七人が、浜町内の松島町に住所地を拝領したが、人数が増えるにしたがって、桜田の日比谷御門外に移された。その後、一般旗本、御家人同様に、江戸市中の武家地に散って居住した。

　主膳が平伏すると、上使はおごそかな口調で言い渡した。

「明日巳（み）の刻（午前十時）、御駕籠台（将軍御休息之間の近く北方にあり、大奥との境、上のお鈴廊下に接して、遠方お成りの節はここから駕籠に乗って出発する）まで出頭するように、この儀申し渡す」

　主膳は上使の言葉の意味を取り損（そこ）なった。

「御駕籠台と仰（おお）せられますと、ご城内の御駕籠台のことでございますか」

　主膳は思わず問い返した。上使は薄く笑って、

「いかにも。ほかに御駕籠台はない」

「お言葉を返しますが、拙者（せっしゃ）、隠居の身にございます。なにかのおまちがいではございませぬか」

「控えよ。これは上意である。上意なれば謹（つつし）んで承れ」

「ははっ」

　主膳は平伏した。

　御駕籠台は御庭番が将軍直々（じきじき）に隠密御用を承る場所である。現役の者にすら御駕籠台呼び出しが廃（すた）れてしまったいま、隠居の主膳に召しが来た。上意とあっては、当役

（現役）も隠居もない。

上使が帰った後、和多田家は一種のパニックに陥った。上使が来たのが、おそらく家祖始まって以来のことである上に、事もあろうに隠居の主膳に御駕籠台への出頭命令が来たのである。

「もしかして、あなたのまちがいではないかしら」

嫁が息子に言った。

「上使がそのようなまちがいをするはずがなかろう」

だが、息子も半信半疑である。

御駕籠台への召しは、御庭番の内密御用に限っている。それも創設期にはしばしばあったようであるが、近年においては御駕籠台への召しは絶無であった。

主膳自身、当役のころ、もっぱら殿舎の建築や修繕の際、出入りする職人の監視や、吹上御庭での御台所の園遊会や、中奥能舞台が催されるとき警備に当たったくらいで、時に将軍の日光参詣に扈従して、夜中の宿衛をしたくらいである。

おおかたの見当はついているが、殿中御駕籠部屋の正確な場所は知らない。御庭番として御駕籠台に一度も呼び出されたことがないのは、法廷にまったく立ったことがない今日の弁護士に似ているが、徳川末期の御庭番にとって、御駕籠台は有名無実の場所になっていた。だが、少なくとも御駕籠台への召しは譴責ではない。

　翌日、指定された時刻に、主膳は久しぶりに登城した。

　御駕籠台に召されたからには、内密御用にまちがいあるまい。内密御用には遠国御用と地廻り（江戸近辺）御用がある。主膳はわざわざ上使が派遣されて、隠居した庭番を召集したことに、かなり重大な遠国御用のような予感をおぼえていた。

　登城した主膳は、広敷番之頭山田吾兵衛に申し出た。御庭番は広敷役人という身分であり、添番と添番並は広敷番之頭の支配を受けている。

　主膳は吾兵衛に先導されて、中奥御側衆談部屋の近くにある新部屋に連れ込まれた。そこにすでに御側用取次高田大和守と桜井豊後守の両名が待っていた。

　御庭番の中でも最も身分の低い添番は、広敷番之頭の支配を受け、さらにその上役である小納戸頭取・奥之番の指図を受ける。これら小納戸頭取や奥之番のさらに上司の、中奥長官に当たる御側用取次の両名が主膳の到着を待っていた。主膳は用向きの重大性をひしひしと感じた。

　主膳は、寛政五年（一七九三）、宗家の四代目和多田次郎兵衛が御側衆談部屋に呼ばれて、当時の御側用取次加納遠江守久周、および平岡美濃守頼長から内密御用を申し渡されたと聞いている。間の小納戸頭取や奥之番を跳躍して、御側用取次から直接指図を受けるのは、宗家四代目以来初めてのことである。

しかも、四代目和多田は当役であったが、隠居の御庭番が跳躍召集を受けたのは、御庭番始まって以来であろう。

主膳が平伏すると、

「和多田主膳、大儀である」

高田大和守が言った。

「ご上意承り、まかり出でました」

主膳が恭しく答えると、

「其方の先般、竜の口での働き、まことに見事であった」

高田大和守がねぎらうように言った。かたわらから桜井豊後守がうなずいた。主膳は咄嗟にどう対応してよいかわからない。

「町方に命じて、当日、故ご大老の首級を扱った遠藤家家中の者や、竜の口、八代洲河岸に通り合わせた者どもから聞き集め、探索を進めて、ようやく其方を突き止めたのじゃ。其方の働きで公儀の面目は辛うじて保たれた。まことに天晴れである」

桜井豊後守が言った。

「過分のお言葉を賜り、痛み入ります」

主膳は床に額をこすりつけた。隠居のでしゃばりがついに幕閣の知るところとなってしまった。

「其方の働き、上様のご上聞に達し、本日、其方を見込んで直々に内密の御沙汰（ごさた）を下し賜る。また、言うまでもないことであるが、上様の御沙汰は他言無用。其方一人の胸にたたみおくべし。よいな」

高田大和守が重々しく言い渡した。

「お言葉を返し恐縮でございますが、この隠居めにいかなる御沙汰でございましょうや」

主膳は全身にじっとりと冷や汗をかきながら問うた。

「それは上様より仰せつけられるであろう」

高田大和守は言って立ち上がった。

高田大和守と桜井豊後守に付き添われて、主膳は御駕籠台下に出頭した。主膳は心身が引き締まった。御駕籠台への召しといっても、ほとんどの場合は、御用取次から笹之間（ささのま）か、せいぜい奥新部屋で内命を伝えられる。御駕籠台下まで出頭することはめったにない。

御駕籠台下にて小姓より竹箒（たけぼうき）を渡され、そこに控えよと命じられた。御庭番が将軍から隠密御用の直命を受けるときの作法通りである。御駕籠部屋の障子は立てられ、人の気配はない。広大な大奥は森閑として無人のようであった。

間もなくどこからともなく、しいっと警蹕の声がして、障子の内側に気配が生じた。

「御前である」

桜井豊後守が呼ばわった。主膳は庭上に平伏した。

「そこに控えおるは和多田主膳であるか」

障子越しに声がかけられた。

「ははあ」

主膳は額を地面に潜り込むほどこすりつけた。

「苦しゅうない。直答を許す」

「和多田主膳、召しを承り、まかり越しましてございます」

障子が開かれた気配がしたが、土下座したまま主膳は面を上げられない。

「面を上げよ」

ふたたび声がかけられた。それでも主膳は地上に伏したままである。

「上様のお言葉である。面を上げてよい」

かたわらから高田大和守が言葉を添えた。主膳はようやく面を上げた。御目見以下の主膳が将軍に拝謁するのは初めてであった。

障子の内側には一人の少年がいた。十四代将軍家茂である。将軍の年齢は知っていたが、初めて見る家茂の少年らしからぬ大人びた表情に、主膳は驚いた。八百万石の主、天下の大将軍として徳川の大屋台の頂上に据えられている間に、そんな顔つきになってしまったのであろう。

「其方の竜の口での働き、つとに聞き及んでおる。余は嬉しくおもう」

家茂はにっこりと笑った。そのとき、彼の顔が束の間、十六歳の少年に戻ったように見えた。

「畏れ入り奉ります」

額から冷や汗が流れ落ちて目に入ったが、主膳には拭えない。

「今般、禁裏（きんり）より御皇妹和宮を余の御台所として迎える運びになった。輿入れの御日程はまだ定まらぬが、京より江戸までの御下向（げこう）途上、なに事が起きるやも計り知れぬ。御皇妹の御道中、其方に陰供（かげとも）（陰ながらの護衛）申しつける。御皇妹がつつがなく江戸に御着到させたまわるよう、其方守り奉れ。詳細は大和守より申し聞かせるであろう」

「ははあ」

主膳はふたたび平伏した。

障子がするすると閉まり、障子越しに頼みおくぞという家茂の言葉と共に、かすかな衣擦（きぬず）れの音がした。

高田、桜井両御側用取次に笹之間へ連れ戻された主膳は、改めて高田大和守から詳しい命令を受けた。

「ただいま上様より御沙汰ありたるように、和宮様御降嫁の儀、主上（天皇）のご聖断により、めでたく関東へ御入簾（輿入れ）の運びとなった。されど、堂上（どうじょう）や京都の激徒、また一橋、水戸、公儀の内部にすら、この縁談に異議を唱（とな）える者が少なからず。御道中の間、御皇妹の御身体に万一のことがあらば、公儀にとって償いようのない失態となるばかりか、朝幕手切れの原因となるやもしれぬ。

公儀としては道中の警備に万全を期すつもりであるが、桜田門のこともあり、念には念を入れたい。上様にもことのほかお気を遣わせたもうておる。其方に陰供仰せつけられたるは、そのためである。この旨、含みまかりおくように」

高田大和守は言った。

主膳は詳しいことは知らぬが、将軍と皇妹の縁組は風の便りに聞いている。幕府としては当代将軍が就任前、紀州慶福時代、伏見宮貞教親王の妹倫宮則子との間に縁談が生じていた。また和宮には有栖川宮と婚約が調っていた。この二つの縁談を取り消した上で、強引に奏請した和宮の降嫁である。

だが、結局、天皇、皇族、朝臣、攘夷派、親幕派、有栖川宮家、幕府などの意図やおもわくが幾重にもからんだ紆余曲折を経て、文久元年八月五日、和宮本人の意志を無視して十月中、下旬に降嫁と決定した。

そのために幕府は朝廷からつけられた厳しい条件を呑まざるを得なかった。権威を失墜した幕府の起死回生の縁談に対して、和宮本人、および孝明天皇自身があまり乗り気ではなかった。

道中不祥事があればたちまち縁談取消しの口実にされる。だが、桜田門の轍を踏んではならぬ。どんな大兵力を繰り出しても張り子の虎では仕方がない。隠居した老御庭番に陰供を命じたところに、幕府の苦衷があった。

陰供は供揃いには加われない。服装も町人、僧侶、農民、職人等に扮して、御駕籠と適当な距離を保ちながら護衛しなければならない。陰供中殉職しても捨ておかれる。屍は遺族にも引き渡されない。路上の横死者や行き倒れとして無縁仏になる。御庭番の使命とは、本来そのようなものであった。

だが、将軍直命の陰供を断ることはできない。断るどころか、引退した身を召し出され、幕府の存亡に関わる縁組の警護を申しつけられたのは、至上の名誉であった。路傍の石や草のように顧(かえり)みられなかった存在が、将軍から名指しされ、求められたのである。主膳は一身に代えても、和宮を守り通さなければならないと決意した。

拾い上げられた老骨

一

和多田主膳は将軍直命の皇妹降嫁道中の陰供を謹んで拝命した。

「其方一人の手にあまれば、其方の裁量によって手利きを雇うてもよい」

高田大和守が言った。

「お言葉に甘えて、お願い申し上げます。姫の陰供、一身に代えても仕る所存にございますが、老骨ただ一人にてはお役目全うするにいささか不安がございます。拙者に存じよりもございますれば、陰供に加えとうございますが」

「其方の推挙する者であれば、一党に加えてよろしかろう。ただし、このまま帰宅せず、本町一丁目の三河屋呉服店に数日逗留して、支度を整え、京へ上るがよかろう。京には三河屋呉服店支店より、其方のために当面の仮宅を用意させてある。京の仮宅にて、別命を待つように。当座の御手当金は御勘定所にて受け取るように。起請文の必要はない」

つづいて桜井豊後守が申し渡した。

起請文は御庭番が遠国御用を命じられたときの便宜的な手続きであり、御側用取次に対し、親子、きょうだいたりとも一切他言しない、御用中、忠実に職務を果たし、私曲(不正)をしない旨の誓詞を提出する。

この手続きが不要であるということは、主膳の隠密御用が御庭番の正規の御用とは別途であることを示すものであった。

主膳は起請文不要と告げられて、覚悟を新たにした。将軍直命の隠密御用ではあっても、幕府は一切関知しないという姿勢である。

その後、主膳は殿中勘定所から百両の当座手当金を受け取った。当時、遠国御用の御手当金は一日二分(一両の半分)であるから、二百日分である。さらに随時必要経費は請求次第、三河屋呉服店京都店から支給されるということであった。

当時、百石取りの年収が約四十両であるから、当座手当金の金額からしても、主膳の御用の重大性が測られた。

御手当金を受け取って下城した主膳は、その足で本町一丁目の三河屋へ赴(おもむ)いた。三河屋は家康が江戸入府と同時に岡崎(おかざき)から従(つ)いて来た商人である。本町一丁目に本店を構え、呉服と共に幕府の金銀御為替御用達(おかわせごようたし)を命じられている。

江戸市中に本店を含めて六店、京都に五店、大坂に三店の営業店を擁(よう)する日本屈指の巨店である。

御庭番の隠密御用はおおむね大丸(だいまる)呉服店が担当し、御用を承(うけたまわ)った者は、その足で同呉服店に直行し、町人、農民、売卜者(ばいぼくしゃ)（易者）、職人、旅芸人、僧侶等に変装して目的地を目指した。三河屋呉服店は、主膳のように別途御用の場合の取扱所であったようである。

主膳が三河屋へ赴くと、番頭がすでに心得ていて、奥の客間へ通した。客間には一人の人物が待っていた。彼の顔を見た主膳は、あっと驚きの声を発した。

「旦那、お待ち申し上げておりました」

「与吉殿、お主、なぜここにおられるのだ」

最初の驚きから立ち直った主膳は問うた。身なりや言葉遣(づか)いが別人のように変わっているが、紛(まぎ)れもなく堀に竿(さお)を並べた与吉であった。

「親父が急に逝(い)ってしまい、いまはやむを得ず当店の主を務めております」

「与吉殿が三河屋のご当主でござったか……」

主膳は改めて与吉を見た。言葉遣いや身なりだけではなく、大店の店主としての貫禄が備わっている。

「一別以来にございます。この度は奇しきご縁で、旦那の御用を承ることになり、身にあまる光栄と存じます」

与吉は懐かしそうに言って、頭を下げた。

「それでは与吉殿が竜の口のこと、公儀に伝えられたのか」

「いいえ。私は旦那との約束を守りました。町方の探索によって、旦那を捜し出したのでございましょう、御側御用の桜井豊後守様より、御庭役和多田様の御用と承り、もしや旦那ではないかとお待ち申し上げておったのでございます。三河屋与吉、いえ、いまは親父の名をついで友右衛門、店の総力を挙げて、旦那の御用を承りますゆえ、なんなりとお申しつけくださいまし」

与吉は全身に再会の喜びを弾ませて言った。

「旦那、一日、二日を争う御用向きではございますまい。今宵はゆっくりと当家にてお寛ぎください」

与吉が手を叩くと、若い美形の女中が数名、「平清」か「八百善」から取り寄せたらしい豪勢な料理を運び込んで来た。主膳は与吉との奇遇に驚くと同時に、三河屋の店を挙げての支援を心強くおもった。

たまたま現場に行き合わせて、大老の首を取り返し、仇を討った形になったが、刺客団は六十人の井伊家の護衛陣との激闘に疲労困憊した後であった。自分の能力をいささか過大評価されているのではないかという不安があった。

皇妹降嫁道中の陰供という重大な使命を果たして全うできるかどうか自信はない。だが、断ることはできない。断る気持もない。押し出された心太として、このまま虚しく朽ち果てようとしていた一身にあたえられた敗者復活戦の機会を逃すつもりはない。

ここに〝竿仲間〟の与吉が強力な援軍となって現われたことは、心身共に大きな支えとなった。

将軍から見込まれての直命による陰供であるが、主膳一人では荷が重すぎた。高田大和守も仲間を誘ってよいと言った。

主膳は古坂平四郎、倉地内記、梶野甚左衛門の元御庭番仲間の協力を求めることにした。彼らはいずれも現役中、主膳と共に切磋琢磨した御庭番仲間屈指の手練である。三人が加わってくれれば心強い。

主膳はまず、甚左衛門に声をかけた。行きつけの社の境内で、猫の死骸を前に甚左衛門が悄然としていた。

「甚左、どうした」

主膳が声をかけると、甚左衛門は放散したような視線を主膳に向けて、

「猫が死んでしもうた」

と言った。

「命あるもの、いつかは死別しなければなるまい」

「お主は左様に言うが、家の中で手厚く飼われている猫は、五年も十年も長生きするというのに、野良はせいぜい生きて一年じゃ。せめてわしにたっぷりと餌をあたえられる力があれば、死なせずにすんだものをとおもうと、不憫でならぬ。猫一匹救えぬおのれの不甲斐なさが悔しゅうてならぬ」

「お主の責任ではない。おのれをあまり責めるな。今日はお主に頼みがあってまいった」

「わしに頼みだと。猫一匹救えぬわしに、なにをせよと言うのだ」

「お主の腕が欲しい」

「わしの腕……ふ、ふ、左様なものはとうに腐り果ててしもうたわ」

「まあ、聞け」

主膳は将軍直命による和宮道中の陰供の一件を話した。

「左様なたわごと、信じられぬ」

甚左衛門は相手にしなかった。

「たわごとではない。御駕籠台下に召されて、上様直々の御沙汰を被った」

「たわごとでなければ、正気とはおもえぬ。御目見以下の、しかも隠居したお主を上様直々に召し出すはずもなかろう」

「それが、上様のお目に止まったのじゃ」

主膳は桜田門外の変のさいの、竜の口の仇討ちの一件を話した。甚左衛門の面に驚きの色が塗られた。

「あれはお主のしたことであったのか」

「これまで黙していたが、お上の知るところとなった。甚左、お主の腕を猫の世話で腐らせるのは惜しい。もう一度、公儀のために役立てぬか」

「与太話でないことはわかった。だが、いまさら出て行く気はない。猫の世話がわしには似合っているのよ」

「いまのままでは、その猫の世話もできぬではないか。お主、なんのために武芸に励んだのだ。一朝事あるとき、上様のために役立てるためではなかったか。いま、上様の御沙汰を受けて、その腕を役立てるときがきたのではないか」

「それは致仕（引退）する前のことよ。わしらは逝き後れたのじゃ。役にも立たぬ武芸に励み、後生大事に腰のものを武士の魂として抱え込み、役立たずのまま老いぼれて死ぬ日を待っているのじゃ」

「まだ逝き後れたわけではないぞ。上様が我らを召し出されたのじゃ。これに応ぜずば、紀州以来の御庭番、なんの顔あって祖霊にまみえるか。いまここで立たずば、お主、すべての猫を死なせることになるぞ」

「猫をすべて死なせるだと」

「そうよ。このまま境内にうずくまって死んだ猫を嘆いておっても、餌はどこからも来ぬ。上意を奉じて、累代の御恩に報い奉らんとおもわんのか。ここに当座手当金を賜った。猫の餌を買うがよい」

主膳は殿中の勘定所から支給された当座手当金の一部を、甚左衛門に分けた。

放散していた甚左衛門の目が、焦点を取り戻したようである。

「この金を上様が下し賜れたのか」

「そうだ。上様が我らの腕を求めておられる。御命を奉じて、共に和宮様を守り奉ろうではないか」

「だいぶ錆びてしもうたが、この腕、果たして役に立つかな」

「立つとも。お主の腕はわしがだれよりもよく知っておる。猫の世話などで腐る腕ではないわ」

　梶野甚左衛門が仲間に加わった。

　主膳は甚左衛門を伴って、次に倉地内記に会いに行った。

内記の居場所は、おおかた定まっている。寓居の近くの碁会所でカモを探し、金を巻き上げている。

　甚左衛門のように猫の餌代にも事を欠き、また平四郎のように他人にものを乞うこともなく、ともかく自力で稼いでいる。その意味では、退役四人組の中では最も羽振りがよい。

　碁会所の前に来ると、中で人が罵り合うような気配がして、表障子が開き、褌一丁の内記が突き出された。

　主膳と甚左衛門が驚いて、

「内記、その姿はなんとしたのだ」

　と問うと、内記はいたずらを見つけられた子供のように頭をかきながら、

「カモとおもった相手が意外に強くてな、このように身ぐるみ剝がされてしもうた」

と頭をかいた。同時に大きなくしゃみをした。

「その恰好では往来もなるまい。せめて衣服だけでもわしが取り返してくる」

主膳は碁会所に入り、相手に交渉して、衣服を買い戻してやった。

三人は近所にあった葦簀張りの休み茶屋へ入った。小腹がへっていたので、麦湯に団子を取り、腹の虫を落ち着かせた主膳は、内記を口説き始めた。

「お主たち、正気か」

内記は口中に団子を咥えたまま、甚左衛門と同じ台詞を吐いて、呆れたように二人を見た。

「正気だ。主膳に説かれての、このまま朽ちていくのが惜しくなった」

甚左衛門が言った。

「惜しむような身分ではあるまい。五十俵十人扶持、直参とは名ばかり、御目見以下の生涯捨て扶持をあたえられて、いまはその扶持からも離れた世捨て人よ。なにを惜しむものがあろう」

内記は自嘲するように笑った。

「その生きざまを惜しむのだ。このまま死んでは、なんのために生まれてきたのか」

と甚左衛門に問われて、内記は返答に詰まった。

「捨て扶持であろうと、お上の御恩を被ったことには変わりあるまい。紀州家以来の将軍家御庭番、五十俵十人扶持の家禄であっても、天下泰平の御代になすこともなく、代々家を保てたのはだれのおかげぞ。致仕した我らが、上様直々のお召し出しに与ったのじゃ。祖霊がさぞ喜んでいるであろう。これぞ千載一遇の機会ではないか」

と主膳がかたわらから言葉を添えた。

「公儀のご威光も地に堕ちたものよな。江戸城大手前にて天下のご大老を討たれ、物置の奥に埃を被って捨ておかれたような老いぼれを召し出すほど、公儀に人はいないのか」

内記は嘲笑った。今度は自分を嘲ったのではない。

「その大老の仇を、隠居した御家人がその場を去らせず討ち果たしたではないか」

甚左衛門が言った。

「そのような噂もあるのう」

「噂ではない。事実じゃ」

「我らに関わりなかろう」

「大いに関わりあるぞ。お主、だれが大老の仇を討ったとおもう……」

「関わりがあるだと……まさか」

内記ははっとしたように視線を上げた。

「主膳よ。主膳がたまたまその場に行き合わせて、浪士どもを追いかけ、竜の口において仇を討ち、大老の御首級（みしるし）を取り返したのじゃ」

「主膳、竜の口の仇討ちは、お主であったか」

内記が見直したように主膳を見た。

「このことが上聞に達し、主膳を通して、我らに御沙汰が下ったのじゃ」

甚左衛門が言った。

「行きたければ、お主らが行け。わしは賭け碁が性（しょう）に合っておる」

「お主の腕を賭け碁で腐らせてもよいのか」

「とうに腐っておるよ。武芸などしょせん、なんの役にも立たぬ。わしは生まれる時代をまちがえたのかもしれぬな」

「まちがえてはおらぬ。まちがえておれば、上様からお召しは下らぬ」

「遅い。遅すぎる。まちがえたのでなければ、逝き後れたのじゃ」

「わしも同じように考えておった。だが、主膳から言われて、間に合うかもしれぬとおもい直したのじゃ。家祖すべてが待ち望み、ついに賜ることのなかったお召し出しを、賭け碁と引き替えにしてよいのか」

「引き替えにはせぬよ。これがわしの現実だ。お主らは夢を見ておる。年甲斐もない夢をな。わしも以前は、そんな夢を見たこともあった。だが、いまのわしには夢はいらぬ。これでもけっこうこの境遇を楽しんでおるのだ。夢も責任もない。強いて言えば趣味だな。わしは趣味でこの歳を生きておる。お主らは夢に生きろ」

内記は言った。その時、複数の足音がして、ぞろりとした服を着た遊冶郎体の若者が四、五人、茶屋の前を通りかかった。

「いたいた。こんなところにいやがった」

一人が主膳ら三人を認めて言った。

「おい、爺さん。忘れ物だぜ」

別の一人が手に抱え持って来た内記の大小を、がらりと彼の足許へ放り投げた。

「こんな赤鰯（鈍刀）をかたにもらっても、菜っ葉も切れねえよ」

「賭け碁に負けて、武士の魂までかたに入れるたあ、武士も落ちたもんだね」

「武士は武士でも、鰹節か八木節だろうぜ」

どっと笑って、遊冶郎群は立ち去って行った。

地上に投げ捨てられた大小を取り上げた内記は、鞘に付いた泥を払って、腰に差した。

「お主、趣味で生きておりながら、まだ左様なものをたばさんでおったのか」

主膳が言った。内記は答えなかった。

「仮にも武士の魂。趣味でたばさむものではなかろう。趣味で生きるもけっこうであるが、腰のものは外すことだな」

甚左衛門が言った。彼が猫に餌をあたえていたときは丸腰であった。

「されば、我らは夢を追う。お主は趣味に生きるがよい」

主膳が言って、腰を上げた。二人が内記に背を向けかけると、

「待て」

と内記が声をかけた。二人が振り向くと、

「お主ら、武士の魂と言うたな」

内記が問うた。

「言うたが、それがなんとした」

甚左衛門が問い返した。

「わしは魂を忘れておった。そのようなものがあることすら忘れていた。賭け碁を打ちながらも大小を離さなかったのは、忘れながらも、どこかに魂を後生大事に抱えて

おったのかの」

「そういうことであろうかな」

「まだ、わしにも武士の尾が残っているのかの」

「未練の尾かもしれぬよ」

「紀州以来の尾は簡単には断ち切れぬ。武士の尾が残っている間に、わしも仲間に入れてもらおうか」

　ここに内記が加わった。

二

　二人の仲間を得た主膳は、三人打ち揃って、古坂平四郎を引き出しに行った。平四郎の菰場（菰を広げている場所）はおおかた芝神明前か、深川八幡前である。

　平四郎に言わせると、武士や僧侶の多い上野や浅草はもらいが少ない。町人、特に職人が多く集まる深川は、菰の中身（もらい）が多いそうである。

　深川八幡前の定位置に平四郎はうずくまっていた。お菰仲間に袋叩きにされてから、仲間と認められたらしい。

三人が平四郎の菰の前に立つと、喜捨(きしゃ)人（施(ほどこ)しをする人）とおもったらしく、目を上げた。すっかり乞食が身についている。

「なんだ、貴公らか。三人打ち揃うて八幡詣(もう)でか」

平四郎が言った。

「お主に会いに来たのよ」

内記が言った。

「わしに。わしになんの用だ」

平四郎の面を不審の色が塗った。

「お主を引き出しにまいったのじゃ。お主の腕を我らに貸してもらいたい」

「わしの腕、はて、そんなものがあったかな。あるとすれば、ご報謝を頂戴するこの手だけであるが」

平四郎は喜捨された小銭を入れた木鉢を捧(ささ)げ持った。

「お主の腕をお上が買いたいそうだ」

内記が言った。

「お上がわしの腕をだと。なにをたわけたことを。一文、二文のご報謝にありついて生きておるわしに、お上がなにをいまさら求めるか。冗談も休み休みにせよ」

「わしも最初は冗談だとおもった。だがの、主膳が御駕籠台下に召し出されて、上様直々の御沙汰を被ったのじゃ」

「なんだと。お主ら、夢でも見たのではないのか」

　平四郎はてんから信じようとしない。

「夢ではない証拠に、我ら三人がここにおる」

　内記が、主膳が将軍から和宮道中陰供の直命を受けた経緯を話した。だが、平四郎の面に塗られた不審の色はますます濃くなった。

「お主ら、夢を見ているのでなければ、揃ってぼけたか。わしは物乞いをして生きてはおるが、まだぼけてはおらぬつもりじゃ。和宮様の陰供、話としては面白い。だが、いかに幕府に人なしといえども、上様直々に御目見以下のお役を離れた我ら老いぼれを召し出すはずもなかろうが。冗談もほどほどにせいよ。さあ、そこに立っておられては、せっかくのご報謝が通り過ぎてしまう。帰ってくれ」

　平四郎は言った。彼が持った木鉢に、主膳が小判を二両投げ入れた。平四郎が驚いた表情をした。

「畏（おそ）れ多くも上様が下しおかれた当座の御手当金じゃ。夢を見たにしては大金であろう。嚙（か）んでみよ。偽金ではないぞ」

　主膳が言った。

「お主ら、まさか金に窮して、押し込み強盗を働いたのではあるまいの」

「はは、老いたりとはいえ、三人打ち揃うて押し込み強盗を働くほどぼけてはおらぬ。殿中御勘定所より下し賜れた御手当金じゃ。とりあえず百両、お主にまことに我らに加わる気があれば、お主の取り分は二十五両、あくまでも余生を菰を広げて終わるというのであれば、長年の誼、その二両は我らの喜捨じゃ。どうする。残金欲しくないか」

　主膳の言葉に、平四郎の顔色が動いた。

「どうやら夢を見たのでもなければ、ぼけたのでもなさそうだの」

「そうよ。ぼけるにはまだ早い。だが、夢は見ているかもしれぬ。我ら三人、このまま朽ち果てては、紀州以来の祖霊に合わす顔がない。痩せても枯れても将軍直属の御庭番じゃ。せめて生涯に一度、御駕籠台下に召し出され、上様の御命を奉じて、華々しく御用を相務めたいという夢をな。その夢を叶えるときがきたのじゃ。少々遅かったが、間に合うた。これを逃して、悔いを千載に残すまいぞ」

　主膳が説いた。

「千載の悔いか。左様な言葉も忘れておったな。おもえば悔いばかりのこれまでの生きざまであった」

平四郎が述懐するように言った。

「これ以上の悔いを重ねるな。お主の腕を貸せ。いや、売れ。少なくとも一文二文の鉢を持つよりは手応えがあろうぞ」

「公儀がわしの老いた腕に二十五両の値をつけたのか」

「それも当座の御手当金じゃ。御役、首尾よく果たせば、さらにご褒美を下されようぞ」

そのとき通行人が小銭を鉢に投げ込んだ。

「せっかくのご報謝なれど、本日ただいまをもって乞食は廃業いたした」

古坂平四郎は鉢の中の小銭を投げ返した。

ここに主膳は三人の仲間を得た。

不帰(かえらじ)の旅愁(りょしゅう)

一

和多田主膳以下、四人は京に上って、和宮江戸下向(げこう)まで待機することにした。

身辺の整理をすませた四人は、文久元年（一八六一）二月下旬のある日、住み慣れた江戸から京に向けて出立(しゅったつ)した。うららかな春光が江戸の町に弾んで、品川の海が輝いていた。

四人は感慨無量(かんがいむりょう)であった。もはや出番はないものとあきらめていた退役御庭番が召し出され、幕府起死回生(きしかいせい)の朝幕縁組の陰の護衛を仰(おお)せつけられた。身にあまる光栄であると同時に、老いた身に下された大命の重さをひしひしと感じている。

四人は身内の者や友人たちには、連れ立って関西見物に行くと偽(いつわ)った。将軍直々のお声がかりによる秘命を、骨肉といえども明らかにすることはできない。家族たちは、隠居たちの突然の関西見物に驚いた様子であったが、驚いたのはむしろ、老人たちがそのような費用を隠し持っていたことであり、当分の間、厄介払いをしたようにおもったようである。

「よく見ておけ。これが江戸の見納めになるやもしれぬぞ」

主膳は三人の同志に言った。

御庭番のお役目は生還が期し難いが、特にこの度のお役目は幕府の死活に関わる重大事である。

堂上（朝廷）には和宮降嫁に反対する公家が蠢動し、尊皇攘夷派の志士は、幕府の皇妹奏請は将来、朝幕手切れの際、和宮を人質とする魂胆であると疑い、江戸下向の途中に和宮を奪取しようとしているという風聞が流れている。

和宮降嫁を強行に反対する水戸、宇都宮、越後の過激浪士が、翌文久二年一月十五日、坂下門外に公武合体策をおし進めた老中安藤信正を襲撃して、刺客六名全員が斬り殺された。安藤は軽傷を負ったが、無事であった。

桜田門外の変で懲りた幕府は警護を厳重にして、再度襲撃して来た刺客団に断乎たる姿勢を示したのである。

だが、和宮降嫁に対する反感を象徴する事件であった。

眦（まなじり）を決しての旅立ちであったが、四人の心は緊張と同時に、弾んでいた。懐中に旅費はたっぷりとある。道連れは気心の知れた年来の友である。彼らは重大な御用を心の一隅に棚上げして、物見遊山（ものみゆさん）にでも出かけるようなときめきをおぼえていた。

御庭番として一生捨て扶持をもらい、将軍の御用を一度も承ることなく隠居し、このまま朽ち果てていくとおもっていた身が、突如、政治の表舞台に召し出された。御庭番としてこれに勝る栄誉があろうか。

死んだも同然であった廃物がよみがえったのである。彼らは捨てた一生をもう一度、拾い上げたような気がしていた。一度は捨てた一生であるから、もはや惜しむことはない。父祖代々の恩に報いるために、この廃物を精一杯利用して、死に花を咲かせるつもりであった。

幕府は和宮の春の下向を予定している。四人はゆるゆると東海道を上り、三月十日に京に着到した。京では三河屋与吉こと友右衛門が用意してくれていた伏見の「熱田（あつた）屋」という旅館に落ち着いた。この熱田屋は文久二年四月二十三日、薩摩藩の内ゲバが発生した「寺田屋（てらだ）」の近所にあった。

四人は熱田屋に逗留して、京都見物を装いながら都の情勢を偵察した。いまや政治の表舞台は江戸から京へ移り、物情騒然としている。

文久年間は暗殺の年代と言われた時代である。この年間に、目ぼしい暗殺事件が京都を中心にして目白押しに発生している。

文久元年五月、イギリス特派全権公使オールコックの襲撃。

文久二年一月、老中安藤信正の坂下門外の襲撃。同年四月、土佐藩参政吉田東洋（よしだとうよう）暗殺。同年七月、九条家諸大夫島田左近（しまださこん）暗殺。同年十二月、熊本藩士横井小楠（よこいしょうなん）襲撃。

文久三年四月、新徴（しんちょう）浪士隊の清河八郎（きよかわはちろう）暗殺、同年五月、姉小路公知（あねがこうじきんとも）、皇居朔平（さくへい）門外にて暗殺。

暗殺者は殺される者を国賊（こくぞく）と呼び、自らの行為を天誅（てんちゅう）と主張した。天誅とは、天に代わって悪を成敗するという発想であり、なんの根拠もないのに自らを天に置き、その行為を正当化している。

自分と反対の思想や体制に属する者を、討論ではなく、暴力によって殺害する破壊行為が暗殺であり、時に自らの拠（よ）って立つ生活基盤や組織体制までも破壊してしまう。

おおむね暗殺の対象にされる者は、高所、大所に立って将来を考える者が多いが、暗殺者は視野が狭く、師事や兄事する者の思想にかぶれ、時代の変革期の異常な興奮に酔って実力行動に走るケースが多い。

言ってわからないので実力を用いたのではなく、最初から問答無用であり、改革のための犠牲（破壊）は当然という論理である。

天誅の鉾先は女性や外国人にも向けられた。

暗殺の嵐は元治年間に入ってもおさまらず、元治元年（一八六四）六月には、有名な池田屋騒動が発生する。

だが、四人が京へ上ったころは、新選組もまだ姿を現わしておらず、京は一見、古都の穏やかな春光に包まれていた。

四人が京へ来たのは、この年が初めてである。現役時代はもちろん、勝手に旅行することもできず、隠居したからといって自由な行動は許されない。お上りさんの彼らにとって、見るもの、聞くもの、すべてが珍しかった。

当時、高級品はすべて上方から下ってくる下り物とされ、関東産の品物は「下らない物」とされた。

京は開都以来、権力の交代に馴れている。住民は一天万乗の天皇のまします都人としての誇りが高い。源平盛衰のころから武士が武力によって天皇から実権を奪っても、どうせ驕る者は久しからずと冷ややかに眺めている。

二百数十年つづいた幕府の威勢も、米国の圧力を受けて、ようやく衰えを見せ、京都に尊皇の志士が集まって、倒幕の気運が盛んになっている。

だが、彼らはまだ幕府に抗し得る組織的な力になっていない。まだ世間をろくに知らない若侍が寄り集まって、天下国家を論じ合い、憂国の熱情に浮かされたようになって、虹のような気炎を吐いているだけである。

尊皇はとにかくとして、諸外国を討つ力もないのに、大砲の前で刀や槍を振り回して、攘夷を唱える滑稽さには気がついていない。

四人が江戸を発ってから、幕府は朝幕縁組に対する風当たりの強いところから、和宮下向の途次における万一の異変を危惧して、東海道筋、諸川の増水を理由に、一時下向の延期を朝廷に申し入れた。

この間、京都所司代は京都市中における不穏な浪士の取り締まりに精を出した。京都には諸国の尊皇攘夷派の過激分子が脱藩して集まって来ている。これになにか事あれかしと望んでいる食いつめ浪人たちが便乗して、志士を気取り、横行闊歩していた。尊皇攘夷がどういうことかもよく知らぬ浪人者が、勝手に尊皇の志士を僭称して、市中の商店に押し入り、御用金を強請した。

京都市街の中心部を南北に走る河原町通に、三河屋の京都店があり、幕府御用の拠点となっている。江戸からの四人への指令や、京都逗留中の諸費用は、この京都店を介して出される。

四人は定期的に京都店に立ち寄るように、江戸出立のみぎり、桜井豊後守から申し渡されていた。

友右衛門からの命令が行き届いていると見えて、四人は三河屋京都店から下へも置かぬような扱いを受けている。

京へ上って約一ヵ月、ようやく都の事情に慣れたころ、定時連絡に三河屋へ立ち寄ると、店先が騒がしい。数人の凶悪な面相をした浪人たちが店先に屯して、因縁をつけているようである。

「我らは帝を守護し奉り、京の治安を維持し、夷狄を攘ち払うために志を同じゅうする士である。ついては、そのための御用金を当家に用立ててもらいたい」

と店頭に座り込んで強談していた。番頭が小粒を包んだおひねりを三方に載せて差し出すと、浪人集団のひときわ凶相をした首領株がおひねりを開き、

「なんだ、これは。我ら天朝を助くるために集った同志を愚弄するか」

と、おひねりの中の小粒を地上に叩きつけて、刀の柄に手をかけた。番頭が青くなった。

「野良犬どもが朝廷の御名を騙りおって」

気の短い倉地内記が、彼らの傍若無人を見るに見かねて割り込もうとしたのを、主膳は、

「捨ておけ。我らの相手はきゃつらではない」

と引き止めた。

「公儀御用の店先で、人もなげなる振る舞い、目にあまる」

幕府御用の都の拠点に、食いつめ浪人が屯して金を強請している。幕府の威勢盛んなときであれば、考えられないことであった。

「これを捨ておけと言うのか。我らは痩せても枯れても直参旗本、いまは隠居でもない。公儀御用の店が野良犬どもに泥足で踏み荒らされているのを目前にして、指をくわえていたとあっては、我らの面目が立たぬ」

内記は歯ぎしりした。

「まあ、そのようにいきり立つな」

主膳は内記を制して、路上から礫を拾い取った。

三人の不審の視線を集めて、主膳の利き腕が宙に振られた。主膳の拳の先から放たれた礫が宙を水平に、直線を引いたように飛んで、首領株の横面に命中した。

浪人は一瞬、脳震盪を起こして意識が薄れた。本人も同行していた浪人たちも、なにごとが起きたのかわからない。

つづいて二粒目、三粒目の礫が飛来して、浪人たちに命中した。同時に鋭く呼び子が鳴った。役人だという声がどこからか聞こえた。

視野がくらむほどのダメージを加えられて、一瞬の間に三人の屈強な戦力を無力にされた浪人団は、怖じ気づいた。

健在の浪人たちは、首領が地上に叩きつけた小粒を拾い集めると、逃げるように店先から立ち去って行った。

京に逗留すること約七ヵ月、見るべきところはおおかた見尽くし、髀肉の嘆を洩らしかけていたとき、ようやく三河屋の京都店を通じて幕府から連絡がきた。

和宮下向発輿の日程が十月二十日と決定したので、陰供警護ぬかりなく、いつにても出立できるように準備含みまかりおくようにという内命である。四人は勇躍した。

ついにその日がきた。当日は晴天であった。

文久元年十月二十日辰の刻(午前八時)、和宮の輿車は桂御所を出門した。供奉するのは中山大納言忠能、今出川権中納言実順、八条中将隆声、千種少将有文、岩倉少将具視以下公家、殿上人、地下の官人、お付きの女官等二十数人、江戸より迎えの上臈、お局、また京都町奉行が手兵を率いて先駆し、迎使として上洛した若年寄加納遠江守も列後に加わった。

さらに、生母勧行院、武家伝奏広橋光成、同坊城俊克、参議野宮定功、殿上人の典侍、命婦以下、お付きの女官が従い、供奉の同勢はいずれも陣笠、腰弁当で供男一人ずつを連れて、列外から供をした。

孝明天皇は猿ヶ辻築地の南門に出御して、内々ながら親しくお見送りされた。

和宮の輿車の前後には講武所より選ばれた屈強の者五十人が固め、総勢二千七百九十四人、鉄砲、纏、馬簾を押し立てて、軍旅と変わらぬ陣容であった。

これは供奉を命ぜられた正規の人数で、沿道の警備に当たった各藩の人数、人夫、助郷（臨時に徴用された人馬）を合わせると、一日平均二万五千人、馬千頭という空前の大行列となった。

行列は先駆けの前々日、前日、前隊・本隊の当日、後詰めの翌日の四隊に分かれて、先駆けが沿道の警備と、設備や継立人馬の準備に当たり、前隊がこれを確認し、後詰めは後始末を行なった。

和宮は江戸下向に先立つ文久元年四月十九日、内親王の宣下があり、その資格を示す唐庇青糸毛の輿車を召し、これに歌書櫃、和琴櫃、御対箱、御衣装櫃、化粧箱、茶道具以下山のような調度品、および将軍家への献上品がつづき、その豪壮、華麗さは、沿道の見物の目を奪った。

和宮の輿車につづいて、鹵簿（行列）に付いた姉小路勝光院、つづいて宰相典侍庭田嗣子や女房連が、朱塗りの鋲打駕籠に打ち乗ってつづく。各駕籠脇には用人が左右に一人ずつ、お広敷番頭（江戸城の大奥役人）が二人、また彼らはそれぞれ従者を引き連れ、一人の女房の駕籠に冠をつけた扈従が十一人ついた。

江戸下向の道筋として選ばれた中山道では、あらかじめ予定コースの街道が整備された。道幅を最小二間二尺（約四メートル）に拡げ、厚さ一尺の石を敷きつめ、土を被せ、路面には小砂利を敷いた。路肩には排水口を掘った。

往還に面した二階家の窓は横板を打ちつけて塞ぎ、見苦しい民家や廃屋はすべて取り壊した。路上に伸びた木の枝も切り払われた。これは単に美観のためだけではなく、待ち伏せの予防であった。

各宿場の本陣はすべて畳を替え、古い建具や戸棚は塗り替え、張り替えられた。御手水所（便所）と湯殿は新しく建て直された。

この空前の花嫁行列を見て、だれよりも驚いたのは陰供を命じられた四人である。

「これでは我らの出る幕はないではないか」

「いかに命知らずの浪士どもでも、この御行列から内親王を奪い返し奉ろうとする者はいまい」

「いやはや。我ら隠居をなんのために召し出したのか。主膳、お主、まことに上様の召しを賜ったのか」

三人の同志は、大規模な花嫁行列に仰天（ぎょうてん）し、主膳に疑わしげな視線を集めた。

警護は行列の供だけではない。沿道の各藩十二藩が、領内通行中の行列の護衛に当たり、近隣藩を合わせて二十九藩が沿道の警備に当たった。

当初、行列の規模と華麗さに驚いた主膳であったが、しばし行列を観察していた彼は、

「我らの出番がまわってくるやもしれぬぞ。見ろ、先駆けが一刻（とき）（二時間）も前に発しているのに、殿（しんがり）は動いておらぬ。二千八百の供奉を揃えても、その大半は公家や年寄や女どもだ。役に立つ者は百人もおらぬ。そのうち、御輿の前後に付き従う者は五十人、御輿脇を固める者は数人にすぎぬ。桜田門から少しも学んでおらぬよ。沿道の警備に当たる各藩も、必ずしも親幕藩とは限らぬ。また親幕藩中においても、尊皇派がおろう。尊皇攘夷派の浪人どもが各藩の過激派の協力を得て、道中を襲わぬとい

う保証はない。道中つつがなく相すめば重畳であるが、油断は禁物じゃ」

と三人を戒めた。

和宮の行路は大津から近江、美濃、尾張、信濃、上野の各国を経て、中山道伝いに江戸へ向かうものである。

中山道は温暖な太平洋岸を伝う東海道に比べて、信濃や木曾の険しい山中を行き、全長五百三十三キロ、宿数も東海道よりも多い六十九宿を数えるが、大河や大兵力の待ち伏せに適した箱根、鈴鹿のような天険がない。

東海道は設備もよく、京から江戸まで五十三駅、四百九十二キロ、中山道に比べて四十一キロ、十六宿短いが、途中に薩埵峠という縁起の悪い名前の峠があるために、これを敬遠して、あえて険しい木曾路から中山道の長途を選んだのである。

十月二十日、発輿し、大津に二泊した。大津の宿は和宮一行で溢れ返り、一般旅行者は泊まるどころか、はじき出された。一行は本陣、脇本陣以下、すべての旅宿はもとより、寺社、民家にまで分宿し、徴発された助郷のために仮小屋が建てられた。宿だけではなく、伝馬、人足と馬、助郷、補充の人馬等がすべて和宮の行列に動員された。

大津宿に二泊したのは、沿道、先駅の準備が整わなかったからである。各先駅には、先発隊が先行して、宿、休憩所、沿道の警備など、準備を整えている。

和宮の疲労を慮って、行列は行路途上、しばしば休憩した。まことに遅々たる行列の歩みであった。

四人は大津宿の外れに、陰供として野宿した。旅籠も民家もすべて行列の供奉の者に充てられている。

本隊が到着した後、最後尾が到着するまで深夜に及んだ。殿部隊の到着と入れ替わるように、先駆けはまだ暗いうちを出発して行く。宿場には昼夜、警護の者が見まわっている。

だが、主膳は宿場を密かに偵察して、分宿した行列各部隊の間に連携が取れておらず、不審番の配置も粗雑であることに気がついた。

しかも、屈強の護衛陣は本陣から離れた宿舎におり、本陣、脇本陣、および近くの宿舎には殿上人、典侍、お付きの女官、江戸から迎えの上﨟、お局等、非戦闘員のみが宿泊している。

これを襲われれば、本陣からはるか離れた宿舎にいる護衛陣は急場に間に合わない。藩の護衛は行列の軍旅さながらの陣容に、焚き火を囲んで酒を飲み、油断しきっている。見まわりは形式だけで、不寝番も船を漕いでいる始末である。

四人が本陣の近くまで迫っても、咎める者もいない。京都、江戸、各藩の者が入り混じっているので、たがいに見分けがつかないのである。この間隙を衝けば、本陣にも入れそうであった。

「危ないのう。本陣には堂上で肥え太って、身動きもままならぬ公家や女官ばかりではないか」

「これでは変事に際して、ものの役には立つまい」

内記や甚左衛門が案じた。

「ようやくわかったようだの。そのためにこそ、我らが召し出されたのじゃ」

主膳が言った。

だが、主膳らが陰供をしていることは、行列の供揃いや各藩の警衛の士には報されていない。不審の者として捕らえられれば、申し開きは立たない。

二十二日、ようやく本隊が出発しても、後始末に殿部隊が二百人以上残らなければならない。

幸いに大津宿ではなにごともなく出立した。

二十三日越知川、二十四日柏原、二十五日関ヶ原から赤坂へと泊まりを重ね、旅程を延ばしていった。

この間、主膳ら四人は、行列から付かず離れず、陰供をした。

二

和宮は毎日、機嫌よく旅をつづけていた。十五歳の少女でありながら、我が身を朝幕提携の楔として、会ったこともない将軍に嫁ぐために、未知の関東へ従容として下っていく。

だが、この旅が和宮に楽しかろうはずがない。彼女はもともと都が大好きで、関東に下ることを死ぬほど嫌がっていたのである。

幕威衰えたりとはいえ、幕府の請願を無下にはねつけることはできない。天下の形勢不穏の時局であればこそ、国家の大計として、朝幕一和が求められる。時代を見るに鋭敏な孝明天皇は、朝幕提携の必要性を認識していた。天皇としても、ただ一人の妹を関東へ送りたくはなかったが、天下の安定のためにやむを得ずと判断して、和宮を諭した。

和宮は兄帝に、

「私は父帝の御顔を拝することもなく生まれた身ゆえ、ねがわくば剃髪（出家）し、父帝の陵(みささぎ)を守り、生涯、香華を捧げたいゆえ、幕府の請願を御退(おしりぞ)けあそばしますようお願い申し上げます」

と願い出ていた。

だが、兄帝に諄々(じゅんじゅん)と諭されて、国難を救うために関東下向を決意したのである。

この時代、皇妹に生まれた運命を潔く受け入れている。和宮は幕府の政略の犠牲と言えよう。

詠じた時期は不明であるが、

惜しまじな君と民とのためならば
　身は武蔵野の露と消ゆとも

の作歌に、彼女の決意のほどがうかがわれる。

一身の犠牲によって、天下の安定が得られるならばと、明るく一身を運命に挺(てい)しているけなげな姿勢は、江戸、京都、各藩を問わず、供奉警衛の者を感銘(かんめい)させた。

衰えかけた幕威を和宮によって回復しようとしている幕府の意図が見え見えだけに、この婚儀に対する反感も強い。京都に集(つど)った尊攘派の浪士たちは、このままおめおめと和宮を江戸入りさせては、幕主朝従の構造が固まってしまうと息巻いていた。彼らはなんとしても和宮を江戸下向途上において奪還すべく画策していた。

そんな道中、彼女が顔を曇らせていれば、一行が暗くなることを慮って、努めて明るく振る舞っている。供奉の者はそれがわかるだけに、一層彼女がいじらしくなった。

江戸から吹く風

一

和宮の都に残した想いをいたわるように、行列はゆっくりと進んだ。

二十六日、永井肥前守の城下加納に泊まり、二十七日、鵜沼で昼食を摂る。木曾川を隔てて、犬山城が秀麗な姿を立ち上げている。

二十七日は太田に泊まり、二十八日、木曾川を越え、大久手、中津川と中山道を下っていく。中津川を過ぎると、次第に山気が濃くなり、木曾路へ踏み込んで行く。

十一月一日、中津川を発ち、馬籠で休み、妻籠を経て、木曾川に沿って三留野へ向かう。『木曾巡行記』には、妻籠は木曾路の中でも「寒気強く、田畑も少なく、宿立ても悪敷く、頭分の者も借財多く」と記述されているように、貧しい宿場である。

これまで、大大名の参勤交代でも、これほど大規模な行列が街道へ入り込んだのは初めてであった。昼食を摂った馬籠の宿場は、昼間でありながら、行列のかき立てる砂埃（すなぼこり）によって暗くなるほどであった。

本隊が出発した後、日没まで、人馬の動きが絶えることなく、暗くなってからようやく最後尾が通過した。

十一月二日、三留野を発ち、須原（すはら）で昼食を摂った一行は、上松（うえまつ）に向かった。行列はいよいよ木曾路の核心部にかかる。

街道が険阻（けんそ）になると、和宮は輿車から人が肩で担（かつ）ぐ輿に乗り換えた。供奉の公家や女官たちも輿に乗り換え、切り立った断崖の中腹を糸のように伝う山道を運ばれて行った。

見下ろせば千仞（せんじん）の谷底に急流が白い泡をかみ、頭上には巨大な岩石がいまにも崩れ落ちそうに張り出している。

晴れた日は、青空を背にして初めて見る息を呑むような雪化粧を施した高峰と錦繍（きんしゅう）に彩（いろど）られた山麓の木曾の絶景が次々に展開したが、いったん悪天になると、風雨や霙（みぞれ）が容赦（ようしゃ）なく一行を叩き、視野は心の底まで冷え冷えとするように蕭条（しょうじょう）としもがれた。

上松の手前には木曾川の激流によって形成された巨大な花崗岩の景勝、寝覚の床がある。

山が迫り、谷が狭くなってくる。急峻な山間にへばりつくように建っている家は貧しく、板葺きで、屋根には強風に耐えるために押し石が置かれている。

険しい山腹は濃密な樹林によって覆われ、耕地は見えない。進むほどに人煙は稀となり、山気が深まってくる。山は高く聳え、深く切れ落ちた谷底を木曾川の激流が白い泡をかんで走る。木曾路は崖伝いに細ぼそとつづいている。必然的に行列は長く延びた。

和宮の輿を囲んだ五十人の手練も、前後に長く延びて、輿脇には数人しか侍っていない。二千八百人近い大供揃えも、肝心の輿を固める者はわずか数人であった。

四人は焦った。ここを襲えば、わずかな手勢で輿を奪うことができる。だが、陰供は輿から遠く離れて行列に加わることもできない。

寝覚の床の手前に行列本隊がさしかかったとき、突如、本隊後部に騒動が起きた。

行列より少し上の山の斜面に設けられた貯木場に山積されていた枝を払っただけの原木が突然崩れて、行列の上に転がり落ちてきたのである。巨大な原木が山の斜面を加速度をつけて雪崩のように一斉に転落してきたので、行列は大混乱に陥った。

行列の注意が原木の崩落へ向けられたとき、手薄になった和宮の輿に、十人前後の浪士団が襲いかかった。

愕然（がくぜん）とした護衛陣が輿脇を固めようとしたが、いずれも遣（つか）い手揃（て）いの浪士団にはね返されてしまった。講武所選りすぐりといっても、しょせん道場剣法である。大護衛陣も前後に延び、原木雪崩に注意をそらされて、急場に間に合わない。

桜田門外と異なることは、浪士団に和宮に対する害意がないことである。いっぱしの忠臣気取りで、和宮の江戸下向を阻止し、京都へ奪還しようとしているだけである。

輿脇を固めた護衛陣は、たちまち斬り伏せられ、はねのけられて、地上に這（は）った。

この間、行列の同勢は、落ちてきた原木に注意を奪われて、和宮の輿の方角でなにが起きたか気がついていない。多少、御輿の方角が騒がしいとおもった者も、原木雪崩の混乱に巻き込まれた。

「我ら水戸、長州、土佐、肥後、宇都宮各藩の同志にございます。この度、内親王様、御意にそまざる御下向を、我ら、ご心中いかばかりかとおもい為し奉り、ここに申し合わせ、忠志の者ども、やむにやまれず、内親王様を都へお返し奉るべく参上いたしましてございます」

と護衛を斬り払って輿脇に迫った浪士団の首領格が、輿の内に声をかけた。

輿の内は寂(せき)として声もない。和宮は仰天して、言葉も出なくなったようである。首領は同志の浪士団に目配せすると、

「いざ、輿を移し奉れ」

と命じた。

時間を失えば、御輿の前後の供揃いが駆けつけて来る。一時、側近の護衛陣を制圧した浪士団は、御輿を担ぎ上げ、渓谷の下へ移そうとした。

浪士団は木曾路に待ち伏せ木曾の原木を木曾川を利用して流送する筏(いかだ)に輿を乗せて、名古屋(なごや)まで運ぼうと考えたのである。

この木曾式伐木運材法を利用した和宮奪還に、尾張藩の過激派が協力した。

輿を筏に乗せられてしまえば、木曾川の急流に追いつけない。だが、前後に延びきり、原木雪崩に打ちのめされた供揃いは、まだ駆けつけて来ない。輿の近くにいて右往左往(うおうさおう)しているのは側近の公家や、地下の官人、女官たちの非戦闘員ばかりである。

浪士団にあわや輿が奪われようとしたとき、輿を担ぎ上げようとした二人の浪士の胸と肩に矢音を立てて飛来した矢が突き立った。致命傷ではなかったが、二人は地上に転がった。

「やや、なにやつ」

愕然として浪士団が、矢が飛来した方角へ立ち向かおうとしたとき、混乱の中を駆けつけて来た三人の陰供が斬り込んできた。

「慌てるな。たかが三人の老いぼれ、なにほどのことやあらん」

逸早く陰供の兵力と、いずれも老齢であることを知った浪士団の首領は、束の間浮足立った浪士団を叱咤した。

立ち直って迎え討とうとした浪士団は、梶野甚左衛門の手許から繰り出されあるいは旋回する槍に、二人が剣を叩き落とされ、弾き飛ばされ、一人は足を払われて、その場にうずくまったまま身動きできなくなった。

つづいて攻め込んだ倉地内記の腕先から宙を走ってきた蛇によって、二人が剣を搦め取られ、一人は蛇の尾に目をしたたか打たれて、視力を失っていた。

蛇と見たのは長い鞭であった。浪士団が初めて目にする武器であった。鞭は自由自在に宙を走り、剣で払えば巻きつき、斬り払っても手応えがなく、あらゆる方角から襲ってくる。

また、槍は突くものと決め込んでいた浪士団の常識に反して、甚左衛門の槍は水車のように旋回して叩き、殴り、足を払う。和多田主膳はまだ剣も抜いていない。

たまらず浮き足立った浪士団に、正確無比な照準の古坂平四郎の矢が風を切って飛んで来る。

「おのれ、老いぼれめ」

意外な陰供の阻止に遭って、浪士団の首領は歯ぎしりをしながら、主膳に剣尖を向けた。彼を陰供の領袖と見て、退勢を挽回しようと図った。

「きさまら、尊皇に名を借りて天下を騒がす不届き者め」

主膳は首領一人をマークして、間合いを取った。両人は向かい合った瞬間、たがいに相手が容易ならざる敵であることを悟った。

「手出し無用」

主膳は槍と鞭と弓を構えた三人の同志を抑えて、じりりと間合いを詰めた。

浪士団の首領は、すでに何人かの血を吸っている太刀を構え直した。だが、主膳の剣はまだ鞘におさまったままである。

ようやく行列の前後の供揃いが異変に気づいた。原木の雪崩は鎮まったが、混乱はまだ収束していない。

「曲者ぞ、御輿を守り奉れ」

護衛陣が血相変えて輿脇へ駆けつけようとしたが、崖を伝う狭い街道がネックとなった。原木雪崩の混乱が浪士団の襲撃によって、さらに増幅された。

だが、向かい合った主膳と首領の周囲から一切の騒音が消えて、二人は剣気を集中した。

間合いが詰まって、剣気が実った。首領の必殺の破壊力を込めた太刀が風を巻いて殺到した。これをまともに受け止める力は主膳にはない。

主膳は避(よ)けも躱(かわ)しもしなかった。敵と位置を入れ替えながら、主膳の居合いが迸(ほとばし)った。刀風が主膳の身体をかすめ、熱湯のように熱い血がざざと音を立てながら、彼の身体に降りかかった。

一瞬、主膳は自分が斬られたとおもった。首領は瞬前まで主膳が立っていた位置に自らの血煙に包まれながら、空を切った太刀を杖にしてしばらく立っていたが、二、三歩前によろめくように歩きながら倒れた。

出遅れた警衛陣が、ようやく駆けつけて来た。血迷った彼らは、四人の陰供を襲撃の浪士団一味と勘ちがいした。

「狼藉者(ろうぜきもの)」

「内親王様の御輿を奪い奉ろうとは不届き千万、許さぬ」

警衛陣が四人を取り巻いた。

「勘ちがいするな。我らは公儀の陰供である。我らの手により、狼藉者は討ち果たした」

主膳らが訴えても、逆上した警衛陣は聞く耳を持たなかった。

そのとき、輿の戸が開いた。和宮が簾を上げて顔を覗かせ、

「この方々にご無礼があってはなりませぬ。この方々は危ういところを浪人から救うてくだされた恩人にございます」

と鈴のように涼やかな声で言った。

警衛の同勢はおもわずその威光に打たれて、はっとひれ伏した。供奉の公家や女官たちが、和宮の驥尾に付して、

「うろたえてはならぬ。この四人の者どもは、たしかに陰供じゃ」

と言葉を添えた。

警衛の同勢は和宮の態度に驚いていた。江戸へ下向するのを死ぬほど嫌がっていた和宮にしてみれば、浪士団は救いの使者であったはずである。それが浪士団を撃退した陰供を弁護した。四人の陰供は地に面を伏して恐懼した。

四人の陰供の働きによって、文字通り水際で和宮の輿を守った。だが、襲撃者に害意があれば、和宮の命は守り切れなかったであろう。

輿脇を固めていた講武所選りすぐりの護衛陣は、おもちゃの兵隊であることを露呈してしまった。

五十八人中、死者三人、重軽傷十三人、残りの者は戦意を喪失してしまった。軍旅並みの大兵力も急場の用に間に合わなかった。和宮を守ったのは事実上、四人の老いた陰供であった。

襲撃側の浪士団は十三人、うち一人は見張り、他の一人は原木を落とす役につき、戦闘に加わっていない。たった十一人の浪士に、二千八百人の大行列が攪乱されたのである。

供奉の首脳陣は護衛態勢を根本から検討し直す必要に迫られた。その夜、ともあれ上松に着いた一行は、主だった者が本陣に集合して、警護の方法を検討した。

陰供についた公儀御庭番の働きで、護衛の全責任を背負っている幕府側は、辛うじてその体面を保った。

その夜、上松の外れの民家に宿を取っていた四人の許に、本陣から呼び出しの使者が来た。

なにごとかと本陣に出頭した四人は、若年寄加納遠江守に直接先導されて、本陣の客殿に通された。そこに和宮が待っていた。

和宮の周囲には、中山大納言、今出川権中納言、千種少将、岩倉少将、宰相の典侍、女官などが綺羅、星のごとく侍っている。

四人は和宮の面前に召し出された。

「今日の其方どもの働き、まことに天晴れである。内親王様より畏れ多くも直々、御言葉を賜る」

遠江守が厳かな口調で言い渡した。

「今日は皆さまのおかげで、危ういところを救われ、嬉しく、有り難くおもいます」

和宮が涼しい声音で言った。四人は平伏して面も上げられない。

「皆さまが供に加わったのは、どなたのご命によるものですか」

つづいて和宮が問いかけた。

「苦しゅうない。御直答を許す」

岩倉少将とおぼしき側近の公家が言った。

「畏れながらお答え申し上げます。この度の陰供は上様直々の仰せ出だしによって承りましてございます」

主膳が代表して答えた。

「上様直々と申されると、将軍家の御直命によるものですか」

「御意に存じ奉ります」

和宮の面が輝いた。

「将軍家は私のことをさようにご案じあそばされて……」

あとの言葉は独り言のようになった。和宮は、彼女のために二千八百人の大供揃えをしただけでは心もとなく、さらに四人の陰供をつけてくれた家茂の配慮を嬉しくおもったのであろう。

「なお、この上ともによろしく頼みまいらせますぞ」

和宮は四人をねぎらった。

「内親王様の御感、斜めならず、わしも面目を施したぞ」

和宮の御座から下がって来るとき、遠江守が満足そうに言った。

幕府と供奉の心胆を寒からしめた事件であったが、これ以後、和宮に顕著な変化が現われた。

住み馴れし都路出でてけふ（今日）いく日
いそぐもつらき東路（あずまじ）のたび

と詠んだ歌に表れているように、関東へ下向することを死ぬほど嫌っていた和宮が、木曾路の事件以後、変わってきた。

これまでは供奉の同勢に配慮して、努めて機嫌よく見せかけていたのが、事件以来、江戸へ着くのを楽しみにしているような気配が感じられた。

家茂が自分のために陰供をつけてくれた配慮が、よほど嬉しかったらしい。背の君になる家茂がどんな人か、乙女の胸をときめかせているようである。

都を発輿したときは、刑場に引かれる囚人のようであった心が、木曾の襲撃以後、江戸へ着く日を指折り数えて待つような心境になっているらしい。供奉の者は和宮の明るい変化に、ほっとしていた。

事件以後、四人は陰供から和宮への輿脇を固める直衛を命ぜられた。すでに露(あらわ)れてしまった以上、陰供の意味はない。むしろ姿を現わして護衛した方が、敵に対する抑制(プレッシャー)ともなる。

十一人の遣い手揃いの浪士団をはね返した凄腕(すごうで)の用心棒が駕籠脇を固めていると知れば、第二の襲撃計画があったとしても、これにブレーキをかけるであろう。

事件の報告を受けた江戸は愕然とした。これを理由に輿入れ中止となり、和宮に引き返されては一大事である。浪士団の和宮奪還は失敗したが、もし和宮が都へ引き返せば、結果としては浪士団は目的を達したことになる。浪士団の襲撃の意図もそこにあったのかもしれない。

だが、ともあれ浪士団を撃退したので、一行はほっと胸を撫で下ろして旅をつづけた。

その後、藪原、本山、下諏訪と泊まりを重ね、下諏訪で甲州街道と分かれ、和田峠を越えた。

第二の襲撃があるとすれば、待ち伏せしやすい和田峠付近と緊張していた一行は、無事に峠を越えたので、ほっと一安心した。

この峠は、中山道、信濃山中の最も長丁場で、険しい急坂がつづく。

冬期は寒気と疲労で行き倒れになる旅人もあった。一人持荷物（五貫目、約十九キロ）も三人がかりで運び上げる。武士も人足もかかわりなく、寒冷の季節というのに汗みずくになって荷物を担ぎ上げようやく越える峠である。

二

沓掛から江戸まで三十八里一町（約百五十二キロ）、全行程中、三分の二強、踏破したことになる。碓氷峠を越えれば関東である。

　和宮一行の通過で大迷惑を受けたのが、沿道の宿場と、その近郷近在である。この空前の大行列を賄う宿所、食糧、馬匹はもとより、建物の新設、改築、道路の拡張や補修、これに当たる職人、工事人夫、資財・物資の輸送のための人馬など、沿道の宿だけでは賄いきれないために、助郷という臨時の人馬を近隣から動員した。

だが、定助郷だけでは足りず、代助郷、加助郷という臨時動員までが行なわれ、沿道からはるか離れた地域からまで人馬がかき集められた。

　和宮の佐久から沓掛、軽井沢への通行に際して、軽井沢、沓掛、追分の三宿に十一月六日から十日までの五日間、人足延べ二万八千六百九十五人、馬匹延べ千百三十四頭が集められた。

　臨時人馬収容のために小屋が建てられたが、とうてい収容しきれず、あぶれた人夫は寒気強まる高原の夜を野宿しなければならなかった。小屋に入れた者も着の身着のままで、筵の上にごろ寝をする。野宿する者はいっそう悲惨である。

　食事も塩をつけたにぎり飯に沢庵二切れだけ。しかも一日の手当は銭二文、籾四合、それすら宰領が私したり、不公平に分配した。

一日の助郷に往復数日費やして出て来る者もいる。往復の経費は自弁であるから、踏んだり蹴ったりであった。

あまりの酷使に耐えかねて、逃亡する者が後を絶たない。助郷人夫の不満は、動員日数が長くなればなるほど、遠方から徴用された者ほど高まっていた。

江戸が近づくほどに、一行の疲労も重なり、助郷の規模も拡大されてくる。

和田峠を越えて着いた沓掛宿では、主膳は助郷人夫の不満が最高に高まっている気配を肌に感じ取った。疲労困憊した一行が、十一月八日、今夜の宿を予定していた追分宿に到着したが、分けるという宿名が縁起が悪いということになって、急遽（きゅうきょ）、沓掛まで足を延ばすことになった。

だが、突然の旅宿の変更は、沿道の関係者に大混乱を生じさせた。

二千八百人の一行、およびこれを補助する数千人の人馬を賄う食糧、食器、寝具、その他の物品は追分に集結している。宿舎も追分に用意されている。

これを急遽、沓掛に移動し、一行が到着するまでのわずかな時間に、これを収容する宿舎を準備しなければならなかった。

中山道と北国（ほっこく）街道の分岐点に当たる交通の要衝（ようしょう）である追分に比べて、沓掛は蜀山人（しょくさんじん）も「駅舎のさま侘（わび）し」と書いているほどに、軽井沢と追分の間の寒駅であった。

ほとんどの旅人は通過してしまう沓掛に、中山道開かれて以来、空前の大行列が突如宿泊することになったのであるから、その混乱は収拾し難いものがあった。

　もしここを突かれればひとたまりもあるまい、と主膳らは肝が冷えたが、ともあれ一行が各宿舎にようやく落ち着いた深夜に至るまで、なにごとも起きなかった。だが、まだ油断はならない。

　和多田主膳は万一を慮って、倉地内記と共に宿場の見回りに出た。梶野甚左衛門と古坂平四郎は和宮の直衛として本陣に残した。

　二人が見回りに出る少し前、脇本陣から一人の奥女中風の若い女が忍び出て、宿外れの方角へ向かった。宿外れには助郷人夫たちの急造小屋が連なっている。小屋の前で人夫たちが焚き火を囲みながら酒盛りをしている。彼らは目ざとく娘を発見した。

　過酷な助郷に引き出され、長期家族から引き離され、劣悪な生活環境のもとに連日苦役を強いられて、心が荒廃していた人夫たちは、突然、目の前に現われた美しい女中に目をこすった。

　和宮一行には、都から鹵簿（行列）に従いて来た堂上の女官や、江戸から迎えに来た腰元たちが大勢いるが、彼女らは本陣、脇本陣の奥に隠れていて、助郷人夫はその足許にも近寄れない。

「おい、狐が化けたんじゃねえのか」

「裾をまくってみな。尻尾が出るかもしれねえ」

一瞬、驚いた人夫たちは、若い娘を一人と見て、獣性を剝き出した。郷里から離れて鬱積していた欲望に火が点いた。折悪しく、娘は助郷人夫仲間の中でも最も質の悪い一団に捕まってしまった。

人夫の中に前科者や無頼の者も混じり、仕事を怠けては博奕に耽り、近郷の婦女子にいたずらをしかけ、行列御用の物品や食糧をくすねることなどは常習である。

「小屋に引き込んで剝いてしまえ」

首領格の命令一下、わっと羊に群がる狼のように人夫が取りついて、たちまち手取り足取りして、人夫小屋へ担ぎ込んだ。悲鳴をあげかけた口を熊手のような手が塞いだ。

必死に抵抗した娘の、乱れた裾がかえって人夫たちの劣情をかき立てた。

浪士団が木曾路の襲撃に失敗して、あきらめたとはおもえない。明日、碓氷峠を越えれば、すでに関東の圏内である。行列が関東に入る前にしかけてくるやもしれない。

「内記、女の悲鳴を聞かなかったか」

宿外れの人夫小屋の近くで、主膳はふと立ち止まって耳を澄ました。

「わしはなにも聞かぬが」

「はて、わしの空耳であったか」

人夫小屋では夜遅くまで酒盛りをし、博奕に耽っている輩（やから）もいる。中には宿場の飯盛女を引き込む輩もいる。

ふたたび歩き始めたとき、二人ははっきりと「助けて」という女の悲鳴を聞いた。

「やや」

「聞いたぞ」

二人は顔を見合わせた。

悲鳴がきた方角に走り出そうとした内記を、主膳が、

「捨ておけ。我らの役目は内親王を守護し奉ることにある。それ以外のことには目をくれるな」

と制した。

「みすみす獣どもの餌食（えじき）にさせよと言うのか」

「そうだ。夜中、他行禁止の触れに背（そむ）いて、人夫小屋の近くをうろつき回っている女にろくな者はおるまい。自業自得よ。放っておけ」

主膳は冷たく言った。

だが、なにも聞かぬふりをして行き過ぎようとした二人の耳に、再三救いを求める女の声が届いた。内記が歯ぎしりしながら、

「主膳、お主が止めても、わしは一人でも行くぞ。救いを求めている女が自分の娘であっても、お主は見殺しにするか」

と言って、悲鳴の方角へ向かって走り始めた。やむを得ず主膳も後を追った。

行列は一泊であるが、和宮一行の通過に備えて、近郷近在、遠くは加助郷の人夫たちが何日も前から駆り出されている。

小屋の一つから不穏な気配が洩れ聞こえている。獲物を小屋に引きずり込んで、落花狼藉に及んでいる気配であった。

「内記、待て」

袖をつかんで引き止めようとした主膳の手を振り払って、内記は小屋の戸を蹴倒した。小屋の内では数人の荒くれ男たちが獲物に群れた肉食獣のように、娘の着物を剥奪している最中であった。

「狼藉者、控えよ」

内記は大喝した。一瞬、ぎょっとなった人夫たちは、内記を老人一人と見て、たちまち威勢を取り返した。

「狼藉者だと、ふん、笑わせるな」

「棺桶片足の老いぼれが、呆けて出るところをまちがえたんじゃねえのかい」

「片足どころか両足棺桶に突っ込みかけているんじゃねえのか」

「足許の明るいうちにとっとと帰んな。もっともこう暗くっちゃあ、一寸先も見えねえがな」

「両足なけりゃあ明るくても同じよ。昼間の提灯、爺の金玉役立たずと言うぜ」

わっと笑声があがって、ふたたび女の方へ姿勢を向けた。

そこへ内記の鞭が閃いた。突如、空間を走った凶悪な気配に危険を察知したときは、すでに鞭の触手に捕らえられていた。ある者は利き腕を叩かれ、ある者は目に痛打を食らい、戦闘能力と視力を失っていた。

人夫たちにはなにが起きたのかわからなかった。突然、身動きできなくなった仲間に、騒然となって立ち上がった。

「老いぼれ一人だ。畳んで簀巻きにしちまえ」

首領のかけ声と共に、人夫たちは圧倒的多数にものを言わせて立ち直ってきた。

いかに内記の手練の鞭であっても、多数に対応しきれなくなったとき、内記を取り巻いた人夫たちの輪が崩れた。闇の奥から飛来した礫が、彼らの身体に当たった。狙いは正確で、礫を受けた者はしばらく身体が痺れていうことをきかない。

「女を放して散れ。言うことを聞かずば、次は目を潰(つぶ)し、頭蓋(ずがい)を砕(くだ)く」

闇の奥から渋い声がかかった。内記一人ですらもてあましていたところへ、百発百中の闇の礫を浴びせられて、人夫らは戦意を失った。わっと、荒くれ男にしては女性的な悲鳴をあげて、総崩れになった。

二人は追わなかった。人夫たちも和宮一行の通行に伴う一種の被害者である。

虎口(ここう)から逃れた娘は惨憺(さんたん)たるありさまになっていたが、衣服を剝奪されただけで、大した実害はなかったようである。

「見れば、ご同勢のお女中と見えるが、なにゆえこの深更、禁止に背いて外へ出られたか」

主膳は問うた。

「危ないところをお助けくだされ、有難うございました。私はお城内（江戸城）お年寄の手の者で、冬乃(ふゆの)と申します。この宿は私の故郷でございまして、たまたま御行列がお泊まりになりましたので、せめて一目、両親に会いたいと存じまして宿を立ち出でましたところ、かような仕儀に相なりました。お助け賜らなければ宿にも帰れず、両親にも顔を合わせられず、自害する以外にないところでございました」

冬乃と名乗った娘は涙を流して、二人に感謝した。

「この界隈には、まだ狼がうろついておる。御宿舎まで送って進ぜよう。しかし、その衣装ではお供は適(かな)うまい」

主膳は、髪は乱れ、衣装は引き裂かれ、泥だらけになった、踏みにじられた街道の花のような冬乃に、痛ましげな視線を向けた。

「宿へ戻りますれば着替えもございますので」

冬乃は言った。

その夜、供の女中が出先で襲われただけで、浪士の襲撃はなく、九日朝、一行はなにごともなかったかのように沓掛宿を出発した。

和田峠を越えた後は風景が闊達(かったつ)になってくる。日本の屋根と呼ぶにふさわしい胸のすくような広がりを持つ高原のかなたに、噴煙たなびく浅間(あさま)山が薄く冠雪(かんせつ)して、優美な裾を引いている。和宮には初めて見る風景であった。

だが、一行の行く手には、まだ碓氷峠という難関が控えている。江戸から来る旅人にとっては、峠の急勾配(こうばい)をあえぎあえぎ登らなければならないが、江戸へ向かう一行には下りが多い。

十一月九日、軽井沢で昼食を摂り、碓氷峠を下って、坂本(さかもと)へ到着した。これで中山道中、「木曾の桟橋、太田で渡し、和田と碓氷がなくばよい」と言われた四つの難関をすべて越えて、行列同勢はほっとした。

十日、無事、板鼻に着いた。ここから江戸まで二十八里九町、高崎から江戸までは関東平野を一瀉千里である。すでに行路には江戸のにおいがしている。

難路をことごとく踏破して、一行には安堵の気配が漂った。

江戸方はここまで来れば大丈夫と警戒を緩めている。

「まだまだ安心するのは早い。難路がないということは、敵にとっても攻めるに易く、退路を確保できるということだ。油断は禁物じゃぞ」

主膳は三人の同志を戒めた。

和宮は時どき戸を開いて、周囲の風景を眺めながら、駕籠脇を固める四人に、江戸はどういうところかと下問した。木曾の襲撃以来、四人には特に親しみを見せている。

当初、側近の公家たちは、和宮が京からつき添って来た供奉の者よりも、四人に親しく話しかけるので苦い顔をしていたが、江戸のこととなると都ぶりの彼らも暗い。

だが、四人も答えられない質問を下されるのには閉口した。

「将軍様はどのようなお方ですか」

四人はいずれも御目見以下の軽輩であり、主膳が一度だけ御駕籠台下に召し出されただけである。それも障子越しの拝謁で畏れ多くて顔もよく見ていない。

だが、和宮は四人が将軍の側近とおもっているらしい。

「ご聡明にわたらせられ、御優しく、下々の者にまでこまやかな御心配りを賜るお方におわします」

だが、主膳は、いかにも日々親しく御用を務めているような顔をして答えた。

「さぞや凜々しく、男らしいお方におわしましょう」

和宮は家茂の面影を勝手に描いて、薄く頰を染めた。

「上様に勝る凜々しいお方を、拙者は存じ上げませぬ」

主膳が勝手な答申をしているのを、江戸からお迎えに来た加納遠江守や、上臈、お年寄たちがはらはらしながら見守っている。

だが、和宮は一向に意に介さず、主膳らに話しかけた。

最初は恐懼して答申していた主膳らも、次第に和宮と親しくなり、あたかも祖父と孫娘が言葉を交わしているような雰囲気になってきた。

事実、主膳は朝幕一和の架け橋として、このいたいけな少女が、見知らぬ関東へ、会ったこともない将軍の妻として下向して来るけなげさに感動し、血のつながった孫のような愛情をおぼえていた。

和宮もいつの間にか、主膳を爺(じい)と呼ぶようになっていた。

「江戸へ着いても、わらわのそばにいてたもれ」

和宮は言った。主膳は返答に窮した。それはできない相談である。だが、できないと明言すれば、この少女を悲しがらせるであろう。主膳は言葉を濁(にご)した。

聡明な和宮は事情を悟ったらしく、それ以上言わなかった。

天上に還ったかぐや姫

一

十一月十二日、和宮降嫁の行列は熊谷宿に着いた。江戸まで十五里三十四町、江戸の圏内である。

熊谷は松平家の忍藩領に属している。藩祖忠明は家康の外孫であり、代々家門の格式をあたえられている。忠堯のとき、伊勢桑名から十万石で入封し、このときは忠国が藩主であった。

熊谷は平安末期から鎌倉時代にかけて、頼朝をして日本一の剛の者と感嘆せしめた熊谷直実が館を構えて開いた地であり、江戸期、中山道の宿場町として栄えていた。

熊谷から秩父街道、上州新田道、相州道（鎌倉街道）などが分かれる交通の要地でもあり、天保年間（一八三〇〜四四）には旅宿が千七十五軒に達し、武蔵国では浦和宿の二倍以上の大宿場町に発展していた。

道幅も広く、大きな商舗が軒を連ね、往来は賑やかで、人家は密集しており、江戸の市街のようであった。

江戸まであますところ十五里三十四町、領主は徳川家の代々家門の松平氏とあって、一行はすでに江戸へ着いたかのようにほっとした。

「忍藩は尊攘派が多いと聞く。油断は禁物じゃ」

主膳は戒めた。

将軍家の足許近くまで来て、一行の緊張が解け、疲労がどっと発したようである。喉元過ぎればで、木曾路の苦い経験をほとんど忘れてしまっている。

「ここはすでに江戸も同然じゃ。よほどのうつけでなければ手出しはすまい。来るなら来てみよ、飛んで火に入る夏の虫だ」

護衛陣はすでに江戸のにおいを運ぶ風に酔ったように、酒をあおって豪語した。

だが、関東平野は木曾山地と異なり、八方へ逃路を確保できる。江戸の圏内ではあっても、小藩が犇き合い、各藩の反応は必ずしも統一されていない。

熊谷宿に到着した一行は、本陣「竹井家」、脇本陣「小松屋」以下、約百二十軒の旅宿、また民家に分宿して、その夜は末の小者や雑人に至るまで酒が出された。

本陣は勅使、院使、宮、門跡、公家、大名、高家、旗本が旅中、休泊するのを原則とした。本陣の本来は、武士の軍旅中の砦の機能を兼ねていた。

本陣、脇本陣の警護に当たった忍藩士は、形式的な不寝番すら置かず、酒を飲んで、むしろ一行の同勢よりも早く寝込んでしまった。彼らは自らの藩領であるだけに、油断というよりは安心しきっている。

彼らは京都から離れているだけに、天下の大勢に暗い。藩士の中には、和宮がなに者か、なんのために江戸へ下向して来たのか知らない者もいた。都から突然下って来た大行列に、むしろお祭り気分である。

すでに江戸に到着したかのように浮かれている一行に、主膳は危惧した。

江戸へ近づけば近づくほど、過激派浪士たちの目的は奪還ではなく、奪還を装って行列を襲撃するだけで目的を達する可能性が大きくなっている。

江戸の圏内にあって襲撃されれば、幕府の面目は失墜し、このように物騒な江戸へのご降嫁は取り止めという展開になる見込みは極めて大きいのである。

木曾の経験を踏まえている主膳らは、不安を持った。江戸まで十数里に迫っただけ、敵も焦っているであろう。

「わしが襲うとすれば、むしろ灯台下を狙うであろう。和田峠、碓氷峠の難関を故意に外して、江戸に近づき、油断したところを襲う。江戸へ近づくほどに、むしろ危険は大きくなるとおもえ」

主膳は案じて、和宮の宿所を本陣から一般の旅宿へ移すように願い出た。加納遠江守がもっともと同意したが、中山忠能以下、公家や女官らが反対した。

「本陣ですらいぶせき（粗末で汚らしい）宿であるのに、畏れ多くも内親王を下賤の者どもが泊まる宿へ移しまいらせよとは、論外である」

とはねつけた。

堂上人が「いぶせき宿」と言う竹井家ですら、敷地千五百坪、部屋数四十七の威容を誇る。これが「いぶせき」なら泊まる所はない。だが、主膳は一歩も引き下がらず、

「内親王様のご安全こそ、第一義と存じ奉ります。もし一般の旅宿への御動座が適いませんならば、せめて脇本陣へお移りあそばしますよう、内親王様のご安全のために、あえて申し上げます」

と主張した。

木曾の実績を踏まえての主膳の言葉だけに、公家たちも無下にはねつけられなくな

り、結局、脇本陣への移輿ということで折り合った。

もし敵に知謀優れた軍師がいて、本陣、脇本陣、また主だった旅宿に手勢を分けて襲ってくれば、防ぎきれない。だが、よほど優れた軍師でなければ、まさか将軍家の足許へ来て、和宮が脇本陣に輿を移したと見破る者はあるまい。

和宮の動座は側近の公家・女官と、限られた直衛の者しか知らなかった。講武所からの護衛陣も本陣に残った。忍藩の藩士は内親王が本陣にいるとばかりおもっていた。

本陣の和宮の寝室には、宰相典侍庭田嗣子が寝んだ。

その夜、深更に至って本陣の一隅から火を発した。仰天した護衛の士が水をかけると、火は八方に分散して拡がった。あらかじめ油をまいて放火したらしい。

突然の出火の混乱に紛れて、八個の黒影が斬り込んで来た。

だが、今度は木曾路のようなわけにはいかなかった。講武所の生き残りと警衛陣、および忍藩士が迎え討ち、あるいは駆けつけ、多勢で押し包み、袋叩きにした。

火を放って押し込んで来た八人の浪士団は、その場を去らせず、全員、膾のように斬り刻まれて死んだ。

一行の同勢と忍藩に犠牲者はなかったが、庭田嗣子以下、女官数人が火に巻かれて軽い火傷（やけど）を負った。

だが、側近たちは江戸を目前にして、内親王の御身が傷つけられた場合を想像して、ぞっとした。ここまで来て、内親王にもしものことがあれば、いくつ腹を切っても足りない。まさに主膳の予言が的中して、和宮は難を免れた。

和宮は脇本陣の奥の寝室で、主膳らに守られて、朝まで騒動も知らず、ぐっすりと眠っていた。

翌朝、機嫌よく目覚めた和宮は、側近たちのなんとなく落ち着かない様子に不審をもって問いただし、ようやく昨夜の騒動を知った。

主膳の進言によって脇本陣へ輿を移したと、御乳母富士（おんめのとふじ）の方（かた）から聞いた和宮は、輿へ乗るとき、小さな声で、

「爺（じい）、おおきに」

とささやいた。下々の言葉を用いて、だれにも聞こえぬように主膳らにかけた声に、和宮の精一杯の謝意が込められていた。

十三日、鴻巣（こうのす）で昼食を摂り、桶川（おけがわ）に泊まり、十四日、板橋（いたばし）到着予定である。残すところあと二泊、だが、主膳は同じ手は使えなくなったとおもった。

敵が第三波を用意しているとしても、和宮を脇本陣には移せない。警衛陣はいかに

浪人どもがしつこくとも、再三の襲撃はないだろうと楽観していた。

だが、江戸へ入るまでは安心できない。

十三日夕刻、一行は桶川に到着した。

江戸へ九里三十四町、中山道第六の宿駅である。明日はいよいよ江戸入り（板橋着）である。この長途の花嫁道中の最後の宿ということになる。

「熊谷宿では、浪人どもの最後のあがきであろう。江戸まであと一日、どうあがこうと、きゃつらには、もはやしかけてくる余力はあるまい」

一行は熊谷宿において襲撃浪士団を殲滅し、意気大いに上がっていた。その驕りと油断から、熊谷宿の経験がまだ喉元の熱さとして残っている間に、和宮を本陣に入れた。

江戸から若年寄遠山信濃守の迎使が、手勢約二百人を引き連れて桶川まで迎えに来たことも、一行の油断と驕りに拍車をかけていた。

信濃守本人は明日、御行列の江戸入りに備えて、板橋宿の警備、および設備万端の手配に遺漏なきよう、板橋宿にてお待ち申し上げると、上使宰領の家老小倉猪兵衛が中山忠能に面謁して挨拶した。

忠能以下公家・女官も、江戸の万全を期した手配に満足した。

熊谷宿の襲撃の後だけに、江戸から屈強の手勢を二百人率いての迎使は、一行にようやく江戸の門口にたどり着いたような安心感を抱かせた。

主膳は、

「昨夜の今夜にございます。万一のご用心のために、なにとぞ内親王様を一般旅所に移しまいらせますように。今宵一夜のご辛抱にございます」

と中山忠能や岩倉具視らに訴えたが、

「昨夜の今夜なればこそ、なにごとも起こるはずもなかろう。内親王御方様には昨夜よりお風邪の気味にあらっしゃる。いぶせき宿への重ねての御動座など、まかりならぬ」

と拒まれた。主膳もそれ以上押せなかった。

すでに江戸の圏内に入り、老中からの迎えの使者も来ている。いかに無謀な浪人どもも、もはや手出しはできまいと、さすがの主膳も過激派浪士たちに余力は残っていないであろうと判断した。

本陣には三十人の直衛が泊まり込み、その周囲は江戸から来た迎えの同勢が固め、警衛陣が桶川宿を封鎖して、一般旅行者の通行を禁止した。

旅行者だけではなく、桶川宿の住人も行列が通過するまでは外出を禁じられた。また、犬、猫、その他の家畜も、使役の馬、牛以外はつないでおくように命じられた。

京都から下って来た行列に、警護の阿部錠次郎、土井大炊頭の手勢を加えて、総勢、京都方二千八百人、江戸方五千人、これに人夫一万五千人が徴発され、桶川宿は行列によって完全に占拠された。

宿所はもちろん、扈従の者の寝具、食器が不足した。扈従の者すら、宿から溢れた者は仮小屋に仮寝をし、助郷の人夫に至っては、十一月の寒夜、野天に筵を敷いてごろ寝した。

この夜は道中最後の夜とあって、同勢は深夜まで起きていた。道中の各宿では、味噌または塩をつけたにぎり飯に沢庵が給されるだけの人夫にも酒が出た。

二

主膳は倉地内記を伴って、念のために再度、本陣の周囲を見てまわった。明日江戸入りの興奮が京方、江戸方、領内から出た警備陣に盛り上がって、桶川宿全体がざわめいている。

所属も京方、江戸方、本陣の直衛、行列の供揃い、江戸からの迎え、沿道の警備に当たる領藩の藩士、人夫等が渾然（こんぜん）となって、それぞれの所属もよくわからない。言葉も、京都弁、江戸弁、関東弁、助郷に徴用された人夫の郷士の訛り（なま）が入り乱れている。
主膳は本陣の前庭で、江戸から来た迎えの使者グループとすれちがった。酒が入っ
ているらしく、声高な話し声が主膳の耳に入った。言葉の意味はわからなかったが、
お主（はん）と同僚に呼びかけた武士の一人の声が、主膳の耳に残った。
なにげなくすれちがった主膳は、数歩行きかけて、はっとした。江戸からの使者の
中に薩摩弁を話す者がいるはずがないことに気がついた。振り向いた主膳は、すれち
がった集団に呼びかけた。
「率爾（そつじ）ながら……」
「拙者（せっしゃ）のことでござるか」
集団の一人が少しうろたえた口調で言葉を返した。
「ご貴殿らは、信濃守様のご家中にござってか」
主膳は問うた。
「いかにも。拙者らは遠山家の家中にござる」
集団の武士たちは肩をそびやかした。

「遠山殿のご家中と見て、お尋ね申す。ご主君遠山様におかれては、この度、内親王様の御下向に際して、ことのほかご心労と承っております。我ら江戸城御庭番の者にて、信濃守様より直々に、内親王様東下の御道中の警護を仰せつけられましてござる。御用つつがなく果たし終せたときは、遠山家の中屋敷までまかり出でるようにとの仰せでござった。拙者、恥ずかしながら、遠山家の中屋敷の所在地を知り申さぬ。今宵、ご家中の方に出会えたのは幸いにござる。貴藩の江戸中屋敷の所在地をお教えいただけませぬか」

武士の口調が少しもつれた。

「そ、それは、貴公らが江戸へ到着してより、当家に問い合わせればよろしかろう」

「江戸へ到着してから問い合わせたのでは、御屋敷にまかり出ずるまで遅れまする。少しも早く信濃守様に、無事お役目果たし終えたことをご報告いたしとうござる。この場にて家中の方よりお教えいただければ、御屋敷へ直行できまする。なにとぞお教え願わしゅう存ずる」

集団の武士たちに、明らかな動揺が見られた。

「我らはいま、見回り中でござる。貴公の江戸案内役ではごわさぬ」

武士たちは主膳らを無視して行き過ぎようとした。

「待たれよ。遠山家ご家中が中屋敷の所在地を知らぬはずはない。胡乱なやつ。きさまら、遠山を騙る不逞の浪人であろう」

主膳は背を見せて立ち去ろうとした集団を呼ばわった。

「内親王様を迎え奉るために、江戸からの迎使に対して、その言葉、聞き捨てならぬ。成敗してつかわす」

集団は主膳と内記を取り囲んだ。二人と見て、有無を言わせず押し包んで討ち取ろうとした。

薩摩示現流の初太刀は圧倒的な破壊力を持っている。だが、周囲に洩らした薩摩弁を主膳に聞き咎められた集団の首領格は、太刀を抜く間もなく、主膳の腰間から鞘走った一刀を脛に受けて、地上にうずくまってしまった。

騒然となった集団中の数人が、空間を飛来した内記の鞭の触手に、得物をからめ捕られていた。

彼らには一瞬、なにが起きたのかわからない。空間を千変万化に走り、のたうち、繰り出され、あるいは退き、上下、前後左右、いかなる方角からも襲いかかってくる凶悪な触手に、為す術もなくきりきり舞いをさせられた。

斬っても手応えがなく、受ければ刀身に巻きつく。あっという間に得物を捥ぎ取られ、叩き落とされ、茫然と立ち尽くしたところを打ちのめされ、身体はしびれて使いものにならなくなっている。目を打たれて、視力を失った者もいる。

鞭の触手から逃れた者は、主膳の剣の餌食となった。

突如、本陣の近くで発生した騒動に、警衛の同勢が集まって来た。彼らは当初、主膳と内記を狼藉者と勘ちがいした。

「うろたえるな。我らは公儀御庭番である。こやつらは迎使を騙る不逞者だ」

呼ばわった主膳らを京から扈従して来た供揃いが見おぼえていた。

残っていた集団は逃路を塞がれ、圧倒的多数の警衛陣によって取り押さえられた。

「迎使を騙る痴れ者は、まだ残っているはずだ。内親王様が危ない」

集団の始末を警衛陣に任せた主膳は、内記を促して本陣へ走った。念のために、和宮の身辺には梶野甚左衛門と古坂平四郎を残してある。

騒動発生と同時に、宿所内各所から申し合わせていた浪士の仲間たちが本陣に殺到して来た。迎使を偽装して紛れ込んだ浪士の兵力は約二百人、江戸の直前での和宮奪還を狙って、最後の死力を振り絞った。

先鋒はすでに本陣内へ斬り込んでいる。行列の供揃いは、京都、江戸、沿道警備の藩士を含めて一万人近くに達するが、肝心の本陣の直衛は少ない。

直衛は、まさか江戸からの迎使に尊攘派の過激分子が紛れ込んでいようとは、夢にもおもっていない。手練(てだれ)を揃えた浪士団に、本陣の直衛はたちまち斬り崩されている。

玄関を突破し、控えの間にいた宿直(とのい)を斬り払い、廊下を伝えば和宮の寝所まで阻止陣はない。側近の公家や女官は、悲鳴をあげて逃げまどうばかりで、ただ混乱に拍車をかけるばかりである。

江戸の至近距離でもあり、天下泰平の世が長くうちつづく間に、本陣は完全に大名、武士の宿所としての設備となり、砦機能を失っていた。

本陣の館も、和宮の通行に備えて、寝室や居室は改築されたものの、もともと警備中心の建物ではない。

庭に面した書院の奥に和宮の寝所がある。廊下を進んだ浪士団が書院に近づいたとき、弓勢鋭く数本の矢が飛来して、浪士団の先鋒がばたばたと倒れた。

息つぐ間もなく、射かけられる矢に、浪士団は多数の弓隊が待ち伏せしていると釈(と)って、たたらを踏んだ。

そこへ屋内専用の短い手槍(てやり)を持った梶野甚左衛門が突っ込んで来た。弓は同士討ちを避けて射止んでいる。

凄まじい弓勢と槍の迎撃に、しばし阻止された浪士団は、書院を守る者が老人二人であることを見て取ると、

「弓は射られぬ。老いぼれが一人だ。踏み潰して押し通れ」

と勢いを盛り返した。

弓とあうんの呼吸を合わせて槍が引くと同時に、矢が射かけられた。だが、浪士団は数にものを言わせて、書院につめ寄っている。書院を破られれば、寝所まで妨げる者はいない。

古坂平四郎の矢が尽きた。講武所の直衛陣はすでに蹴散らされている。残るは甚左衛門の一筋の槍だけである。さすがの甚左衛門も息切れがしてきた。

「主膳、内記、なにをしておる。おれたちを助けろ」

甚左衛門が同志に救いを求めたつもりであるが、息が切れて声にならない。

「老いぼれは疲れたぞ。一気に押し通れ」

嵩にかかって、浪士団が攻めかかろうとしたとき、主膳と内記が追いついて来た。

書院に迫った浪士団は、背後から主膳の剣と内記の鞭によって、たちまち突き崩された。

援軍に盛り返した甚左衛門が手槍を新たに構え直して、手繰り出した。本陣の外郭

を固めていた警衛陣も駆けつけて来た。際どいところで浪士団は鎮圧された。

遠山信濃守の迎使は桶川ではなく、明日、江戸入り予定の板橋宿で和宮の行列を迎える予定であった。

この情報を聞き込んだ浪士団は、遠山信濃守の同勢になりすまして、まんまと桶川宿に入り込んだのである。

迎使でありながら、信濃守自身が来なかったことを疑った者はいない。だれ一人として、まさか迎使になりすまして、浪士団が江戸の入口で和宮の輿の奪還を図ろうとは、夢想だにしていなかった。

浪士団は鎮圧されたが、江戸の門口において迎使を偽装した二百人の同勢を編成し、襲撃して来た過激分子に、供奉の者と幕府の護衛陣は戦慄した。

木曾、熊谷と襲撃を撃退された彼らに、まだこれだけの余力があったことに、過激分子の和宮奪還にかけた執念を見せつけられたおもいであった。

三

ともあれ和宮はつつがなく、十一月十四日、板橋に到着した。ここは中山道第一の宿駅であると同時に、すでに江戸であった。板橋には病気のため行列に加わらず、遅れて東海道を下り、江戸に先着していた叔父の橋本実麗（はしもとさねあきら）、および前田加賀守（まえだかがのかみ）が一千の兵を率いて出迎えた。

道中、心細い想いに耐えて旅をつづけてきた和宮は、江戸で身内の出迎えを受けて、ほっとしたようである。

過激分子がどんなに切歯扼腕（せっしやくわん）しても、もはやごまめの歯ぎしりである。

ここに二十四泊二十五日、輿の護衛に任じた藩は十二藩、沿道の警備に当たった藩は二十九藩、動員された人馬延べ七十万人、二万頭以上の空前の大行列は終わった。

推定道中費用、京都から江戸まで約七十四万両、当時の米価が一両五斗で、今日に換算すると約百億円、これに各藩の警備や沿道の整備費用、随行の諸公の支出、朝幕の準備費などを加えると、見当もつかない巨大な金額になる。

板橋宿に一泊した和宮は、翌十五日、こぬか雨に烟（けむ）る江戸の市街に入った。

行列の予定コースは、巣鴨（すがも）通りから駒込（こまごめ）の土井大炊頭下屋敷前、駒込片町（かたまち）、阿部錠次郎下屋敷裏門前、森川（もりかわ）町、加賀中納言屋敷前、神田明神通り、神田旅籠（はたご）町を右へ折れて、昌平（しょうへい）橋を渡り、松平左衛門尉（さえもんのじょう）屋敷前、太田筑前守（おおたちくぜんのかみ）屋敷前を右折し、板倉（いたくら）主計頭（かずえのかみ）屋敷を左へ折れ、一橋御門、竹橋（たけばし）御門を経て清水邸に入る。

昌平橋までの沿道警備は前田加賀守が担当し、その先、清水御殿までの間は土屋采女正、京極飛騨守、小出主税、南部丹波守、森川出羽守、井上筑後守、戸田七之助が受け持った。

和宮は早朝から起き出し、命婦能登、中山忠能の娘少進栄子などに助けられて化粧をし、小袖に濃紅精好の袴に袿を羽織った第一級の礼装をして、輿車に乗った。その姿は凜として、この世のものならぬ気品に満ちていた。

輿に乗る前、和宮は、輿脇に控えて警護していた主膳ら四人に目を向けて、

「これまでのお供、おおきに。お城へ入っても、また会えるでしょうね」

と親しく声をかけた。

主膳は地上に平伏したまま答えられない。将軍御台所に、臨時御用の御目見以下の御庭番が会えるはずもない。和宮が清水邸に入れば主膳らの役目は終わり、もはや二度と拝謁することは適わぬ。

和宮もそのことを察しているらしく、寂しげに言った。

「爺たちのことは、お城へ入っても忘れませぬ」

和宮が輿に乗り、行列は最後の行程に向かって出発した。和宮の打ち乗った唐庇青糸毛の輿車の後を、供奉の殿上人や典侍、女蔵人らの女官が乗った夥しい牛車

や、朱塗り鋲打の乗り物がつづき、あるいは馬上に跨がり、徒立（徒歩）の警護の武士が数千、前後を固め、夥しい調度品が延々とつづく大行列は、大名行列を見慣れた江戸市民の目をも驚かせた。

江戸市中、なにごともなく通行した行列は、清水邸に無事到着した。清水邸に入る際、和宮の輿を担いだ女陸尺（駕籠舁き）が、清水邸玄関から屋敷内へ直接輿を担ぎ上げた。こういう作法は御所にはない。

驚いた中山忠能や庭田嗣子が注意したが、清水邸の女中は、

「承っておりませぬ」

と江戸の作法にこだわり、取り合わなかった。和宮にしてみれば、清水邸に入る前にこれまでの道中、警護してくれた主膳らや、供の者に別れを告げたかったのであるが、輿のまま清水邸の玄関まで担ぎ上げられて、和宮は心を門外に残した。

主膳らの役目は終わった。もともと身分のちがう雲上人であるが、この二十五日間、輿脇を守って心を通い合わせた。地上の旅を共にして、いまかぐや姫は天上へ還ったのである。

四人は御用を果たし終えて、本来の生活に戻った。高田大和守よりそれぞれ十両ずつ、褒賞金として下しおかれ、この度の内親王東下御道中における働き、見事であ

ると、上からのお褒めの言葉を賜った。

四人は面目を施したが、それで終わりであった。幕府としては、四人の活躍によって浪士団の襲撃を悉くはね返したが、空前の警衛陣を繰り出しての道中を襲われただけでも、江戸の威信を失墜するものであった。

しかも、浪士団を撃退したのが本来の護衛ではなく、隠居した老御庭番の陰供であったのでは、幕府警衛陣の面目丸潰れである。幕府は道中の襲撃については、厳重な箝口令を布いた。四人にもその旨、固く言い含められた。

四人はまた隠居暮らしに戻った。彼らの息子や嫁たちは、厄介者が関西見物から帰って来たというような顔をした。

「死出の花道のつもりが、生き残ってしまったな」

「あれだけ死に花を咲かせれば、おもい残すことはない」

「死に花を咲かせても、生きておっては花にすまぬような気がするのう」

「江戸に移し奉った都の花は、慣れぬ江戸の風に吹かれて、さぞやご苦労されておわそう」

「悉く御所風と武家風かけちがい、都の空を恋しゅうおぼし忍びて過ごしたもうのではないか」

もしそうだとすれば、彼らは都の花を無理やりに江戸へ移し替える手伝いをしたと言える。

和宮の着府後、京都風と江戸風の対立は下の方にまでも聞こえてきている。和宮の叔父橋本実麗の日記、十二月五日の項に、

「御所風、とかく折り合わず、迷惑の段申し入れ、また極秘のこと噂の儀あり」という記述や、岩倉具視の三条実美に対する、

「内実はさまざま帷幄のことともこれあり、本丸、大奥と折り合わざることか（略）」という報告に表れている。

「やめておけ。我らが天上の花の色をおもいわずろうてもせんなきことよ。我らのお役目は終わったのじゃ」

主膳の言葉に、一同が寂しげにうなずいた。

死に花を咲かせながら生き残ったということは、すでに死んだも同然ということである。

主膳はまた堀端へ戻って釣り糸を垂れても、もはや竿を並べる三河屋の主友右衛門こと与吉の姿は見えない。倉地内記は碁会所へ戻り、梶野甚左衛門は神社の境内で猫に餌をやり、古坂平四郎はまた盛り場に菰を拡げた。

死に損ないの死に場所

一

和多田主膳ら元公儀御庭番の四人はそれぞれ以前の暮らしに戻ったが、時代の潮流は動いていた。

清水邸にいったん落ち着いた和宮は、文久元年十二月十一日、大手門から千代田城に入った。この行列の警護には、主膳以下四人はすでに加わらなかった。

この日、主膳は釣り竿を手にして、和宮の華やかな輿入れ行列を、遠方から見守っていた。和宮の鹵簿（行列）が通行する道の両側には、高さ一丈の緋と緞子を縫い合わせた幔幕が張りつめられ、葵の紋入りの台提灯が、白昼にもかかわらず一間おきに灯され、鹵簿の幅だけ路上には檜の板が敷きつめられた。将軍家茂自身が華やかな花嫁行列を吹上(ふきあげ)の御上覧所で見物していた。

主膳には、この光景がかぐや姫を乗せた車が天へ昇って行くように見えた。

「旦那、お帰りなさいまし」

おぼえのある声に振り向くと、いつの間にか与吉が立っていた。巨店「三河屋」の店主として、人品、貫禄を備えている。

「やあ、これは与吉殿。いや、いまは友右衛門殿か。その節は大層お世話になり申した」

主膳が挨拶すると、

「与吉と呼んでください。旦那のご活躍は逐一、耳に入っておりました。ご無事に御用を果たしなされ、祝着(しゅうちゃく)に存じます」

「いやいや、拙者など、列外から陰供仕(つかまつ)っただけのこと。なんの役にも立たず、与吉殿への挨拶も遠慮しておった次第でござる」

主膳は恐縮した。

江戸出立(しゅったつ)時から京都滞在中、与吉と三河屋の京都店にお世話になったが、帰府後、目立たず、言動は慎(つつし)むようにと幕府から言い渡されていたので、三河屋に挨拶に行かなかった。

隠密行動をモットーとする御庭番としては、礼を欠いたわけではないが、与吉とは個人的なつながりがある。

「旦那のお役目は重々承知しておりますが、旦那とは釣り仲間にございます。ここへまいれば、旦那に会えるとおもいましてね」

与吉が手を挙げると、店の者らしい若い男が釣り竿を恭しく差し出した。

「与吉殿にさような暇があるのかな」

「旦那、お約束したでしょう。店を継いでも、時どき、旦那と竿を並べにまいります、と……。旦那と竿を並べているときが、私にとって最も楽しい時間にございます。また、いつもの釣り場にまいりましょうか」

与吉は言った。

久し振りに堀端に与吉と竿を並べると、彼は、

「宮様の陰供は序の口かもしれませんよ」

とささやいた。

「それはどういう意味かの」

主膳が問い返すと、

「お上が、旦那のようなお方を堀端に放っておかないとおもいますよ」

「わしには堀端や川端が一番似合いの場所じゃ。与吉殿こそ、わしのような老いぼれと堀端で、めったにかからぬ魚を待っている御仁ではない」

主膳は、以前とは立場がちがうことを柔らかく示唆した。

この間、時代は音をたてて動いていた。

翌文久二年一月十五日、登城途中の老中安藤信正が、坂下門外において六人の浪士に襲われたが、背中に三ヵ所の軽傷を負ったのみで難を逃れ、襲撃者はその場を去らせず、すべて斬られた。

この安藤の襲撃を皮切りに、暗殺の年間と呼ばれる文久の天誅（暗殺）が開幕する。

この年、八月二十一日、武蔵・生麦村（現・横浜市域）において、薩摩藩の行列を乗馬したまま横切ったイギリス人四人の一行中、三人が殺傷された。これが薩英戦争の引き金となる。

十二月十二日、高杉晋作、久坂玄瑞ら、長州藩過激派が品川・御殿山に新築されつつあった英国公使館を焼き討ちした。

この時期、のちに京都で大暴れすることになる近藤勇・土方歳三ら新選組の面々は、小日向柳町のおんぼろ道場試衛館でくすぶっていた。

陰供御用を終えてから、四人は時どき会った。会えば、陰供の想い出話に花が咲いた。想うは江戸城に入った和宮の御身の上である。

文久二年二月十一日、婚姻の儀式はめでたく執(と)り行なわれたと聞いている。

将軍と内親王といっても、両人とも十五歳九ヵ月の少年、少女である。まだ親に甘えていたい年齢で、激動の時代の朝幕の運命を背負っていかなければならない。痛々しくもいたいけであった。

「陰供仰せつけられた後、どうももらいが少なくなってしもうた」

平四郎が託(かこ)った。

「わしも負けてばかりおる」

内記が言った。

「このごろ、猫がわしのそばに寄りつかなくなってしまったわい」

甚左衛門がこぼした。

「お主、きっと血のにおいがするのであろう」

主膳が言うと、

「どうもわしらには血のにおいというよりは、死のにおいがこびりついてしもうたようだの」

「それにしては、お主、懐かしそうな顔をしておるではないか」

内記が甚左衛門を揶揄するように言った。

「いかにも。わしの一生が、あの二十五日間に煮つまっているかのように懐かしい」

甚左衛門がうなずいた。三人も同感であった。

当役（現役）時代から冷や飯を食わされ、休眠していたような半生であったが、隠居後突然呼び出され、和宮一行の陰供を命じられて、よみがえったというよりは、そこに彼らの人生が完全燃焼したかのように熱く燃えた。いまは燃え殻になってしまったかのようである。

「もともと隠居が燃え殻になってしまっては、猫にも嫌われ、賭け碁には負け、もらいが少なくなっても仕方があるまいな」

平四郎が苦笑した。

三人の言葉に、主膳は陰供以後、堀端の釣り場に糸を垂れても、魚がまったく釣れなくなったことに気がついた。

堀に魚が絶滅したわけではない。ほかにも釣り糸を垂れている仲間もちらほら見かけるが、彼らの針先にはかかっても、主膳には魚信すら伝えてこない。このままでは、堀端にすら居場所を失ってしまう。

　だが、堀端だけではなかった。大川端や、少しでも魚のいそうな水辺に場所を変えても、主膳の針には雑魚（ざこ）一匹かからない。

（やはり同じ餌（えさ）であっても、燃え殻の餌はまずいと見える）

　主膳が喉の奥で独りごちると、

「お主、なんと言うた」

　平四郎が顔を覗（のぞ）き込んだ。

「いや、また迎えが来るやもしれぬな」

「どうせ我らは死に損ないじゃ。いつ迎えが来てもおかしくはない」

　内記の言葉に、甚左衛門と平四郎が乾いた声をたてて笑った。

　主膳が迎えと言ったのは、与吉の言葉をおもいだしたからである。だが、三人の勘ちがいをあえて訂正しなかった。

　この燃え殻の身に、幕府が再三呼び出しをかけることはあるまい。だが、あまりにも熱かった二十五日の燃焼の日々は、燃え殻にもまだ余熱を残している。その余熱が四人の本来の生活に変化を来（きた）したのかもしれない。

　四人を真空地帯に残したかのように、時代は動いていた。

　四月八日、土佐藩では参政吉田東洋が暗殺され、八月二十一日、生麦事件が発生。

閏八月一日、会津藩主松平容保が京都守護職に任命された。

尊皇攘夷派による天誅が相次いで発生し、京都の治安維持に当たる所司代の手にあまったため、混乱する京都情勢を回復するために、東北の大親藩会津藩に白羽の矢を立てたのである。

また、京都所司代は容保の実弟、桑名藩主松平定敬であった。文久二年は波瀾のうちに暮れ、文久三年となった。

一月五日、家茂と将軍職を争った一橋慶喜が、将軍後見職として京に入った。

二月、幕府が募集した浪士組二百三十人が京へ上って行った。京の治安維持のため、兵力不足を江戸の浪士を集めて補おうとした幕府の苦肉の策であった。これが新選組の母体となる。

そのころ、ふたたび和多田家に上使が来た。主膳は心の一隅に密かに期するところがあったが、与吉の予言が意外に早く的中したことに驚いた。上使は幕閣からの召しを伝えた。

当日、登城した主膳は、前回の通り、広敷番之頭山田吾兵衛に先導されて、中奥新部屋に連れ込まれた。そこに、これまた以前のように御側用取次高田大和守と、桜井豊後守が待っていた。

だが、今回は御駕籠台下に召し出されず、新部屋において両名から御用の趣を下達された。

「過日の其方どもの働き、まことに天晴れであった。上様におかれては、其方どもの功をいたく嘉しておられる」

高田大和守が重々しい口調で言った。つづいて桜井豊後守が、

「もそっと近う寄れ」

と促した。

主膳が形ばかりに一、二歩膝行すると、

「上様におかせられては近々、上洛のご予定である。ついては、其方ども四名に陰供申しつける。御発輿の日程は追って沙汰を下すであろう。このこと、極秘のご予定ゆえ、かまえて他言無用。よいな」

桜井豊後守が言い渡した。

上意を承っている間、主膳の全身は引き締まった。

将軍の上洛は、三代将軍家光以来、約二百三十年ぶりのことである。将軍の陰供となると、和宮下向以上の大役であった。

和宮の道中では、浪士団の襲撃はあっても、和宮自身に対する害意はなかった。だ

が、家茂の上洛となれば、尊攘過激派分子が家茂自身を標的にするであろう。

家光の上洛時は、幕府の威勢が定まり、その武威を天下に示し、幕主朝従の確認のためで、こたびの将軍上洛は、朝幕の政治事情や、対外情勢を踏まえてのものであった。

今回の家茂の上洛が、家光のそれに比べてはるかに困難を伴うことは予想できる。主膳には、複雑な政治の内幕はわからないが、朝幕の緊張した関係や、内外の不穏な情勢は感じられる。上洛途上、家茂の身にもしものことでもあれば、幕府の存亡に関わる。

それよりも、主膳は、江戸に残される和宮の身をおもった。家茂の身に不祥のことがあれば、和宮の降嫁（こうか）は意味を失ってしまう。

将軍の護衛となれば、和宮を上回る陣容になるであろうが、それだけに過激派分子も兵力を集めて、手ぐすね引いて待ち構えているかもしれない。

飛び道具を用いられれば、陰供の援護など及びもつかなくなるが、主膳は再度、自分たちを召し出してくれた将軍の負託（ふたく）に応えて、身を楯（たて）にしても守り通さなければならないとおもった。

下城した主膳は、直ちに三人の同志に陰供の御用を伝えた。

「前回は死に損なったが、こたびはようやく死に場所を得たようだの」

最後の召しを受けた同志は、腕を撫した。

将軍の上洛は当初、海路が予定されたが、後に陸路に変更された。

二月十三日卯の上刻（午前六時）、行列の先駆けが出発した。家茂自身が江戸城表御門から発輿したのは午前九時過ぎである。

扈従約三千、軍旅さながらの大行列であったが、三十万の大軍を率いた家光の上洛時に比べれば、百分の一の兵力である。この兵力差に、人々は二百三十年間にわたる幕威の凋落ぶりを実感した。

もとより、心進まぬ上洛であったから、その行程は遅々たるものであった。小田原まで四日を要した牛歩の歩みをつづけて、江戸を発して二十二日目の三月四日に京都の二条城へ到着した。

これは当時でも京都・江戸間の平均所要日数十二ないし十三日であったのに比べて、異常に遅い。

旅中、尊攘激派の妨害はなかったが、入京当日、伊勢・奉幣使と鉢合わせする虞があり、東海道最後の宿、大津を七つ半刻（午前五時）の早朝発ちとした。

これは尊攘激派の公家が故意に奉幣使を、同じ日、同じ道筋を伊勢へ向かわせ、家茂の行列と鉢合わせをさせて辱めようと画策したことであった。

事前にこの情報を入手した幕府は、早朝出発して、奉幣使との接触を躱した。だが、そのこと自体が家茂にとっては充分な屈辱であった。

ともあれ、江戸から京都までなにごともなく、家茂は無事に二条城へ入った。

そもそもこの上洛の目的は、昨年暮、三条実美が勅使として幕府に督促した攘夷の決行について、将軍から言質を取るものである。

大の外国嫌いであった孝明天皇は、日本の国力を無視した攘夷派の公家に突き上げられて、幕府に攘夷決行を迫っていた。黒船の脅威に再三さらされた幕府の方が、外国の実力をよく知っていた。

長射程の大砲を搭載し、蒸気機関によって高速で航行する外国船に、下田沖から江戸湾を遊弋されてもなにもできない幕府は、まともに外国と戦っても勝ち目がないことを知っていた。

だが、海防の裏づけもなく、神国日本の空疎な精神主義で攘夷を唱える尊皇激派は、幕府の衰微に乗じて、幕府から朝廷へ政権を奉還させ、夷狄を討てと、熱に浮かされたように唱えた。

実力の裏づけのない空疎なアピールではあったが、時代の潮流に乗っていることは確かであった。

彼らの攘夷の論拠は、一言で要約するならば、神国を侵す夷狄を討つために蹶起すれば、必ずや天佑神助我にあるであろうというものである。

こんな都合のよい神助を大真面目で説く国粋学者がオピニオンリーダーとなって堂上激派の公家や、西南雄藩の藩論の理論的根拠となり、憂国の志士を気取る若者たちを煽動した。

二

老剣士四人組にとっては、二度目の京都であった。

前年の、天誅と称する暗殺が荒れ狂った物情騒然たる京であったが、やはり都は都である。まして幕府が勢力を失い、京が政治の表舞台として活気を取り戻してから、全国の関心は京に集まっている。

江戸に開幕以来二百六十年、天下の実権を握っていた将軍を京へ召還した朝廷の権威は定まった感があった。

将軍家茂以下、扈従して来た幕府の要人にとっては、針の筵のような京であるが、四人組には楽しい。

都に滞在中、与吉の意を受けた三河屋京都店が全面的に四人をバックアップしてくれている。費用はたっぷり支給され、日本屈指の巨店三河屋の後援する京滞在が、江戸では用なしの四人組にとって、楽しくないはずはない。

無事道中を終えて二条城に入った将軍には、当面の危険はない。時折、諸祈願のための市中の社寺への参詣に供奉するだけで、あとは自由である。

将軍上洛少し前に、京に着いていた新選組の前身、浪士組は三月十三日、分裂して、近藤勇・芹沢鴨以下十三人を残したのみで、本隊は清河八郎に率いられて江戸へ帰って行った。京滞在わずか二十四日間であった。

京都に放り出された近藤勇以下は、京都守護職会津容保の袖にすがって、会津藩の身柄御預かりとなっていた。ここに新選組は京都壬生に本拠を定めて、本格的な活動を始めるのである。

だが、四人組はまだ近藤勇や芹沢鴨の名前も知らない。

家茂を京に呼び寄せた朝廷の魂胆は、攘夷決行の確約を取りつけることにある。時の孝明帝は幕府贔屓ではあったが、大の外国嫌いであった。米英仏等の異国の実力も知らず、熱に浮かされたようにアピールする攘夷論に乗せられているだけである。

尊皇攘夷を提唱する者には、本来倒幕・反幕はない。だが、開国は諸外国の実力の前に幕府が採（と）らざるを得ない方針である。理論上は尊皇攘夷も攘夷親幕もあり得るが、忠誠の対象を二つに分散した尊皇親幕はあり得ない。朝廷が攘夷、幕府が開国を採る以上、尊皇攘夷がセットになるのは必至である。

幕府としては、諸外国に布告した開国を自ら否定するような約束はできない相談である。

家茂としては、こんな針の筵に据えられているような京から、優しい和宮の待つ江戸へ、一日も早く帰りたい。

家茂は井伊直弼に担がれて十三歳で将軍になり、まだ十八歳であった。庶民の子供であれば、親がかりで、自分の遊びに興じている歳に、激動する歴史の渦中の人物に仕立て上げられていた。

最大の後ろ楯（だて）であった井伊直弼が暗殺され、身内の一橋慶喜や松平慶永は、むしろ朝廷や薩摩寄りである。なにをするにしても、まず薩摩と朝廷の顔色をうかがい、十八歳の将軍など、完全にロボット視している。

幕閣の少数派になってしまった硬骨漢（こうこつかん）、小笠原長行（おがさわらながみち）や小栗忠順（おぐりただまさ）は江戸の留守を守っている。

京都滞在中の家茂は諸事、屈辱の連続であった。

三月七日、御所に参内すると、早速、国事については事柄により、朝廷が諸藩に直接沙汰する旨の勅書を渡された。家光が大軍を率いて上京したときは天皇の方が二条城に行幸したことと比べれば、隔世(かくせい)の感、切に迫った。

さらに三月十一日、攘夷祈願のため、下鴨(しもがも)、上賀茂(かみがも)両社に参詣した孝明帝に、家茂は供奉した。幕府の存在理由(レーゾン・デートル)を否定する攘夷祈願に、将軍が供奉したのである。これに勝る屈辱はない。

この〝実績〟を踏まえた朝廷は、四月十一日、石清水(いわしみず)八幡宮行幸に供奉するよう家茂に命じてきた。

巷間(こうかん)に、石清水の社前で孝明帝が攘夷の節刀(せっとう)を下賜(かし)するという噂が流布していた。朝廷が征夷大将軍(せいいたいしょうぐん)に征討を命ずるとき、節刀を授(さず)けるのが慣例である。節刀を受け取れば、否応なしに攘夷に立ち向かわなければならない。

衆庶悉く、石清水行幸の行方を興味津々と見守っている。結局、家茂も一橋慶喜も仮病を使って参加しなかったために、行事は取り止めとなった。

だが、四月二十日、朝廷の圧力に屈した幕府は、攘夷決行の期日を五月十日と返答せざるを得なくなった。

ついに、幕府は布告した対外方針を自ら否定したことになった。ここに幕権の衰えは天下に明らかとなった。

強大な諸外国に対して、国としてなんら統制された軍備を整えず、ただ空疎な攘夷論に乗って、攘夷決行の期日を決定する愚は、少し醒めた目で見ればわかることである。だが、すでに幕府は朝廷の圧力を拒否する実力も権威もなかった。

この時期、京都では居残り浪士組、のちの新選組が頭角を現わして、幕府の私兵的剣客集団として、その武名を高めつつあった。

新選組は隊規として、局中法度を制定し、腕の立つ剣士や若者を集めて、戦力の充実と組織化を急いでいるが、芹沢、近藤、新見錦を局長に据えた三頭制のもと、まとまりが悪い。

特に、芹沢派は富裕な商家に押し入り、御用金と称して押借りをしてまわったので、評判がはなはだ悪い。京都市民は新選組を壬生浪と呼んで、蛇蝎のごとく嫌っていた。

強談押借りした金の一部を使ってつくらせた白抜き山形のぶっさき羽織の隊服をまとい、誠の一字を抜いた隊旗を打ち立て、高下駄を鳴らし、二十数名、隊伍を組んで市中を闊歩する姿は、市民に嫌われながらも、いかにも強そうに見えた。

尊攘派の過激浪士も、新選組の気勢に尻尾を巻いて隠れる。各藩の行列も新選組には道を譲る。落日の幕府にあって、新選組は幕府が京都の治安維持のために雇い入れた戦闘集団として睨みをきかすようになった。

新選組の膨張に伴い、次第に内部の確執が表に現われてきた。特に芹沢派と近藤派の主導権争いが顕著になった。

近藤派が主となって規定した局中法度を、芹沢は、

「あんなものはあほっとだ。おれが最初に破ってやる」

と放言して、市中で押借りを働いては、その金で島原や祇園で遊びまくっている。

一応、新選組は三頭制によって運営されているが、近藤が後ろ楯の会津中将のおぼえが最もめでたく、会津藩は近藤を代表権ある局長として扱っている。それが芹沢には面白くなかった。

三

京都在中、将軍行幸時以外は、四人組に仕事はない。将軍の滞京が長引くにつれて、四人組も連日の京都見物に飽きてきた。かといって、若いときのように、京都の

遊郭に流連する体力も遊心もない。

退役後、再召し出しの老陰供には、朝幕間の複雑な政治の駆け引きは雲の上のことであるが、幕威が衰えた幕末期、京に召還された十八歳の将軍の屈辱的な立場はわかった。四人の連日の能天気な京見物は、家茂の屈辱を踏まえている。

家茂の最初の京滞在期限は十日間であったが、期限を過ぎても朝廷から帰府の許可が出ない。家茂は和宮の待っている江戸へ、一日も早く帰りたいのであるが、いまや彼は朝廷の体のいい人質となっている。四人組もそろそろ江戸が恋しくなっていた。

「一体、いつになったら、江戸へ帰れるのだ」

甚左衛門が言った。

「まだ帰府の勅許は下りないらしい」

平四郎が言った。

「将軍が江戸へ帰るのに、なんで勅許が必要なのだ」

内記が憤慨したように言った。

「まあ、そう焦るな。江戸へ帰ったところで、喜んで迎えてくれる者がいるわけではあるまい」

主膳はなだめるように言った。

江戸に帰ったところで、迎える者どころか、居場所もないような四人である。だが、江戸は四人の人生の拠点であった。

滞京中、市中見物をしていた四人は、巡回中の新選組とよく出会った。巡回は小隊十二名、二小隊単位で行ない、そのコースもおおむね定まっている。目的は不逞浪士の取り締まりと探索であり、御所の南、東洞院(ひがしのとういん)、西洞院、西御土居(おどい)、南御土居、北五条、東山限、西寺町、鴨川(かも)まで、南七条辺、北四条辺と広範囲にわたっている。

粋(いき)で強そうな新選組の巡回には、京娘のファンがかなりついていて、特に美男の沖田総司(おきたそうじ)が隊長を務める一番隊には熱心な追っかけがいた。

「胡乱な者は捕らえよ。抵抗する者はすべて斬れ」

新選組隊士は市中巡回に当たって訓示されていたが、昼間、新選組の行列の威圧に恐れをなして、しかけて来る者はいない。

昼間、探索方が探り出した尊攘浪士の隠れ家を夜襲して潰す。朝になると、転がっているのは浪士の死体ばかりである。

四人は一度、原田左之助(はらださのすけ)率いる十番隊が、数人の挙動不審の浪士団を呼び止めて尋問している場面を目撃した。

「いずれのご家中で、いずこへ行かれるか」

と問うた原田に対して、浪士団の首領格が、

「ここは天下の大道、我らがいずこへまかり越そうと、我らの勝手である。名乗る必要もない」

と職務尋問を拒んだ。

「我らは京都守護職、会津中将より京の治安を委ねられている新選組である。ご家中、ご姓名を名乗れぬとあらば、屯所まで同道願いたい」

原田が言い渡すと、首領格は、

「断る。強いて同道すると申すなら、腕にかけてするがよい」

と刀の柄を拳でとんと叩いた。

「胡乱なやつ。かまわぬ。召し取れ」

原田の命令一下、隊士が浪士団を取り囲んだ。浪士団が抜刀した。抜き合わせた隊士と乱闘になったが、あっという間に、首領以下二人が血煙を噴いて地に這い、残りの浪士も刀を叩き落とされ、あるいは打ちのめされて戦意を失っていた。

この間、隊長の原田左之助は刀の柄に手もかけていない。固唾を呑んで見守っていた四人組は、噂に聞く新選組の手並みに目を見張った。

幕府が苦し紛れに雇った外人部隊の新選組は、いまや薩長土大藩の勢力を圧する幕

府最強の戦闘集団になっていた。預かり主の会津藩すらコントロールしきれない戦力になりつつあった。

京は正規軍が向かい合う戦場ではない。京都市中では新選組のような白兵戦の猛者を揃えた戦闘集団が圧倒的な強みを発揮する。

衰えた幕威が、浪士出身の新選組によって辛うじて支えられているという奇妙な状況になっていた。

この間、時代は激流のように動いていた。攘夷期限の五月十日、長州藩は関門海峡を航行する米国商船を砲撃した。

これに激怒した幕閣の硬派老中小笠原長行は、五隻の艦隊を率いて、許可なく将軍慰安と称して無断上洛した。

また五月二十日夜、尊攘派であるが、朝幕のコーディネーターとして重きをなしていた姉小路少将公知が暗殺された。

小笠原艦隊の無断上洛に最も仰天したのは、京都滞在中の幕府勢力であった。

京都で人質にされ、屈辱の日々を送っている家茂の応援のための上洛であるが、一橋慶喜や松平容保が進めている公武一和工作をぶち壊しにしかねない。

小笠原は京都の幕府勢力が朝廷の顔色ばかりをうかがっているのに業を煮やし、京都に攻め上り、家茂を救出するとまで息巻いた。

弱り果てた慶喜と容保は家茂に頼んで、小笠原を説得させた。

家茂の命令によって、小笠原軍の上洛は一応阻止されたが、ともかく彼のデモンストレーションは朝廷や尊攘派の心胆を寒からしめ、家茂にようやく帰府の勅許が下りた。

そして、四人組に二条城から召しがかかった。

老いた天狗（てんぐ）

一

和多田主膳ら四人は恐懼（きょうく）して二条城に伺候（しこう）した。

二条城御側用取次部屋に、江戸から将軍に随行して来た桜井豊後守が待っていた。

豊後守は四人を、「近（ちこ）うまいれ」とさし招くと、改まった口調で、

「この度、上様は帰府されることにあいなった」

と言った。

四人は帰路の陰供を仰せつかるものとおもって、ははっと平伏した。

だが、豊後守の次の言葉は、彼らの期待を裏切るものであった。

「ついては、其方どもは上様陰供を免じ、京に留（とど）まり、以後、京都守護職の下知に従

うように申しつくる」

　意外な沙汰であった。

　ようやく江戸に帰れるかと、内心喜んでいたのが、京都守護職会津藩の指揮下に入り、京へ残留せよという命令である。

「畏れながら、お伺いいたします。新たな御沙汰を被り、恐悦に存じます。つきましては、京都守護職の御下知にいつまで侍るべきや、お伺い申し上げます」

　主膳は恐る恐る問うた。

「そのときがくれば、また追って沙汰を下すであろう」

　と豊後守は言って、立ち上がった。

　つまり、無期限ということである。いやだとは言えない。

　退役老人四人に対して、無期限に新たな任務が命じられたのであるから、むしろ喜ぶべきことである。

　おそらく京都守護職に従いて、都の治安維持に当たれということであろう。それだけ彼らの腕が評価されたと考えるべきであった。

　四人はその足で、吉田山東南にある黒谷金戒光明寺の京都守護職本陣へ赴いた。

　さすが会津二十三万石の大藩、京都守護職の本陣であるだけに、城門のような門構えである。

恐る恐る案内を乞うと、桜井豊後守から通じてあったと見えて、本陣内の応接部屋へ通され、重職らしい厚みのある人物が出て来た。

「ご足労いただき大儀に存ずる。拙者は会津藩公用方を務めます田中土佐でござる。以後、お見知りおき願いたい」

田中と名乗った重職は丁重に挨拶した。

四人は恐縮した。いまや会津藩は幕府第一等の大黒柱として、また藩主松平容保は孝明帝の信頼を一身に集め、朝幕間で断然重きをなしている。

「おのおの方の内親王様御降嫁の際の天晴れなる働きぶりは、つとに耳にしております」

田中が言ったので、四人はますます恐縮した。

「ついては、お手前方の腕を見込んで、内密にお願いしたき儀がござる」

部屋には彼ら五人しかおらず、立ち寄る者もいないのに、田中土佐は声を潜めた。

四人は緊張した。田中の様子から公儀御庭番として特別の用命を感じ取ったのである。

「新選組については、すでにお聞き及びでしょうな」

田中が問うた。

「会津藩身柄御預かりの新選組の勇名は、いまや京洛に隠れもないところにございます」

「左様、勇ましすぎて、いささか困っております」

田中の面が曇った。四人は黙したまま、田中の内意を探った。

「新選組は近藤勇、芹沢鴨、新見錦の三局長による三頭制の下に運営しております。これが最近、近藤、芹沢の対立が激しく、特に芹沢の傍若無人ぶりは目にあまるものがござる。近藤勇は人格、識見共に、新選組の局長としての器でござるが、芹沢には手を焼いております。

しかし、なにせ芹沢は名うての剣客であり、新見と組んでおり、下手に手を出すと新選組の瓦解につながりかねません。いまや新選組は幕府の私兵とは申しながら、いや、私兵であればこそ、朝幕、公儀や藩から離れて自由に動ける中核兵力になりつつあります。新選組は幕府にとってなくてはならない貴重な兵力です。これを一部の粗暴な輩によって瓦解させることはできません」

そこで田中はいったん言葉を切って、四人の顔色を探るように見渡した。田中の言葉の先を推測して四人はおもわず息を呑んだ。

「そこでおのおの方にたっての頼みでござるが、芹沢を粛清してもらいたい」

「芹沢を……」

「左様。芹沢は新選組随一の遣い手でござる。彼に立ち向かえる者は、新選組においても一、二人しかござらん。万一仕損ずれば、新選組は内から崩壊するでござろう。これはなんとしても防がなければならぬ。

　そこでお手前方にたっての頼みでござるが、芹沢鴨を討ってもらいたい。なお、これは殿のご内意でもござる」

「会津侯の」

　四人は顔を見合わせた。

「桜井豊後守様より、おのおの方のご推挙を受けて、殿におかれてはいたく喜ばれ、首尾よく芹沢を討ち果たすようにとのご内意を被った。芹沢鴨を討てる者は、お手前方をおいてないとの桜井豊後守様のご推挙でもござる」

　田中から芹沢暗殺の密命を受けた後、四人は結構な酒肴を振る舞われた。

　京都守護職本陣からの帰途、

「えらい役目を仰せつかったな」

　梶野甚左衛門が浮かぬ顔をして言った。

「我らは使い捨てじゃ。どうせ隠居の用なし老人だ。芹沢鴨に嚙み合わせて、我らがどうなろうと公儀は痛くも痒くもない」

倉地内記が嚙んで吐き出すように言った。

「いまの新選組は、公儀や会津藩にとって虎の子だ。近藤や沖田総司など虎の子の虎の子を、芹沢のような狂犬と嚙み合わせて、怪我でもさせたら大事だからの」

古坂平四郎がつぶやいた。

「しかし、会津侯の内意とあっては、断ることはできぬ。いや、これは上意じゃ」

主膳が三人に言い含めるように言った。

「わかっておる。しかし、我らに芹沢が討てるか」

平四郎が問い返した。

「やってみなければわからぬ」

主膳が答えた。

「もはや充分に生きた。内親王様に供奉して死に花も咲かせた。いつ死んでも未練はなかろう」

甚左衛門が言った。

「未練はないが、使い捨てられたくはないのう」

平四郎が空を仰いだ。

「ならば、芹沢を討つ以外にあるまい」

主膳は意を定めた視線を宙に据えた。

公儀や会津藩の魂胆はわかっている。新選組の手によって芹沢を粛清すれば、犠牲は防げない。新選組は斜陽の幕府が送り出した最強の戦闘集団である。一兵といえども内紛のために損傷したくない。

四人が討ち損じたとしても、すでに幕府にとっては無用の老廃物である。成否いずれにしても、内紛ではなく、外部からの仕掛けに仕立て上げれば、新選組に傷はつかない。うまい廃物利用を考えだしたものだと、主膳は感心した。

だが、それにしても芹沢鴨は攘夷の先覚グループ、水戸天狗党の出身で、鹿島神宮の太鼓が目障りだと言って、鉄扇で叩き破った武勇伝の持ち主である。

実際に神道無念流を学んだその剣術は豪胆そのもので、強者揃いの天然理心流の試衛館出身者の中でも、彼に対抗できるのは沖田か近藤、それに永倉新八くらいであった。彼らなら腕は互角であるが、芹沢は豊富な実戦経歴を踏まえている。

四人は京都市中で目の当たりにした新選組の手並みをおもいだした。凶暴な浪士団と斬り合いになったが、一瞬の間に斬り捨ててしまった。

しかも、働いたのは平隊士であり、十番隊長の原田左之助は刀の柄に手も触れず、見物していただけである。沖田や近藤、そして芹沢の腕は想像もできない。

いかに充分に生きたとはいえ、公儀の使い捨てにされるのが嬉しいはずがない。しかも、首尾よく芹沢を討ち果たしたとしても、江戸へ帰れる保証はないのである。

四人は浮かぬ顔をして宿所へ帰って来た。

芹沢の動静は、三河屋の者が細かく報告してくれることになっていた。

芹沢は自分が暗殺のターゲットにされたことも知らぬらしく、相も変わらず傍若無人の振る舞いを重ねている。市中の押借りは当たり前で、その金で連夜、島原へ繰り出しては豪遊している。

昼は昼で、隊務を見ず、織物問屋菱屋太兵衛の情人お梅という女を取り上げて、痴戯に耽っている。

これをよいことに、芹沢派の幹部が追随して、屯所内で酒宴を開く。

芹沢の行動は明らかに局中法度違反であるが、近藤も副長の土方歳三も見て見ぬ振りをしている。若い隊士は、幹部には甘い局中法度に不満を蓄えていた。

京の祇園会が終わった六月十三日、家茂は大坂を発し、海路江戸に向かった。

大坂まで陰供した四人は、将軍から置き去りにされたような気がした。事実、彼らは廃物として置き去られたのである。

二

暑い夏の京都がようやく朝夕涼しくなった七月下旬のある日、芹沢の動向を見張っていた四人は、その言語に絶する暴虐を目の当たりにした。

七月二十四日、仏光寺高倉の油問屋八幡屋卯兵衛が、三条大橋に梟首された。その捨札に、「大和屋庄兵衛ほか両三名の富商も同罪につき梟すべし」と書かれてあった。過激浪士の集団、天誅組のしわざである。

次の天誅予定者として指名された葭屋町の生糸問屋大和屋は震え上がった。命あってのもの種とばかり、大和屋は朝廷と天誅組に合わせて一万二千両を寄付し、命乞いをした。

この情報が芹沢の耳に入った。直情径行の芹沢はかっとなった。

「不逞のえせ浪士どもに一万両もの大金を用立てるとはなにごと。我らの日頃の庇護をなんと心得るか」

激怒した芹沢は、早速配下を率いて大和屋に押しかけ、一万両の借金を強談した。

だが、大和屋は朝廷と天誅組に手許の金をすべて吐き出していて、芹沢の強談に応じられなかった。

御用金調達を大和屋に拒否された芹沢は、激怒した。

「無辜の商人を殺害し、その首を三条大橋に晒せし不逞浪士に一万両を用立て、我ら都の治安の任に当たる新選組の御用を拒むとは、言語道断である。今日まで都でのうのうと商売ができたのは、我らの庇護のおかげではないか。よし、新選組に歯向かえばどんな目に遭うか、おもい知らせてくれるわ」

芹沢は会津藩から借りていた臼砲を引き出して、芹沢派の隊士二十六人を率い、大和屋の店の前に据砲した。

近所の住人に避難のふれを回すと、芹沢は隊士に発砲を命じた。

命中精度の粗い臼砲であったが、店の前、至近距離からの砲撃に、全弾悉く命中した。

隊士が面白がって釣瓶打ちに砲撃する度に、砲声は市中に轟き、地軸を揺るがした。

天誅組に殺害された八幡屋は、芹沢の資金源であった。八幡屋の用立てた金でさんざんうまい汁を吸ってきた芹沢は、金蔓を絶たれただけではなく、面目丸潰れであった。

表通りに威容を誇った大和屋の店構えは、見るも無惨に破壊され、火を発した。火勢は募り、近隣の町家を脅かした。

葭屋町会所に避難勧告が出されていたが、まさか白昼、市中で大砲をぶっ放す者がいようとは考えてもいなかったので、勧告を会所溜りで握り潰していた。

界隈の住人が家財道具を持ち出して逃げまどい、火事場泥棒が跳梁したものだから、混乱はますます輪をかけられた。

半鐘が打ち鳴らされ、月番大名の火消しが駆けつけて来たが、新選組の隊士が阻んだ。

「これは火事ではござらぬ。不逞浪士と誼を通じた奸商の膺懲にござれば、お引き取り願いたい」

強いて通るとあれば、刀にかけて通れと言わんばかりに新選組の暴れん坊に威圧されて、なすことなく火の手を見守っているばかりであった。

白昼、突然市街戦が展開したような騒動に、京都市民は腰を抜かした。物情騒然とした世相であったが、夜間の剣戟はあっても、真っ昼間、市中で砲撃した無法者はいない。

だが、京の治安を預かる京都守護職も京都所司代も傍観している。

芹沢の行動は、暴挙ではあっても、一応名分は立っている。

守護職が動かぬものを、その下にある京都所司代は手出しできない。いまや、新選組の兵力は会津藩すらコントロールしかねるほどに巨大になっている。

かねてより芹沢の動静を偵察していた四人は、この暴挙の一部始終を駆け集まって来た野次馬の間から凝（じ）っと見守っていた。

「おそらくこの砲撃は禁裏（きんり）にも聞こえておろう。まことに天を恐れざる仕打ちよな」

主膳はつぶやいた。

「会津藩は芹沢の暴挙を傍観しておるのか」

内記が言った。

「知れたことよ。会津藩が芹沢を鎮圧すれば、自ら暴徒を飼っていることを天下に広告するようなものではないか」

甚左衛門が言った。

「ならば、同じ新選組の近藤派はなぜ動かぬ」

内記が問うた。

「新選組としては動けぬ。これは芹沢の暴挙ではあっても、やつは局長の一人だ。これは新選組の行動だ。新選組が相討てば、都の治安の任に当たる新選組そのものの存在が疑われるではないか」

　主膳が言った。

「会津藩はこのことあるを予測して、我らに芹沢を討てと命じたのかもしれぬな」

　平四郎の目が宙を探った。

「左様におもえ。我らの腕がそれほど高く買われたのよ」

　甚左衛門が苦笑した。

　芹沢は臼砲の後ろに置いた床几にどっかりと腰を据え、近くの酒屋から隊士に調達させてきた一升徳利をラッパ飲みしながら、

「撃て撃て、もっと撃ち込め」

　と心地よさそうに煽り立てている。

　その様子を群衆の中から凝っと見守りながら、主膳は、会津藩の委嘱がなくとも芹沢は許すべきではないとおもった。

　老いたりとはいえ、元は公儀御庭番である。天下の兵権を握った幕府ともあろうものが、この狂犬のような無頼の集団を、いまや都における中核の戦力として頼まざるを得ないまでに落ちぶれてしまったのである。

　会津藩が芹沢の暴挙を黙過しているのも、せっかく手に入れた最強の戦闘集団に疵

をつけたくないからである。

　幕府はいまや、武士の統領としての権威と誇りを失ってしまった。たった十八人の浪士に為す術もなく大老を討たれ、いま飼い犬の暴挙にただ手を拱いているばかりである。

　主膳の心身に、吉宗以来の将軍直属の御庭番としての熱い血がたぎってきた。

　会津藩から芹沢暗殺を委嘱されたときは、廃物利用と腹が立ったものであるが、芹沢の言語道断の暴挙を目の前にして、個人としても、また公儀御庭番としても、彼を誅さなければならないと決意を新たにした。

　主膳のおもいは三人のおもいでもあったようである。

　芹沢の暴虐は、その夜を徹してつづけられ、翌日午後になってようやく疲れてきたらしく、引き揚げて行った。

　大和屋の人間も逸早く避難していたので、人命の損傷はなかったが、大和屋の土蔵を含めて、建物はほぼ全壊した。内部は芹沢の暴挙に便乗した無頼の者たちによって略奪され尽くしていた。

　事件の報告を受けた松平容保は激怒して、即刻、芹沢を処刑せよと重職に命じた。

「殿、その儀はしばし、おぼし止まりませ」

田中土佐に諫止されて、

「なぜじゃ。行く当てもなく路頭に迷うておった者を、わが袖の下に庇うてやった恩も忘れて、帝のお膝下をも憚らず言語道断の振る舞い、断じて許すことはまかりならぬ」

容保はいきり立った。

「殿、芹沢は尋常の遣い手ではございませぬ。また彼の率いる一派は、近藤勇と新選組を二分する勢力にございます。当藩が兵を繰り出し、これを粛清しようとすれば、当藩自ら不逞の徒輩を傘下に養っておることを天下に公言することになり、芹沢の暴挙を上回る騒動となることは必至にございます。京都守護職自ら、お膝下にて騒動仕れば、帝の宸襟を悩まし奉り、尊攘激派のおもう壺にはまりましょう。芹沢に対してはすでに手を打ってございます。殿のお怒りはご尤もにございますが、いましばし耐えあそばしますよう、伏してお願い申し上げます」

田中土佐に面を冒して諫止され、逆上していた容保もおもいとどまった。

たしかに会津藩が出兵して、新選組と市街戦にでもなったら事である。もし会津藩が芹沢率いる新選組超過激派の鎮圧に失敗すれば、それこそ全国の笑い種である。京都守護職の権威を一挙に失墜し、天皇の信任も失うであろう。

京都守護職という火中の栗を拾った会津藩にとって、新選組は最前線に立ち、最も汚い仕事を担当してくれる外人部隊としてなくてはならない存在になっている。大藩意識と、名門の誇り高い家中の者にとって、血に飢えた狼のような新選組の真似はとうていできない。

この時期、八月十八日、朝廷で政変が勃発した。

公武合体派の中心人物、中川宮朝彦親王の斡旋によって、会津、薩摩両藩が提携して禁裏の九門を固め、尊攘激派の公卿を一挙に追放した。

このクーデターによって、これまで朝廷で幅を利かせていた尊攘派に代わり、中川宮を中心とする公武合体派が朝廷を握った。

尊攘派の拠点である長州藩は、三条実美ら七卿を擁して退去した。これが七卿落ちである。

時期を同じくして、尊攘派公卿によって画策された大和親征の先駆け天誅組は、大和五条において暴発していた。

この政変において、新選組は組織的な軍として行動した。

これまで凶暴な人斬り外人部隊と見ていた会津藩および幕府は、認識を改めた。新選組はいまやゲリラ部隊ではなく、正規軍としての組織と、戦力を持っていることに気がついた。

八月十八日の政変以後、新選組は会津藩から正式に市中常時見廻役を命じられた。同時に、不逞の者の斬り捨て勝手たる特権をあたえられた。

将軍名義で、会津侯から局長以下、平隊士まで恩賞金が下賜された。身分も会津身柄御預かりから扱いに昇格した。

新選組の士気はますます高くなった。

京都守護職会津藩としては、新選組の戦力を組織として強化するために、近藤勇の下、命令系統を一本化する焦眉の急に迫られた。

新選組に芹沢がいる限り軍としては信頼できない。会津藩は芹沢粛清の時期が迫ったことを悟った。

四人組にすでに内命を下しているが、まだゴーサインは出していない。

九月十八日に、島原「角屋（すみや）」で新選組の慰労会が開かれることになった。

政変以後、新選組の活躍によって京から尊攘派を一掃した功に報いるために、会津藩の肝煎（きもい）りで開かれたものである。

だが、この慰労会は芹沢暗殺のために会津藩が仕組んだものであった。

その前日、京都守護職本陣に密かに呼ばれた四人は、田中土佐から、明日の夜、芹沢粛清の決行を命じられた。

「当夜の酒宴で、芹沢は酔い潰れる。足腰立たなくなった芹沢は、駕籠に揺られて、屯所へ帰るころは前後不覚になっているであろう。おのおの方の腕前であれば、万に一つの仕損じもござるまい。なお、この件に関しては当藩も新選組も与り知らぬこととなる。芹沢鴨は宿所に押し込んだ徒党によって殺害されたとして、処理されるでありましょう。新選組局長として押し込み夜盗の類いに殺害されるのは、油断、不心得の極みとされましょう」

「我らは押し込み夜盗の類いでござるか」

倉地内記が不満を盛った口調で問い返した。

「気にいたすまいぞ。下手人は不明ということでござる。世間は天誅と見るでござろう」

「天誅と押し込み夜盗の類いとでは、ずいぶん大きな開きがございますな」

梶野甚左衛門が皮肉な口調で言った。

「まあ、よいではないか。あまり田中殿を困らせるでない」

和多田主膳が二人を抑えた。

会津藩は廃物利用として、最も汚い仕事を四人に請け負わせた。引き受けた以上は、天誅であろうと、押し込み夜盗の類いであろうと、苦情を唱えるべきではない。

田中土佐の言葉は、万一、しくじるようなことがあっても、会津藩も新選組も救いの手を差し伸べられないことを示唆している。万一しくじれば、押し込み夜盗の類いとして処刑されることを予告して、四人の覚悟を改めて促したのである。

「紀州以来の家名を辱めぬためにも、公儀御庭番の面目にかけても、仕損じは許されぬ。押し込み夜盗の類いで処刑されては、なんの顔(かんばせ)あって祖霊にまみえるか」

主膳は三人の同志に言い渡した。

たとえ芹沢が泥酔して前後不覚になっていようと、新選組の本拠に侵入しなければならない。襲撃前に発見されれば、新選組の猛者連によって斬り刻まれる。

芹沢と対立している近藤派にしても、本拠に侵入した賊(ぞく)を見過ごすまい。

田中土佐は四人の襲撃を近藤勇が予知しているかどうか告げなかったが、仮に近藤が会津藩から内報されていたとしても、四人が仕損じたとき、容赦(ようしゃ)しないであろう。

「そのときは我ら四人、押し込み夜盗の類いとして、新選組を一人でも多く、死出の道連れにしようではないか」

「近藤、土方、沖田、死出の道連れとして不足はないわ」

「公儀御庭番御用先の地の果て海尽きるところに屍を晒すは、本懐とするところじゃ。いまをときめく新選組を死出の旅路の供に引き連れていけば、祖霊も許してくれるであろう」

内記、平四郎、甚左衛門がうなずいた。

三

九月十八日夜、予定通り、島原「角屋」を借り切って新選組の慰労会が華々しく開かれた。

会津藩の後援であるから、予算に糸目はつけない。島原の綺麗どころを総揚げにして、文字通り酒池肉林の宴となった。

これまで京都政権を主導していた尊攘派を一掃し、公武合体派が盛り返したので、落ち目の幕府が一時、天下を取り返したような勢いである。その推進力となった新選組の意気や、当たるべからざるものがあった。

芹沢鴨は宴席の上座を占め、島原の美妓を引きつけ、多数の取り巻きに囲まれて気炎を上げていた。

「さすがは芹沢先生、都のど真ん中で奸商に大砲をぶっ放すとは、我らおもいも及びませんでした」

「肝っ玉の構造（でき）がちがいますな」

「諸藩はもとより、会津藩すら腰を抜かしておりましたぞ」

「尊攘派の走狗（いぬ）どもも、芹沢先生の大砲に吹き飛ばされたようなものでござる」

肚（はら）に一物含んだ近藤、土方以下、近藤派の面々が次々に盃（さかずき）を勧めたものだから、芹沢のピッチはますます上がった。

だが、さすが音に聞こえた酒豪だけあって、顔色一つ変えず、勧められる大杯を片（かた）っ端（ぱし）から空けている。

宴はたけなわとなって、芹沢の腹心、平山五郎（ひらやまごろう）が詩を吟じながら剣舞を始めた。やんややんやの喝采（かっさい）が起きる。

平山は平間重助（ひらまじゅうすけ）と共に、芹沢の片腕であり、共に一流の遣い手である。平間一人が多少正気を残していた。

芹沢は左手に大杯を持ち、右手をかたわらに引きつけた美妓の裾に入れて悲鳴をあげさせている。顔色は変わらないが、目が据わっているのを近藤は見て取った。

だが、かたわらから多量の血を吸っている愛刀三原正家（みはらまさいえ）を離さない。

時はたち、座は乱れた。

「芹沢先生、お疲れではございませぬか。そろそろお開きといたしましょうか」

土方に言われて、芹沢は、

「なんの、これしきの酒でなにほどのことやあらん」

と酔眼を見開き、虚勢を張った。

「お梅殿が首を長くしておりましょう」

土方のかたわらから永倉新八に言われて、芹沢もようやく愛妾の顔をおもいだしたらしい。さすがの芹沢もお梅には頭が上がらない。

お梅は当初、新選組出入りの商人菱屋太兵衛の愛妾であったのが、芹沢に掛取りの使者に来て犯され、そのまま屯所に居ついてしまった女である。芹沢とはよほど相性がよかったらしい。

三原正家を杖に立ち上がったとき、芹沢の足がもつれた。身体に沈殿していた酒が一気に酔いを発した。

隊士に両側から支えられて、玄関先で待っていた駕籠に担ぎ込まれると同時に、正体を失ってしまった。

芹沢の駕籠に平山、その敵娼の「桔梗屋」の吉栄、つづいて平間の駕籠とその敵娼の「輪違屋」の糸里の駕籠が従いて来た。平隊士十数人が随行した。

宵の口から降り始めた雨足は強くなって、嵐模様となっている。

市中は新選組が制圧しているが、市域には尊攘浪士が潜伏している。新選組は外出先では警戒を緩めない。隊士の単独の外出は控えるように言い渡されている。

その夜の芹沢の動向は、三河屋の手の者によって逐一、四人に報告されていた。

全隊士、酒が入っている。襲撃にはおあつらえむきの風雨の強い夜である。機会は今夜をおいてない。

島原から壬生の屯所まで駕籠に揺られている間に、近藤派から勧められた酒が芹沢の全身に攪拌された。壬生の屯所に着いたときは、すでに歩けなくなっていた。隊士たちに手取り足取られ、八木邸の寝所まで運ばれた。

三人が入った八木邸は、入口、三和土、三和土の奥に内玄関、上がり口に四畳半と二階につづく階段、その奥に八木家家族の六畳の寝室がつづき、南に向いた内玄関右手には襖を隔てて四畳半、六畳、十畳の部屋が並んでいる。

八木家家族の部屋と、床の間を隔てて六畳と十畳が廊下に沿って並び、廊下は北の奥庭に面している。

奥の十畳に芹沢とお梅、平山と吉栄が寝て、手前の六畳に平間と糸里が寝た。

芹沢の大酒には慣れているお梅であるが、さすがに呆れたようである。

「局長も、この為体では男の役に立つまい」

同行して来た平山も苦笑したが、彼自身、すでに足取りはおぼつかなく、平隊士に助けられて寝所へたどり着いた。

平山がようやく寝所へ転がり込んだときは、六曲屛風を挟んで芹沢の大鼾が聞こえていた。平山の朦朧たる意識もそれまでであった。

すでに四人は、三河屋が手当てした八木邸の近くの民家で待機していた。

四つ半刻（午後十一時）、偵察の三河屋の手代が、芹沢と平山と平間が女を二人連れて八木邸に着いたと報告した。

「三人ともへべれけどす。あと半刻（一時間）もすれば白河夜船になりまっしゃろ」

予告通り、半刻後、別の手代が報告に来た。

「芹沢とお梅、平山と妓は奥の十畳、平間と妓はその手前の六畳で死んだように眠ったはります」

と報告してきた。

「行くぞ。くれぐれも八木家の家人を巻き添えにせぬように気をつけよ」

主膳は最後の注意を同志にあたえて、立ち上がった。四人とも、鎖鉢巻きを締め、厚い着込みを重ね、鎖襦袢、手足には鎖入りの手甲、臑当てを着け、武装充分である。風雨はいまが盛りであり、路上には動くものが絶えている。

わずかな距離であったが、雨合羽を通して雨がしみ通り、着込みした身体が重くなった。

三河屋の者の案内で、四人は難なく八木邸の奥庭へ入った。不寝番はいない。この風雨激しい夜、新選組の本拠を襲う者があろうなどとはだれもおもっていない。界隈は灯を消して、完全に寝静まっている。

近藤、芹沢の対立が激しくなってから、近藤派と主力は八木邸とは通りをへだてた前川邸に移り、八木邸は芹沢以下、幹部の専用になっている。騒動の気配を察知して、主力が駆けつけるまでに時間がかかる上に、多少の気配は風雨が消してくれるであろう。襲撃には絶好の夜となった。

土砂降りの雨が合羽を通して身体を叩き、ぐしょ濡れになった。初めての八木邸であるが、三河屋の者が手に入れた邸内の見取図をそらんじている。

四人は廊下に沿って庭伝いに奥へ向かった。

台風は南方の湿った空気をもたらし、蒸し暑い夜となっていた。そのため、北の庭に面した廊下の雨戸は立てていない。南風なので雨も吹き込まない。

廊下に面する間仕切りの障子（しょうじ）を屋内の行灯（あんどん）がほんのりと染めている。わずかに透かした障子の隙間から凄まじい鼾声が響いてくる。

主膳は芹沢らが庭に逃げ出した場合に備えて、平四郎を庭に残した。

「よいか。芹沢に刀を取らすな。芹沢さえ討てば、平山、平間は雑魚だ。妓が邪魔をしたときは斬れ。斟酌（しんしゃく）は一切無用ぞ」

主膳は飼い猫に自殺されたときとは別人のような非情な顔になって、仲間に言い渡した。

今夜の襲撃に備えて、繰り返し予行演習をしている。芹沢を模した藁（わら）人形に蒲団（ふとん）をかけ、蒲団越しに突き刺したり、蒲団を剥（は）いで刺したりした。

蒲団の抵抗が意外に大きいことを知って、蒲団を剥いで三人同時にしかけることにした。

甚左衛門は屋内専用の短い手槍に替えた。内記も武器を短くしている。

三人は庭から廊下へ這い上がった。芹沢の天下泰平の鼾声が一際高く響いた。主膳が鞘鳴りを忍ばせて太刀を抜き、甚左衛門と内記が槍と鞭を構えた。庭では平四郎が弓に矢をつがえている。

三人が呼吸を合わせて、まさに踏み込もうとした直前、廊下に小さな人影が現われた。三人はぎょっとなって、その場に凍りついた。八木家の幼い子供が寝ぼけて起き出してきたらしい。

子供は廊下にたたずんでいた三人を見ても、驚かない。寝ぼけ眼に芹沢、平山らとおもったらしい。

芹沢の鼾声が束の間止まった。四人のまったく予測しないことであった。邪魔になったときは妓も斬れと命じた主膳であるが、子供を斬れとは言っていない。

子供は寝ぼけ眼を三人の方角へ向けている。はっと我に返った主膳は、子供に向かって口の上に人指し指を立てた。子供は縁側に立つと、寝間着の前をまくって庭に小便をした。

小便が終わると、また寝間に戻って、ごそごそと蒲団の中に這い込んだようである。三人は全身、冷や汗にまみれていた。

芹沢の鼾声がまた聞こえてきた。平山や妓たちの寝息も変わりない。

そのままの姿勢で廊下に立った三人は、障子の隙間から室内を覗いた。羽織をかけた座敷行灯がほの明るく照らしている。

屏風を立てた両側に、二組の男女が寝乱れていた。芹沢は下帯一つ着けただけの裸で、お梅と平山の敵娼は長襦袢一枚をまとっただけの無防備な肢体を開いている。

息を呑むばかりに放恣な煽情的な姿態であったが、三人の老刺客の目には河岸の鮪のように映じた。掛け蒲団をはだけているので、蒲団をまくる手間が省けた。

奥の床の間寄りに寝ているのが芹沢組である。都合のよいことに芹沢と平山が廊下寄りに寝ている。熟柿のような酒気と、若い男女の体臭が攪拌して、名状し難い異臭となってこもっている。

驚いたことに情事のにおいが混じっている。帰宅後、芹沢とお梅は情を交わしたらしい。あれだけ泥酔していながら、女と交わる精力を残していた芹沢に、三人は舌を巻いた。

主膳は素早く刀の位置を探した。芹沢の愛刀備後三原正家は床の間の鹿角の刀架に掛けられている。香取神社に奉納されていた薙刀を造り直したという業物である。平山の刀は枕許に置かれている。どちらも手の届く距離であった。

三人は目配せを交わすと、障子の隙間を押し広げ、室内に入った。一瞬、空気が動き、お梅が身じろぎした。芹沢の鼾声に変化はない。

三人は平山と吉栄を無視して、芹沢の枕許に立った。内記が刀架から芹沢の刀を取った。内記が庭へ三原正家を放り出すと同時に、主膳と甚左衛門の狙い澄ました刀と槍が芹沢に突き立てられた。

血のにおいが振りまかれ、剣尖と槍の穂先にしたたかな手応えが伝わった。芹沢が獣のような唸り声をあげて、臥所から転がり出た。同時にお梅が身体を引き裂かれるような悲鳴をあげた。

屛風が倒れ、行灯が蹴倒されて、室内が暗くなった。どこからか薄灯りが漏れてくるが、束の間、目が馴れない。

平山と吉栄が同時に目を覚まして、新たに吉栄の悲鳴が加わった。

平山がうろたえながら枕許を手探った。だが、だれかに蹴飛ばされたと見えて定位置に刀がない。彼我、暗黒の中でもつれ合った。

芹沢は剣と槍に刺されて深手を負いながらも、薄灯りの来る方角を目指して障子を蹴破り、庭へ転がり出た。そこを狙って、平四郎の矢が飛来した。

矢は狙い誤たず、芹沢の肩に突き立った。たまらず庭に転倒した芹沢の手先に、内記が放り出した芹沢の刀が触れた。芹沢は刀をつかみ、引き抜きざま薙ぎ上げた。

そこへ、逃さじと追撃して来た甚左衛門の脛が払われた。一瞬、甚左衛門は脛の骨が折れたような衝撃をおぼえた。脛当てを着けていたおかげで、骨も折れなければ足もついている。だが、しばらく足が痺れて動けない。

恐れていた三原正家を芹沢が手にした。

「野郎、一匹も生かして帰さねえぞ」

全身に深手を負いながらも、愛刀を手にした芹沢は、噴き出る自らの血を舌を出して舐めると、にやりと笑った。

そこに追いついて来た主膳が、動けぬ甚左衛門を庇って必殺の太刀を振り下ろした。芹沢は地上に腰をついたまま、主膳の太刀をはねのけた。嚙み合った二振りの刀身から火花が発し、硝煙のようなにおいが雨中に漂った。

束の間、主膳の腕は痺れて使いものにならない。芹沢が手負うていなければ、主膳の刀はへし折られていたかもしれない。おそるべき膂力であった。

主膳の追撃を躱した芹沢は、庭上を転がりながら刀をめちゃくちゃに振り回した。髷が解け、雨に濡れた髪が顔面に張りつき、全身血と泥にまみれて凄惨な様相になった。

同士討ちになる虞があるので、平四郎は二の矢を射てない。

ようやく脛の衝撃から立ち直った甚左衛門が加わった。主膳、甚左衛門、弓の平四郎までが加わって、三人がかりで雨中、血と泥をこね回しながらのた打つ芹沢をめった斬りにした。もはや剣の勝負ではなかった。

一方、室内では動転した平山が、枕や水差しや、煙草盆など、手当たり次第に闇の中に投げつけていた。吉栄は悲鳴をあげつづけている。

平間は逸早く逃げ出したか、どこかに隠れたと見えて、姿が見えない。

平山が次に手に触れた行灯を投げつけようとしたとき、鞭が飛来して、その触手が平山の首に巻きついた。呼吸が止まり、鞭に引かれるままにきりきり舞いをしながら倒れかけたとき、内記の腰から鞘走った一刀が、平山の首筋に叩き込まれた。

庭上では、ようやく芹沢の抵抗が止んだ。だが、主膳も甚左衛門も肩で息をしたまま、しばらくその場から動けない。母屋の方角に人の気配がした。

我に返った主膳は、引き揚げを宣した。

四人が立ち去った後、母屋から土方、沖田らが駆けつけて来た。どこから現われたのか帯もなく、寝間着の前をはだけた平間が、抜き身をぶら下げて、賊はどこへ行ったと叫びながら屋内を駆け走っていた。現場は目も当てられぬ惨状であった。庭上には下帯一本の芹沢が、肩に矢を突き立て、全身膾（なます）のように斬り裂かれて雨に打たれている。血が雨に溶けて、勾配（こうばい）に引かれて血の帯を引いている。

屋内十畳の間には、巻き添えを食って斬られたらしいお梅が、長襦袢一枚のしどけない姿で虫の息になっている。

倒れた行灯に覆（おお）いかぶさるようにして、首の捥（も）げかけた平山が倒れていた。

蒲団、畳は血の海であり、肉片や、皮膚を付けた髪が散乱している。間仕切りの障子や襖は蹴破られ、壁、天井にまで血飛沫がはね上がっている。

八木家の使用人から急を報されて、前川邸から駆けつけて来た新選組の面々は、あまりの惨状に唖然として、しばしなすことを知らない。

だが、近藤や土方はなぜか落ち着いていた。当夜、八木家の当主は不在で、内儀が前川邸に走らせた使用人の救援要請に対して、新選組はなぜか反応が遅かった。

近藤は襲撃者が立ち去ってだいぶたってからようやく駆けつけて来たものの、追跡しようともしない。

吉栄と糸里は無事であった。お梅はその後、手当ても虚しく、傷が悪化して死んだ。八木家の幼い子供為三郎は、たまたま小便に起きて、寝ぼけて便所の方角をまちがえ、廊下で襲撃者と鉢合わせしたという。

為三郎は天狗が三人立っていたと証言した。寝ぼけ眼に、三人の老刺客が天狗に見えたのであろう。

翌日、近藤は松平容保に、

「昨夜九つ時分（午前零時）、武装せる賊四、五名八木邸塀を乗り越え這入り、就寝中の新選組局長芹沢鴨、および助勤平山五郎、女梅三名抜刀に斬りつけ芹沢、平山、梅を殺害。同じく助勤平間重助は逃亡仕り候。不覚面目次第之なく、この上申しあぐべき御座無く候」

と届け出た。

容保は内心、してやったりとほくそ笑みながら、これが田中土佐が言っていた、手は打ってあるということかとおもった。

会津藩への届け出と前後して、隊士には「長州の刺客に暗殺された」と発表された。また外部には「急病、頓死（とんし）」と公表した。

芹沢派を粛清して、新選組は近藤派が握った。退役公儀御庭番の犯行を疑った者はいない。

四人の働きに対して、会津藩から特に褒賞はなかったが、後日、田中土佐は、

「さすがは元公儀御庭番、お手並み、悉く感服仕ってござる」

と褒めた。

だが、主膳はお梅を殺したことをひどく悩んでいた。乱闘中とはいえ、お梅を斬ったのは未熟であった。

巷間では、芹沢らは天狗に天誅を加えられたという噂が流布（るふ）した。芹沢鴨と平山五郎の葬儀は新選組の隊葬をもって盛大に執り行なわれた。巻き添えを食ったお梅の遺体は、菱屋に引き取られた。

池田屋の序曲

一

芹沢鴨暗殺後も、四人に帰府命令は出なかった。

会津藩では、桜井豊後守の推挙でもあり、半信半疑に預かった四人組老人の意外な手並みに、新選組の別働兵力として飼ってみようという気になったようである。

「江戸に帰ったとて、どうせ居場所もない我らじゃ。死に花咲かせるに、都の花ほど美い花はあるまい」

「しかも尊皇攘夷、天誅と、天下の形勢慌しき折から、京都守護職会津侯付きの身分を拝し、暴れるにはまたとない時と舞台ではないか。嫁にいびられ、猫に餌をやり、賭け碁で金を巻き上げ、盛り場に菰を広げる江戸よりは、ずいぶんと面白い生きようができるというものよ」

「死にざまではないのか」

「生きたとて、わずかな余生よ。生きざまも死にざまも大差あるまい」

「大差なければないほど、死に花は派手な方がよいの」

「一期一会(いちごいちえ)の都の花を、我らの死に花としようではないか」

会津藩では、四人を改めて京都守護職別扱いとした。新選組が当初、御預かりの身分から扱いに昇格したのに比べて、四人はいきなり、別役ながら扱いとなったのである。

隠居した者が、将軍直命による会津守護職の扱いに再登用された例はない。

芹沢鴨を仕留(しと)めた四人の意気、軒昂(けんこう)たるものがあった。江戸への郷愁(ホームシック)は吹き飛んでしまった。

近藤勇の下、一本化された新選組は、いまや軍として充実した。これほど白兵(はくへい)戦の猛者(もさ)を揃(そろ)えた戦闘集団は諸藩に類を見ない。幕府を恐れぬ南西雄藩も新選組は恐れた。

芹沢粛清(しゅくせい)後、新選組の近藤体制は固まった。

八月十八日の政変以後、尊攘派の公卿が朝廷から一掃され、長州藩と共に京から追放されて、都は束の間の平穏を得た。

朝廷は公武合体派が握って、斜陽の幕府が一時、盛り返した感がある。だが、ここに皮肉な現象が生じた。

京都では、一橋慶喜、松平容保、これに容保の弟である松平定敬の桑名藩を加えて、いわゆる一会桑と呼ばれる京都幕閣を形成し、ことごとに江戸と対立するようになった。

江戸は幕府の本拠でありながら、地理的にも朝廷と密着している京都幕閣の勢力が、江戸を凌ぐようになっている。本家の江戸としては、朝威を笠にことごとに態度の大きい一会桑が面白くない。

ここへきて、江戸へ帰ったばかりの将軍家茂に朝廷からふたたび上洛を促してきた。これは攘夷派から公武合体派へ乗り換えるための朝幕、公武合体派大名が開く御前会議への出席要請である。

将軍として、これに出て行かないわけにはいかない。家茂は重い腰を上げて、勝海舟の軍艦「翔鶴丸」で、文久四年（一八六四）一月八日、大坂に着いた。

家茂はすぐには入京せず、大坂で七日間ぐずぐずした後、ようやく一月十五日、京に入った。

これに先立つ十二月三十日、「御簾前の朝儀に参与」する参与会議が、一橋慶喜、松平容保、同慶永、山内豊信、伊達宗城、島津久光の公武合体派代表に要請された。

これは公武合体派の体制を固めるためであり、幕府にとっては有利なはずであった。

だが、内実は島津久光が参与会議のイニシアティブを握って、「いまや開港は天下の大勢である」と主張して、ようやく外国嫌いの朝廷も開港に向けて動き始めていた矢先であった。

もともと開港、開国は幕府の方針であったが、島津久光が主導権を握った参与会議に任せれば、諸外国に対して島津が日本の代表者のようになってしまう。これでは幕府の存在理由が失われてしまう。

家茂は上洛すると同時に、参与会議に反対の意思を表明した。

一橋慶喜は幕府を代表して、横浜鎖港を主張した。目的は参与会議を潰すためであり、日本の前途などはまったく眼中にない。これには参与会議出席者一同、唖然としてしまった。

本来は尊皇攘夷派に対決するために結成された公武合体派の参与会議が、たちまち空中分解してしまった。

このような雲の上の政情は、四人組老御庭番にはよくわからない。だが、一橋慶喜が公武合体派大名の支持を失い、幕府の中でも孤立した気配は感じ取れた。

この間、芹沢鴨を粛清して、近藤体制の下、一本化された新選組は、戦力に加えて経済力を蓄え、その勢力を拡大していた。

新選組の兵力はいまや二十万石クラスの大名に匹敵する。新選組を庇護した会津藩すら二十三万石である。新選組はいまや巨大化して、そのスポンサーである会津藩すら凌ごうとしていた。

事実、近藤や土方は会津藩からの独立を考えていた。新選組の必要経費は会津藩から支出されるが、これに頼っている限り、新選組はいつまでも会津藩の番犬である。単なる剣客の位置に留まらず、政略と商略の才に長けた土方歳三は、商都大坂の強大な資本力に目をつけて、そこに新選組独自の資金源を確保して、会津藩からの独立を企んでいた。

新選組のこの動向を会津藩が察知しないはずはない。自ら抱え込んだ番犬であるが、いまや飼い主もコントロールできないほど強大になって飼い主が付けた首輪を嚙み切ろうとしている。

桜井豊後守から京都守護職の下知について、京都残留を命じられた四人組に、会津藩から呼び出しがきた。

早速、黒谷金戒光明寺の本陣へ赴くと、田中土佐のほかに、横山主税、および野村左兵衛という重臣が顔を揃えていた。彼らの顔色を見たとき、四人組は芹沢鴨暗殺を超える重大な密命が下るのを予感した。

四人は横山主税と野村左兵衛とは初対面である。

「おのおの方のご勇名は、内親王様東下のころより、つとに聞こえております。当家のためにお力添えを賜り、かたじけのう存ずる」

横山と野村は丁重に挨拶した。四人は恐縮した。

「おのおの方の御働きをもって新選組も確立し、いまや公儀および当家の重要な藩屏（楯）となっております。しかしながら、最近の新選組の増長、傲慢ぶりは目にあまるものがござる。当家より新選組の運営、台所（生活）、諸経費は充分に支出しておるが、それだけでは足りず、大坂の諸商人から金を押借りし、ついに七万両以上を借り集めております。七万両と言えば、当家の藩金在高にも相当する金額でござる。近藤や土方は一応十万両を目標として、大坂の鴻池屋、米屋、平野屋、辰巳屋など豪商連を強請して、金をむしり取っています。彼らの魂胆は、新選組独自の金主を確保し、当家からの独立でござる。

新選組はもとはといえば、多摩の半農半士、あるいは素性不明の浪人の出身でござる。彼らが時代の風雲に乗って京都で勢力を蓄え、当家および公儀の手綱から離れれば、いかなる危険な勢力に相なるやも計り知れず。かといって、新選組は当守護職、および公儀にとってなくてはならぬ兵力でござる。

そこで、おのおの方に折入ってお頼みしたいのは、新選組の掣肘でござる。これ以上、きゃつらが増長せぬよう、おのおの方の力をもって掣肘していただきたい」

横山主税の言葉に四人は仰天した。

二十万石に匹敵する兵力を擁する新選組を、四人の老御庭番にどう掣肘せよと言うのか。

新選組の手並みは京都市中で目の当たりにしている。芹沢を暗殺したときも、泥酔して寝込んだ芹沢を四人がかりでようやく闇討ちにした。彼が酒気を帯びず目覚めていれば、四人が返り討ちに遭ったかもしれない。

「手段はおのおの方に任せる。僭上の沙汰あれば斬り捨ててもかまいませぬ。ただし、近藤、土方、沖田、この三人には傷をつけぬようにお願いいたす。要するに、我がまま勝手な振る舞いは許さんという姿勢を示してもらえばよろしい」

田中が言った。

近藤、土方、沖田は新選組の看板である。この看板には傷をつけず、新選組の増長を抑えようという難しい注文であった。

二

会津藩から難題を突きつけられての帰途、四人は意気消沈した。会津藩は自ら抱え込んだ鬼子(おにご)の扱いに手を焼いて、四人に押しつけてきたのである。

「会津二十三万石にできぬことを、我らにせよというのか」

倉地内記は憤(いきどお)りを込めた声で言った。

「使い捨てじゃ。わしら四人を新選組に嚙み合わせて、わしらがどうなろうと知ったことではない」

梶野甚左衛門が自嘲(じちょう)するように言った。

「会津藩め、まさかとおもっていた拙者(せっしゃ)らが芹沢を退治したので、今度は新選組の抑えに使おうとしておるのだ。まあ、それだけ拙者らが重く見られてきたとも言えよう」

古坂平四郎が自らを慰(なぐさ)めるように言った。

「冗談ではないぞ。わしらは痩せても枯れても直参旗本、元公儀御庭番だ。公儀のためにはいつでも死ぬ用意があるが、会津藩や新選組のためには死なぬ」

内記が憤然として言った。

「しかし、会津藩の下知につけという沙汰も、公儀からの仰せ渡しではないか」

和多田主膳が口を開いた。

「主膳、お主、それでもよいのか。いかに公儀の仰せ渡しとはいえ、いまや二十万石に相当する新選組を相手に、我らになにができるというのだ」

古坂平四郎が問うた。

「ならばお主、なぜ横山殿に断らなかった。新選組の掣肘などできぬ相談でござるとな」

甚左衛門に問い返されて、平四郎は黙した。

どんな理不尽な難題を吹っかけられようと、御庭番は拒否できない。いったん命が下れば、家族や愛しい者や、親しい人たちとも別れ、遠い敵地に無期限に潜入しなければならない。

生還し難い遠国御用の場合は、数代にわたって敵地に根を下ろすこともある。数代後、首尾よく御用を果たし終え、帰府を命ぜられれば、かの地に下ろした根を断ち切って帰らなければならない。

上意とはいえ、御庭番はいかなる過酷な命といえども奉じなければならない。それが御庭番の使命であり、宿命であった。

だが、御庭番に仰せつけられる御用は、敵および敵性の者の探索である。「江戸向地廻り御用」は幕府内部の諸役人の風聞聴取が主体であるが、遠国御用はほとんど敵性調査であった。

新選組は敵ではない。いまや斜陽の幕府を支える最強の戦力である。これの掣肘を引退老御庭番に申しつけたのであるから、会津藩も狡猾である。

「お主たち、左様に落ち込むことはあるまい。我ら四人、死に花を咲かせようとて京へ上ったのではなかったか。居場所もない江戸に肩身を縮めて死ぬときを待つよりも、花の都で、いまや天下の新選組と渡り合うのは、御庭番の本懐ではないか。京都守護職会津藩二十三万石ですらもてあましておる新選組、相手にとって不足はなかろうが」

主膳の言葉に、三人は顔色を改めた。

「なるほど、主膳の言う通りじゃ。会津藩だけではなく、薩摩、長州、土佐なども、名前を聞くだけで震え上がる新選組の掣肘役を我らに仰せ下されたのは、それだけ我らが認められた証拠じゃ。死に花としても、これに勝(まさ)る花はあるまい」

甚左衛門が言った。

「田中殿は、近藤、土方、沖田は傷つけるなと言うたな。我らならば新選組の立役(たてやく)者(しゃ)、あの三人にも渡り合えるとおもうたのであろう」

内記の面(おもて)が上気した。

「そうとなれば、死んでいる暇もあるまい。都は暴れ甲斐(がい)があるぞ」

平四郎が弓を引く振(ジェスチャー)りをした。

主膳は新選組に同類の意識を持っている。彼らは半士半農の出身で、京へ上る前は江戸の零細道場試衛館で、多摩の百姓を相手に出張剣術指導をしながらくすぶっていた。それがいまや幕府の中核戦力として、日の出の勢いである。

衰運の幕府の中で、新選組だけが上昇気流に乗っている。幕府を馬鹿にしている薩長や尊攘派も、新選組は避けて通る勢いである。母屋が傾きかけている中で、分家の軒先の一隅を借りているような新選組が、母屋を凌ぐ勢いを見せているのは不思議な現象であった。

老四人組は新選組のように世間から注目されていないが、引退後、将軍直命によって首尾よく和宮東下の護衛を果たし、いまや新選組の掣肘力として会津藩から認められたのである。

新選組は江戸でくすぶっていたが、四人組はくすぶりすらせず、完全に忘れられていた存在であった。

それが天下の新選組の掣肘力として、京都守護職から認められたのである。新選組の同類としても、その同類の上を行くような奇妙な昂揚を主膳はおぼえていた。

だが、前回の芹沢鴨暗殺と異なり、会津藩から具体的な指示はない。新選組を掣肘せよというはなはだ曖昧な指示だけで、掣肘の内容についてはなにも言わない。情報も一切あたえられない。これでは四人組としても動きようがなかった。

主膳は情報の収集について、三河屋の協力を仰ぐことをおもいついた。三河屋ならば、その支店網と取引先を通じて、上方に広く深い情報網を張りめぐらしている。

その後、新選組は京洛、大坂においてますます羽を伸ばしている。大和屋に大砲をぶっ放した蛮勇は全国に隠れもなく、その張本人の芹沢鴨を粛清したのは押し込み強盗の類いではなく、新選組の実権を握った近藤派という噂も衆知の事実である。

近藤派もそれをあえて否定することなく、そのことが芹沢すら取り除いてしまう現新選組の実行力を位置づけた形となって、新選組の威勢をますます高めている。

四人組は近藤、土方以下、新選組の面々と正式に対面していない。芹沢暗殺時、明らかに内部の手引きがあったところから、新選組も四人組の襲撃を予知していた様子がうかがわれる。

会津藩が四人組について、どの程度新選組に報せていたか不明であるが、少なくとも近藤ら幹部は芹沢暗殺の犯人が四人組であることを知っているであろう。知っていながら、四人組の犯行（功績）を新選組の威勢拡大のために利用している近藤らもしたたかである。

時代は激しく動きつづけていた。参与会議を潰した一橋慶喜は、公武合体派大名の信用を完全に失ってしまった。幕府のためにしたことが、幕府からすらも白い目で見られている。

この慶喜の立場を救うために、朝廷は禁裏守衛総督というポストを新設して、慶喜を就けた。京都の治安に任ずる京都所司代の上に、京都守護職を設けたのも奇妙なことであったが、禁裏守衛総督は屋上屋を架すさらにおかしなポストであった。

だが、慶喜は京都を拠点にして、水戸藩（慶喜の実家）、会津藩、また京都所司代に就任した会津藩主松平容保の実弟、桑名藩主松平定敬と組んで、一会桑のスクラムを強化した。これを朝廷が応援し、江戸幕府を上回る京都幕府がここに確立されたのである。

四人組の立場は複雑なものになった。彼らは将軍直属の江戸城御庭番である。それが京都幕府の中核である会津藩の下知に従っている。その下知が江戸幕府の利益に反することであっても、遂行しなければならないのか。

また一方、会津藩の走狗であるべき新選組は、会津藩の桎梏から離れて、勝手な動きをし始めていた。

当時の日本の経済力の中心地である商都大坂に、新選組はその触手を伸ばそうとしていた。鴻池、辰巳屋、加島屋、平野屋など、名だたる豪商連から押借りしまくり、十万両の目標額を達成しようとしていた。

なにしろ大和屋砲撃の実績を持つ新選組であるから、断ればなにをされるかわからない。結局、大和屋は撃たれ損ということになって、店の跡地はいまだに荒廃したままである。

会津容保が新選組の借金は預かり主の会津藩の責任であるとして、二百両返済したのをよいことに、新選組は借りまくっている。

新選組の横暴を、大坂西町奉行所の老練与力内山彦次郎はかねてから苦々しくおもっていた。多摩の百姓上がりの浪人どもが、会津藩の庇護をよいことにのぼせ上がって、京洛で勝手気ままな振る舞いに及んでいるが、この大坂ではそうはさせぬという気概が硬骨の内山にはあった。

内山は新選組の被害に遭った豪商連の家を歩き回って、被害届を出すように根気よく説得をつづけた。

「彼らは借りると強弁（きょうべん）しているが、一度たりとも返済したことがござるか。返す意志も当てもなく、金を巻き上げているだけでござる。左様な無法がまかり通るのを奉行所としては見過ごすことはできぬ。さりとて、届けがないことには奉行所としては動けぬ。どうしてもあなた方からの新選組に金をむしり取られたという届けが必要なのです。いかに新選組が無法の集団であろうと、大坂中の商人の店に大砲を撃ち込むことはできませぬ。ここは大坂商人の意地にかけて、新選組の無法を許すべきではないと存ずる」

内山に説得されて、まず鴻池と辰巳屋が被害届を出し、他の豪商連がそれにならった。

大坂の豪商が結束しての押借り拒否に、さすがの新選組も狼狽（ろうばい）した。忌（い）ま忌（い）ましくとも芹沢鴨の真似はできない。内山彦次郎の作戦が図に当たったのである。

新選組は歯ぎしりした。資金源を絶たれては新選組の独立がならない。内山彦次郎によって、近藤や土方の壮大な計画が阻まれた。要するに、内山一人を取り除けばすむことだ」

「近藤さん、まだあきらめるのは早い。要するに、内山一人を取り除けばすむことだ」

土方が目に冷たい光を宿して言った。

「内山を除く……」

近藤は、はっとしたように目を上げた。塞がれていた視野に、新たな窓を開かれたような気がしたのである。

内山は商都大坂の治安の任に当たる大坂東西奉行所の各与力七十騎、同心百名を束ねる筆頭与力であり、清廉潔白な筋金入りであった。

天保八年（一八三七）、大塩平八郎の乱において、当時、若年ながら自らその追捕に当たり、目ざましい活躍をした辣腕である。

大坂を資金源に組み込もうとしている近藤、土方にとって、内山は目の上のたんこぶであった。内山さえ取り除いてしまえば、あとは大したことはない。

内山は新選組に敵意を剝き出しにして、大坂奉行所の全力を挙げて新選組を締めつけてきた。新選組の大坂進出の表向きの口実は、同地の秩序の維持と安全保障のための大坂奉行所への協力である。豪商連からの押借りも、その運営資金という名目であった。

資金源から恐喝の被害届を出されては、新選組の口実と矛盾してしまう。さすが内山は新選組の急所を正確に衝いてきた。ここに新選組はその本性を露して、内山の暗殺を計画した。

だが、新選組部内においても、積極的なのは近藤、土方両人だけであり、試衛館以来の草分け隊士、山南敬助、永倉新八、藤堂平助などが反対した。

また試衛館以来の原田左之助、井上源三郎、沖田総司などもはっきりと反対は表明しないが、はなはだ気乗り薄であった。

すでに元治元年三月十八日、東町奉行所与力の北角源兵衛が、正体不明の下手人によって暗殺され、西横堀の助右衛門橋の欄干に梟首されていた。

「いまは新選組が独り立ちできるかどうかの正念場だ。これを内山が阻んでおる。我らが徳川家の大勢力になれば、結局は大義にかなう。大義のため小乗を滅する。なんら士道に背くことはない」

と土方は強弁した。

だが、だれの目から見ても、大坂の豪商連からの押借りは局中法度第三条「勝手に金策いたすべからず」違反であることは明白である。

しかも、この勝手な金策によって集めた金で女を囲い、京都や大坂の遊廓で豪遊している。

土方の強弁によれば、女を囲い、豪遊するのも、小乗を滅し、士道に背かぬということになってしまう。

新選組の大勢は内山暗殺に消極的であったが、なんといっても局長近藤と副長土方の意志が絶対的であった。

三

大坂における新選組と大坂西町奉行所の内山彦次郎の対立は、逐一、三河屋京都店から四人組に報告されていた。

主膳は三河屋が収集した情報を仔細に分析して、内山の危機を予測した。このまま両者の対立が激化すれば、新選組は内山を暗殺するであろう。

主膳は三人の同志に諮った。

「新選組が総力を挙げて内山暗殺を謀れば、とうてい我らの力では防ぎきれぬぞ」

内記が言った。

「だが、見過ごしにはできぬ。主膳の予測の通り、内山が新選組に暗殺されれば、大坂は新選組のものとなり、彼らはますます増長するであろう」

甚左衛門が言った。

「内山に警告してはどうか」

平四郎が示唆した。

「もちろんそのつもりでおる。だが、内山は剛直で聞こえている。我らの警告を素直に聞いて、身辺を警戒するとはおもえぬ」

主膳は言った。

下手に警告などすれば、大坂の秩序の維持に当たる者が、新選組を恐れて、厚い警護に囲まれてヤドカリのように閉じこもっているわけにはいかぬと、かえって大胆な姿勢を取るかもしれない。

「やはり陰供をする以外にないか」

内記が同志の顔色を測った。

「相手は新選組だぞ。陰供で守りきれる自信があるか」

甚左衛門が同志の顔を見回した。

「いずれも屈指の遣い手を揃えた最強の武闘集団に対して、たった四人の陰供がどれほどの守りになるか」

「自信などない。だが、みすみす内山が新選組の網に捕らえられるのを座視するわけにはいかぬ」

主膳の言葉が結論になった。

四人組は悲壮であった。芹沢暗殺のときは泥酔して寝込んだところを闇討ちにした。初めから公正(フェア)な勝負ではなかった。

だが、今度は名だたる新選組の猛者を相手に、真っ向から勝負を挑むことになる。大坂を版図におさめるために、新選組は最精鋭を揃えてくるであろう。新選組が内山暗殺に何人動員するか予測できないが、単純な兵力においても劣勢に立つことは否(いな)めない。

四人は死を覚悟した。もはや充分に生きて、この世になんの未練もないが、会津藩から委嘱(いしょく)された「掣肘」にふさわしい働きをして死にたい。

文久四年二月二十日をもって、元治と改元した。

同年五月上旬、四人組は大坂へ向かった。大坂では、三河屋が彼らの大坂の拠点として、天満(てんま)橋袂(たもと)の旅籠(はたご)「米久(よねきゅう)」を用意していてくれた。旅宿は奉行所からも近く、内山の陰供には屈強の足場であった。

大坂奉行所は盗賊改、寺社、地方（不動産、橋、道路、水路）、火消し、牢扶持改、遠国、関所、御蔵目付、普請、極印（船方）、小買物、川、金、石、塩、味噌、酒役、糸割符などによって構成されており、内山は全所管を統括している。

商都大坂の経済警察としての全権を握った内山は多忙を極め、朝早くから深更に及ぶまで、役所に詰めて執務している。いかに新選組といえども、奉行所に討ち込むことはないであろう。

また役宅には家族もおり、近所はいずれも与力や同心の家が軒を連ねているので避けるであろう。襲って来るとすれば奉行所と役宅の途上であろう。

出勤は毎朝四つ刻（午前十時）、帰宅は五つ半（午後九時ごろ）から四つ（午後十時）、時には深更に及ぶ。

出勤時はすでに往来の通行が賑やかであるので、夜間の帰路が最も危ない。四人は、昼は大坂見物に過ごして、夜間、内山の帰宅時刻を狙って陰供をした。

だが、この陰供は極めて難しかった。毎夜、陰供をすれば内山に悟られ、胡乱な者として警戒、あるいは召し捕られてしまう。内山も襲撃を警戒して、毎夜、帰路の経路を変え、同心の遣い手二名が常に駕籠脇を固めていた。

五月二十日、内山彦次郎は四つ、奉行所を退出した。連日の睡眠不足で頭の芯が痛い。全身がけだるく重い。帰宅しても難しい案件が意識に引っかかってよく眠れない。

朝から梅雨模様のむしむしした鬱陶しい天気も、身体の不調を促している。

内山は駕籠に揺られている間に、うつらうつらしてきた。両脇は奉行所切っての遣い手片岡弥右衛門と相馬肇が固めているので、安心していられる。この両名がついている限り、たいていの慮外者ははね返してくれるであろう。

駕籠が天神橋にさしかかったとき、激しく揺れて地上に落とされた。内山は心地よいうたたねを破られて、

「なんとした」

と駕籠の外へ問いかけた。すでに駕籠の外には激しい闘争の気配が渦を巻いていた。遠方に闇を切り裂くような鋭い呼び子の音が聞こえた。

四

その夜、例夜のごとく、内山の陰供についた四人は、駕籠が天神橋にさしかかったとき、橋の袂に潜んでいた数個の黒衣異体の人影が駕籠を囲んで襲いかかったのを見

て取った。

ついに来た。二人の護衛が必死に阻んでいるが、刺客団はいずれも遣い手揃いである上に、多勢に無勢で斬り立てられている。陰供を悟られぬために、距離をおいているので救援が間に合わない。

和多田主膳は携行していた笛を吹いた。笛の音は鋭く夜気を切り裂き、刺客団をぎょっとさせたようである。

「慮外者、控えろ」

内記が蛮声を張り上げて牽制した。護衛はたった二人と安んじていたところが、突然、複数の陰供が現われて、刺客団はうろたえた。

だが、ここで意外な事態が発生した。駕籠脇で必死に刺客団を阻んでいた二人の護衛が、四人組を見て、敵の新手が現われたと誤解して絶望した。いまですら絶対的な劣勢である上に、新手の敵が現われたのでは、もはや勝機はまったくない。

浮き足立った二人の護衛は、主を見捨てて逃げ出した。四人組が面体を隠していたために、新手の敵と見誤ってしまったのである。

駕籠の周りががら空きになった。四人の救援はまだ及ばない。刺客団の一人が槍の穂先を駕籠の戸越しにしたたかに突き刺した。

同時に弓勢鋭く一本の矢が飛来して、槍を構えた刺客の肩に突き立った。一拍遅れて三人が斬り込んで来た。凄絶な斬り合いになった。

刺客団は五名、いずれも凄まじい遣い手であるが、すでに彼らは槍の手応えから目的を達しており、四人組と真剣に斬り合う意志はなかった。もともと暗殺の実行犯は気乗り薄でしかけてきたようである。

「退け、退けぃ」

首領格が短く声を発すると、刺客団は剣と槍を引いて、一陣の颶風のように闇の奥に消えた。

駕籠脇に駆けつけた四人は、

「内山殿、大事ないか」

と声をかけたが、答えはない。

主膳が駕籠の戸を開くと、内山は胸の急所を刺し貫かれて、すでに息絶えていた。四人は顔を見合わせた。もはや長居は無用である。この場で捕らえられれば、四人が下手人にされてしまう。彼らも刺客団の後を追うようにして、現場から立ち去った。

翌二十一日、大坂今橋上と京都四条の妙見宮に天下義勇士と名乗る下手人による斬奸状が立てられた。

「此者儀累年驕者に長し、天下を憚らず非道の所業、纂る遑もあらず不法の贅言を以て愚民を惑し、賄賂に耽り依怙を以て御政道をまげ、剰え昨年以来私欲に任せ、諸色高値根源を醸し、万民の悲苦を厭わず、其罪天地に容れざる所也。依って速やかに天誅を加えるべく候」

当夜の内山暗殺に参加した新選組隊士は、土方歳三、沖田総司、原田左之助、永倉新八、井上源三郎の五名と推測されている。

新選組は内山を取り除いたものの、陰供の反撃に遭って、原田左之助が重傷を負ったことに衝撃を受けていた。

束の間であったが、闇から現われた陰供と立ち合った刺客団は、相手がいずれも尋常ではない遣い手であることを悟った。

たかをくくっていた大坂奉行所が、これほどの遣い手を擁していたと知った新選組は、以後、大坂への進出をあきらめた。内山を守りきれなかったものの、四人組の掣肘は効果があったようである。

新選組が大坂から撤退して掣肘の効果はあったものの、内山を守りきれなかったことは、四人組にも深刻な衝撃をあたえた。

新選組は衰運の幕府にあって、唯一威勢のよい頼もしい戦力であったが、彼らの、時代に逆行するような威勢には、邪悪な気配があった。それが端的に露(あらわ)れたのが内山暗殺である。

土方は大義のために小乗を滅すると強弁しているが、新選組の大義もしょせんは強盗の類いを免れないものであることを露呈したような事件であった。

五

京都最大のイベント、祇園御霊会(ぎおんごりょうえ)が近づいていた。

祇園会が近くなると、都童(みやこわらべ)は落ち着かなくなる。時代は騒然としていたが、千年の歴史を持つ京にとって、祇園会は欠かすことのできない祭りであった。

京都っ子と祇園会は権力者の交替を何代も見てきている。都で権勢を極めても、長つづきしないことを知っている。

京都の人間は権力というものを信じていない。だれかが権勢を握り、栄華を極めても、やがて衰(おとろ)え、また新しい覇者(はしゃ)が現われる。

権力の交替にかかわらず、夏がめぐってくると祇園会である。東山の緑が雨に洗われて、日増しに濃くなってくる。
諸国から集まって来た過激浪士と新選組の間で、連日のように血腥(ちなまぐさ)い剣戟(けんげき)の響きが聞こえるが、京の梅雨は流された血を優しく洗い落としてくれるようである。梅雨が明ければ夏が開幕する。京の夏の門口を飾るのが祇園会である。旧暦時代は六月六日が宵山(よいやま)となる。

六月一日、一人の男が新選組に捕縛(ほばく)された。彼は肥後の尊攘派の指導者と見られている宮部鼎蔵(みやべていぞう)の下僕忠蔵(ちゅうぞう)であった。南禅寺(なんぜんじ)塔頭天授庵(たっちゅうてんじゅあん)を宿所としている肥後藩に使いに来て、忠蔵の顔を知っていた隊士に捕らえられた。

彼の捕縛が、新選組の武名を一挙に高めた幕末史上に名高い池田屋(いけだや)事件の口火となった。

新選組は緊張した。宮部は諸国の尊攘激派のオピニオンリーダーであり、宮部に会うことによって、尊攘派志士として認められるほどの超大物であった。

忠蔵を締め上げれば、宮部の居所がわかるにちがいないとみた新選組は、忠蔵に対して凄まじい拷問(ごうもん)を加えた。だが、忠蔵はしぶとく、頑として口を割らなかった。業(ごう)を煮やした新選組は、忠蔵を南禅寺の山門に晒(さら)した。忠蔵を宮部を誘い出す囮(おとり)としたのである。

これを見るに見かねた肥後藩御用の旅籠「小川屋（おがわや）」の内儀ていが、新選組の隊士に密かに手を回して、釈放するように頼んだ。

隊士から報告を受けた土方はにんまりと笑って、

「獲物は罠（わな）にかかった。忠蔵を解き放て」

と命じた。買収された振りをして忠蔵を泳がせ、その行方を突き止めるつもりであった。

忠蔵の行き先に必ず宮部が潜んでいるにちがいない、と土方は睨（にら）んだ。

新選組の凄惨な拷問にあって、心気朦朧（しんきもうろう）とした忠蔵は、これが土方が仕掛けた罠とも気がつかずに、西木屋町（にしきやまち）四条上ルの「枡屋（ますや）」という炭屋に入った。枡屋に内偵の網が張りめぐらされた。

枡屋の主人喜右衛門（きえもん）は物腰柔らかく、まことに如才（じょさい）ない商人体であるが、礼儀正しい言動にどことなく武士のにおいが漂（ただよ）う。出入りする者も商人らしくなかった。土方はこの枡屋が尊攘派の京都拠点であると確信した。

蛤（はまぐり）御門の変によって京都から追放された長州藩が、雪辱（せつじょく）を期して京都の奪回を狙い、このところ蠢動（しゅんどう）が著（いちじる）しい。新選組もその動きに神経を尖（とが）らせていた。宮部を捕らえれば、尊攘派に一大打撃を加えられる。

土方は山南敬助の反対を押し切って、枡屋喜右衛門の捕縛を強行した。

長州藩はいまの朝廷を会薩の囚帝と見ている。長州藩が都から会薩を追い出し、帝を救うか、あるいは京を御所もろとも焼き討ちして主上を救い奉り、長州へ遷座させたもうなどという噂が流布していた。

これはあながち根も葉もない流言蜚語ではなく、長州藩の本心であり、主上を救う（長州が押さえる）ためには手段を選ばぬ長州藩の姿勢を示すものであった。

土方の強硬な姿勢は、都をめぐるこのような形勢を踏まえている。池田屋事件の開幕であった。

六月四日明六つ（午前六時）、土方、沖田以下、新選組隊士二十余名は、枡屋に踏み込んで、店に居合わせた喜右衛門を壬生の屯所へ連行した。

前川家の土蔵の中に引き込まれた喜右衛門は、吹き抜けの二階の梁から逆さ吊りにされて、凄惨な拷問にかけられた。

失神すると、一階床に置いた水桶に浸して意識を回復させ、また引き上げては拷問を加える。喜右衛門はそれでも黙秘を通した。

いらだった土方は喜右衛門の足に五寸釘を打ち込めと命じた。五人がかりで足の裏に突き抜けるまで打ち込んだ五寸釘の先に百目蠟燭を立て、火を点じた。

こうして喜右衛門はふたたび逆さ吊りにされた。沸騰した蠟は足の裏から全身を伝い落ちて、頭の先から床にしたたり落ちた。

足の裏を打ち抜かれた激痛と、蠟の熱さに耐えかねて、海老のようにはねる喜右衛門の身体を、さらに鞭と棒で容赦なく乱打した。現場に立ち会っていた永倉新八以下、新選組の猛者も目を背けた。

喜右衛門は失神することも許されなかった。失神すれば水に浸され、否応なく意識を覚まされ、また前以上の拷問を加えられる。

「殺すな。殺さず生かしておいて、酷く長く痛めつけろ」

土方は鬼のような表情になって命じた。さすがの喜右衛門も苦痛よりも絶望に押しつぶされて屈伏した。

喜右衛門の正体は近江国栗太郡物部村の郷士で、輪王寺家の家中、古高俊太郎で、京洛尊攘派の連絡中軸であった。

古高の自供によると、

一、六月二十日前後を期して、強風の夜を選び、京都市中に火を放つ。場合によっては御所も焼き討ちする。

二、これに驚き参内する中川宮、松平容保、佐幕派の諸大名、公卿を途中で待ち伏せして襲撃する。
三、混乱に乗じて御所に参上し、帝を長州へ移奉する。
というものである。

古高の捕縛と並行して行なわれた枡屋の捜索によって、大量の武器、弾薬、および書状を押収した。これらの証拠は古高の自白を裏づけていた。

新選組は驚愕した。土方も近藤も、古高がまさかこれほど大規模な陰謀に関わっているとは予想していなかった。

せいぜい堂上の公卿と宮部鼎蔵らの連絡役程度にしかおもっていなかった土方は、古高の自供の内容が大規模かつ一刻の猶予も許さぬ切迫した状況であることを悟って、直ちに近藤と諮り、会津藩、京都所司代、奉行所に報告した。

同時に、隊の総力を挙げて長州系、諸藩の過激藩士、および浪士探索の網を拡げた。

「きゃつら、古高を捕縛され、計画の実行を再検討するために、必ず市中のどこかに集まるにちがいない。まず長州藩邸に近い三条通り、ついで木屋町、二条通り辺りの旅籠や料亭に目を配れ。やつらが会合したところを一網打尽にする。宮部、その腹心の松田重助、長州の桂小五郎、吉田稔麿、播州の大高又次郎などの姿を見かけたら、その場で捕縛せず、気づかれぬように尾行して会合場所を突き止めろ。抜かるでないぞ」

土方は監察方に下知した。

土方は古高の自供に興奮すると同時に、肝を冷やした。もし古高が網にかからなければ、長州藩の大兵力と在京の尊攘激派が呼応して、都の形勢は一挙に覆されてしまう。

ゲリラ戦において本領を発揮した新選組は、大名の正規軍の前では隆車に歯向かう蟷螂の斧となってしまう。

近藤や土方は八・一八の政変において、新選組がただ慌しく走り回っただけで、見るべき働きをしていないことを肝に刻んでいる。長州藩を都から追い落としたのは新選組ではなく、会薩の大兵力であった。

新選組がいまや二十万石の兵力に匹敵するといっても、それはゲリラ戦における白兵（槍や剣）力である。

いったん都から追い落とされれば、長州のような大藩ですら、返り咲くのは至難の業である。ましてや新選組のような半士半農出身の寄せ集めが、上昇気流から外されれば雲散霧消してしまうのは目に見えている。

「せっかくつかんだ千載一遇の機会を失ってなるものか」

土方は心に期した。

だが、新選組がつかんだ情報に対して、会津藩や京都所司代の反応が鈍い。彼らは新選組の報告に半信半疑であり、及び腰であった。折悪しく、会津藩主松平容保は五月下旬から発病し、症状は悪化していた。特に五月三十日以降、その病状は予断を許さぬ深刻なものになっていた。

長州藩と尊攘激派が提携しての挙兵を阻止するため、陣頭に立って指揮を執るのはだれの目にも不可能であった。

池田屋の血飛沫（ちしぶき）

一

六月四日夜、四人組に会津藩から呼び出しがきた。

内山彦次郎暗殺の際、四人組が動いたことは察知しているはずでありながら、その後、会津藩からなんの沙汰もなかった。四人組の掣肘のおかげで新選組は大坂進出をあきらめたのであるが、会津藩は素知（そし）らぬ顔をしている。四人としては面白くなかった。

「御庭番の使命は、首尾よく果たして当たり前、しくじれば、だれ知られることなく辺地の土と化す。御庭番が顕彰（けんしょう）を求めては、御庭番ではない」

主膳は自らを慰めるように言った。だが、心中面白くないのは、他の三人と同じである。

　その時期、会津藩から召しがきたので、四人はてっきり新選組掣肘の褒賞かとおもった。いそいそと黒谷金戒光明寺の本陣へ赴くと、野村左兵衛、田中土佐、横山主税の三名が顔を揃えて待っていた。

　これまで公用方の用部屋で応対されたのが、奥の客殿へ通された。そこは藩主容保の客や、身分の高い者をもてなす部屋であるらしい。

（やはり会津藩は、この度の四人組の働きを高く評価していたのだ）

　彼らは内心嬉しかった。

　だが、野村左兵衛以下三人は、深刻な表情をして四人を迎えた。とても褒賞の雰囲気ではない。

　四人はそこで野村から、驚くべきことを伝えられた。新選組が報告してきた長州藩と尊攘激派による挙兵計画である。

　だが、そんなことを告げた野村の意図を、四人は訝しんだ。まさか四人に長州藩と尊攘激派の同盟軍を阻止せよと命ずるのではあるまい。

「彼らの不穏な動きを事前に制圧すべく、新選組が市中にある尊攘派の会合拠点を探索しております。間もなく拠点を突き止めるでありましょう。そこで、お手前方に新選組に協力していただきたい。新選組は屈指の遣い手を揃えているが、市中にはそれを上回る尊攘激派の兵力が潜んでおります。万一、新選組が後れを取るようなことがあれば、当藩のみならず公儀の威信も地に堕ち申す。なにとぞお手前方の腕を新選組に貸していただきたい」

野村左兵衛以下三人は、四人組の前に頭を下げた。

四人組はしばし返答に窮した。新選組を掣肘せよと命じておいて、今度は与力せよという。四人は一瞬、一見正反対の命令の解釈に苦しんだ。

長州藩の大兵力の蠢動に対して、なぜ会津藩が動かないのか。四人が新選組を応援したところで、長州の兵力の前には焼け石に水である。四人の胸に疑念が湧いた。

だが、そこには会津藩としての戦略があるのであろう。会津藩の真意は不明であったが、四人は断れる位置にいない。会津藩の下知に従うべく、幕閣から命じられている四人は、会津藩に死ねと言われれば死ななければならない。

「仰せの通り仕ります」

四人は謹んで命を奉じた。

「かたじけない。新選組の近藤と土方には、お手前方のことは通じてある。追って監察方から連絡がくるでござろう。この数日、旅籠を動かないでもらいたい。なお、大坂でのことは近藤らに話しておりませぬ。このことお含みおきいただきたい」

田中土佐が言葉を添えた。

新たな下知を受けた後、四人は客殿において結構な馳走を振る舞われた。

近づいた祇園会の気配にさんざめく市中の帰途、主膳はつぶやいた。

「会津藩としては、長州藩と真っ向から向かい合いたくないのであろう。会津藩は新選組を最前線に押し立て、遠くから形勢を見守っているつもりであろう。下手をすると新選組は見殺しにされるかもしれぬ」

「おい、冗談ではないぞ。それはつまり、我らも見殺しにされるということではないか」

内記が驚いたように言った。

「いまさら驚くことはあるまい。もともと会津藩の下知に従ったときから、我らは公儀から見殺しにされたようなものだ」

平四郎が言った。

「見殺しでも、長州を相手に新選組と共にひと暴れすれば、死出の花道と言えるのではないのか」

甚左衛門が自らを慰めるように言った。

長州藩は京都市民に人気がある。長州藩は気前がよく、〝京都経費〟として接待費が充分に出るので、市民は潤う。これに対して会津、薩摩藩はしぶいので、廓や料亭などでも敬遠されている。

会津藩が新選組を預かったことについて、新選組を雲助ともじり、

「会津侯、この節、雲助をたくさんにお召し抱えあい成り候につき、去るはいかなる分に候やと尋ね候えば、答えに、雲助を抱え、長藩（丁半）をうたすなりと――」

（『甲子雑録』）

と痛切に皮肉られているほどである。

このような京都の市民感情も踏まえて、会津藩としては長州藩との正面対決を避けていると容易に察せられる。死出の花道としても、会津藩にとっては捨て石であろう。

「お主ら、どうした。いまこそ公儀御庭番の真価を問われるべきではないのか。家督を譲った後、猫に餌を配り、いかさま石を並べて金を巻き上げ、盛り場に菰を敷き、水溜まりに糸を垂れるほか為すこともなかった我らが、ふたたび上様の召しを受け、内親王様のお供を仕り、芹沢鴨を斬り、新選組を掣肘し、いままた長州藩の謀略を阻止すべく下知が下った。御役付（現役）の間にも、かかる華々しいお役目を仰せつ

けられたことがあったか。

死出の花道、だれでも歩けるとは限らぬ。ここまで来たからには、行けるところまで行ってみようではないか。我ら御庭番として、かつてだれも歩いたことのない花道を歩いておるのだぞ」

主膳に励まされて、三人は生気を取り戻した。

この時期、新選組は在籍隊士約二百人であったが、折悪しく病人や負傷者が多く、戦力となる隊士は四十人にすぎなかった。このうち古高奪還に備えて、留守部隊に兵力を割けば、出動可能数はわずかに三十人前後である。

新選組も極めて厳しい状況で、池田屋事件を迎えることになった。会津藩が四人組を召集したのも、このような複雑な事情を踏まえてであった。

新選組では古高の自供、およびその他の資料から、尊攘激派が行動を起こすのは六月五日前後と判断していた。折から祇園会の混雑に紛(まぎ)れて集まれば目立たない。古高の捕縛によって彼らも計画の再検討を迫られているはずである。

六月五日、市中は宵宮の前夜で、山鉾(やまほこ)の引初(ひきぞ)めが行なわれた。市中全体が祭り囃子(ばやし)の稽古(けいこ)と期待でさんざめいている。祭りに浮かれた町の気配をよそに、新選組の探索は必死につづけられていた。

六月五日午後、山崎烝(やまざきすすむ)以下、監察方から続々と報告がきた。

報告を総合すると、諸藩の尊攘激派と見られる藩士、および脱藩浪士を、三条縄手(なわて)の小川(おがわ)亭、木屋町三条上ルの四国屋(しこくや)、三条小橋西の池田屋で、四、五人ないし五、六人ずつ見かけたというものである。だが、彼らが三ヵ所に分かれて会合するはずはない。

監察方は総力を挙げて主たる会合場所を探っているが、確認できない。近藤、土方は焦った。このまま時を移せば、尊攘激派を一網打尽にする千載一遇の機会を失ってしまう。

土方は会合場所が確認され次第、いつでも出動できるように主兵力を都心の祇園会所へ移すことにした。

大勢揃って移動すると尊攘激派に勘づかれるので、三人ないし五人ずつ、ばらばらに分かれて移動することにした。

隊服はまとわず、単(ひとえ)の着流しに草履(ぞうり)や駒下駄(こまげた)を突っかけて、市中の散策に出かけるような姿で移動した。留守の守りに数名を割き、祇園会所に集合した兵力はわずか三十余人であった。

京都市中に潜伏している尊攘激派の数は、時によって変動するが、三百人前後と推定されていた。この人数が一ヵ所に集会すれば、新選組の動員総兵力を圧倒する。

新選組の度重なる要請に対して、会津藩は依然として動く気配がない。近藤と土方は悲壮な決意をした。会津藩の出兵前に尊攘激派の会合場所が確認されれば、新選組だけでやらなければならない。

会津藩からは隠退老御庭番の四人を援軍として指名してきた。

「やむを得ぬ。この際、老御庭番でもいないよりはましであろう」

近藤が言った。

「そんなよぼよぼの老いぼれは、足手まといになるばかりだ」

土方はかえって迷惑な顔をしたが、

「枯れ木も山の賑わいと言う。芹沢を討った手並みを見ても、尋常の年寄りではなさそうだ」

近藤は取りなすように言った。

「酒と女で腰が抜けた芹沢は、見習い隊士の二、三名で片がついた。会津藩が送って来た老いぼれ討手を断ることもならず、任せたが、女までも斬ってしまったではないか」

「まあ、歳三さんそれを言うな。おかげで新選組の同士討ちは避けられたのだからな」

近藤は不服顔の土方をなだめた。

六月五日午後、旅籠で待機していた四人組の許へ、近藤から招集がきた。

「速やかに祇園会所へ参集されたし」

という要請である。

「いよいよ死出の花道へのお招きじゃ」

甚左衛門がおどけた口調で言った。いつでも駆けつけられるように準備は整っている。

折から、市中は宵宮前夜の賑わいに加えて、夕涼みのそぞろ歩きの人々で賑わっていた。

指示された祇園会所へ赴くと、すでに新選組隊士三十数名が武装に余念がない。それぞれの得物に打粉をかけ、厚い着込みを重ね、鎖襦袢や竹胴、手甲、膝当て、臑当てを着け、襷をかけ、鎖鉢巻きを巻いている。

四人組の素性を知らぬ隊士たちは、不審の目を彼らに向けた。近藤と土方は四人を会津藩の援軍であるとだけ言った。隊士たちは、最初は驚き、次に失望と侮蔑の色を面に塗った。

「会津殿は新選組をご老体のご隠居所と心得ているらしい」

「年寄りの冷や水とならぬよう、会所で茶でもすすっていてくだされ」

などと声高に言う隊士もあった。

だが、四人組には茶も出されない。四人は会所の隅にただ身体をすくめていた。

五つ刻（午後八時ごろ）、監察方の山崎から、「尊攘激派は主力が小川亭、一部が池田屋に集会中」という報告が飛び込んできた。主力と一部の兵力は不明である。

会津藩からの援兵は依然として来ない。近藤は新選組だけでやらざるを得ないと覚悟を定めた。

会所に詰めていた隊士たちは、総立ちになった。近藤は隊士たちを二手に分け、主力を土方に委ねて小川亭に向け、自らは沖田、永倉、藤堂、近藤の十五歳の養子周平、新入隊士奥沢栄助ら五人を率いて池田屋へ向かうことにした。

土方隊には武田観柳斎、松原忠司、斎藤一、島田魁がいる。

「いざ、出陣」

下知してから、近藤はようやくおもいだしたように、隅にうずくまっていた四人組の方へ視線を向けた。

「ご老体方は我らに同行してもらおう。怪我をせぬように見張りをしていただくだけでけっこう」

と近藤は言った。隊士の中から低い失笑が湧いた。

近藤としては芹沢を討った実績を一応評価して、いないよりはましと、兵力不足を補うつもりがあったかもしれない。

立ち上がる弾(はず)みに平四郎がよろめき、甚左衛門が槍を取り落とした。今度は明らかに嘲笑(ちょうしょう)が湧いた。

「我らは一気に池田屋まで走る。ご老体らはゆるりと後から来るがよい」

近藤は四人組に言葉を投げ捨て、五名を率いて池田屋へ走った。

土方組は四人組に目もくれず、すでに走り出していた。

四人は必死に近藤らの後を追ったが、すぐに息切れしてしまった。歯噛みをしても、若い隊士らの脚力には敵(かな)わない。

二

池田屋は長州藩邸から近い長州藩の常宿である。間口三間半、奥行き十五間、建坪八十坪、客室スペース六十畳、二階建ての小さな旅宿である。

この界隈には池田屋と並び、尾張屋、中津や、近江屋、ふで屋、今井屋、亀屋、炭屋などの同じ間口の奥行きの深い、同じ規模の旅宿が軒を連ねており、屋根伝えに逃げやすい。

この界隈の旅館は、いずれも尊攘志士の巣窟となっている。

池田屋の前に到着した近藤隊は、一拍気息を整え、永倉が表戸を叩いた。覗き窓から店の丁稚らしい顔が覗いた。

「新選組である。宿改めをする。戸を開けよ」

永倉に顎をしゃくられて、丁稚がひぇっと悲鳴をあげ、奥へ逃げ込んだ。

「蹴破れ」

近藤の命令一下、表戸が押し破られ、六名が一斉に乱入した。土間の奥に座敷の上がり口があって、その左手に二階へ延びる階段が見える。店の者が新選組だと叫び、二階が騒然となった。

「やつらは二階だ」

近藤が叫んで、先頭に立って階段を駆け上った。つづいて永倉、沖田、藤堂、周平、奥沢の順につづく。

階段を上ると、奥へ延びる三尺の廊下に沿って部屋が連なっている。間仕切りの襖を取り払い、志士たちが酒宴をしていた。近藤以下新選組隊士は愕然として色を失った。

一瞥であるが、宴席を埋めた人数は三十人を超える。我が方は六人、そのうち二人は新入りと十五歳の少年である。近藤らは一瞬、自分たちの死を予感した。

主力は小川亭ではなく、池田屋に集まっていたのである。

「壬生浪ども、飛んで火に入る夏の虫だ」

「一匹も生かして帰すな」

尊攘派は新選組を寡兵と見て取って、嵩にかかって討ちかかってきた。

「慌てるな、背中を合わせろ。時間を稼げ。間もなく歳三が駆けつけて来る」

近藤が指示した。いまは兵力の消耗を防ぎながら時間を稼ぐ以外にない。

だが、敵はそうはさせなかった。

「一人一人切り離して、押し包んで討て」

宮部鼎蔵らしい首領格が的確な指示を下した。

背中を合わせて戦っていた六人は、乱戦の中にいつの間にか分断されていた。絶望的な状況の中で、近藤、沖田、永倉が確実に消耗し、斬りたてられていた。幸いに充分な武装に救われているが、動けなくなったときは袋叩きにされる。

四人組がようやく池田屋の前に着いたときは、すでに乱闘がたけなわであった。異様な気配に近所の者や通行人が、おそるおそる池田屋を遠巻きにしている。

「やんぬるかな」

「遅れたか」

四人は歯嚙みをしたが、しばらくは息が切れて動けない。

屋内では新選組の絶望的な闘争がつづいていた。

「こらえろ。間もなく土方君が駆けつけて来る。それまでの辛抱だ。耐えるのだ」

近藤は土方、土方と、その名前を念仏のように唱えながら、必死に愛刀備前長船直光を振るった。

「近藤勇がいるぞ」

「沖田もいる」

「今宵こそ、同志たちの積もる怨みを晴らしてくれる」

志士たちは討ち込んで来た新選組の中に近藤と沖田を認めて、一層奮い立った。

尊攘派にとっても、まさか三十数名会合している場面に、近藤、沖田ら新選組の金看板がわずか六名の寡兵で討ち込んでくるとはおもっていなかった。

この機会に近藤と沖田の首を並べて取れば、これまで新選組に押されつづけてきた尊攘派は一気に頽勢を挽回して、長州藩と提携しての挙兵に大きな弾みがつく。新選組としても、ここで近藤、沖田、永倉らが討たれれば、新選組の壊滅につながりかねない。自ら死地に臨んでしまった近藤らであるが、尊攘派に比べて新選組は格段に実戦を踏んでいる。

また寡数であることが、剣を振るえば必ず敵の身体に触れた。尊攘派は不意を打たれて、薄い衣服を引っかけた裸体同然だけであるのに対して、新選組は厚い着込みを重ね武装充分であった。

新選組も斬られていたが、着込みに守られて軽傷か、打撲傷に留まっている。振りまかれる血は圧倒的に尊攘派が多い。

「焦るな、敵は疲れている。きゃつら、場数を踏んでおる。まともに斬り合うな。目潰しを投げろ。食器、家具、手当たり次第に投げつけろ。疲労を誘って袋叩きにしろ」

宮部がまた指示を下した。

さすがに宮部はよく見ていた。これは公正な武技の勝負ではない。不意に討ち込んできたのは新選組の方である。いかなる手段を弄して彼らを討とうと、卑怯のそしりを受けることはない。仮に受けたとしても、要は勝てばよいのである。

胡椒(こしょう)、徳利(とっくり)が投げつけられ、食器が飛んだ。新選組はこれまでこんな攻撃を受けたことがなかった。だが、鬼神も三舎(さんしゃ)を避ける新選組に対して、まことに有効な攻撃となった。

藤堂の鼻先に胡椒を盛った小皿が当たり、奥沢の目に徳利が炸裂(さくれつ)した。藤堂が咳(せ)き込み、奥沢が視力を失った。近藤、沖田、永倉にも食器や家具が命中している。

胡椒を吸って激しくむせ込んだ藤堂と、にわかに視力を失った奥沢目がけて、得たりとばかり土佐の石川潤次郎(いしかわじゅんじろう)、野老山吾吉郎(ところやまごきちろう)、長州藩の有吉熊次郎(ありよしくまじろう)、内山太郎右衛門(たろうえもん)、広岡浪秀(ひろおかなみひで)らが一斉に打ちかかった。

近くにいた永倉が藤堂を庇(かば)ったが、庇いきれない。藤堂はすでに顔面が見分けがつかないほど血みどろになり、身動きもままならなくなっている。

奥沢は床に倒れた。永倉自身、着込みをずたずたに切り裂かれ、左手の親指の付け根を深く斬られている。幸いに利き腕が健在で、まだ戦闘力を留めていることが、永倉自身と藤堂の命を辛(かろ)うじて保っている。

沖田総司は新選組の花形剣士として、一際尊攘派の憎しみを集めている。新選組の金看板であるだけに、沖田を討ち取れば、それだけで示威(デモンストレーション)効果が大きい。

尊攘派の遣い手、松田重助や吉田稔麿以下が切っ先を集めて、沖田に斬りかけてきた。胸を病んでいる沖田は、闘志は旺盛（おうせい）であるが、体力の消耗が著しい。しばらく近藤と背中を合わせて戦っていたが、乱戦の中に離ればなれになってしまった。

近藤勇の頼もしげな気合いが、彼がまだ無事であることを告げている。すでに体力は尽きているが、天性の剣客としての沖田の剣技が、彼をまだ生かしていた。

「総司、どこにいる。答えよ」

近藤が少し離れた別の部屋から呼びかけた。だが、沖田には近藤に答えるだけの余力がない。

「沖田は疲れたぞ。フクロ（袋叩き）にしてしまえ」

吉田稔麿が叫んだ。播州浪人大高又次郎が嵩にかかって斬り込んできた。一人を斬り払い、返す刀で大高の撃ち込みを受けた沖田は、つばぜり合いに入った。

膂力（りょりょく）に優れた大高に押し伏せられかけた。すでに底をついたはずの体力を振り絞って踏み留まった沖田は、胸の奥から熱いものがこみ上げるのをおぼえた。沖田は戦いながら激しく喀血（かっけつ）した。

至近距離に向かい合ってつばぜり合いをしていた大高の視野が、突然、赤く染められた。沖田の口から迸（ほとばし）った病血を浴びせかけられて、大高は体勢を崩した。その隙を逃さず、つばぜり合いを引き外したが、沖田は血の塊（かたまり）を喀（は）き出すと同時に、全身の力が抜けた。

沖田は愛刀大和守安定を杖にして、床に倒れるのを辛うじて防いだ。そこを狙って大高が止めの一撃を振り下ろしかけた。その一瞬、蛇が鎌首をもたげ、長い舌先を伸ばして大高の剣を絡み取った。

精も魂も尽き果てた沖田であったが、その間隙を逃さず、祈るように薙ぎ上げた。大高の盛大な血飛沫を浴びながら、剣の支えを失った沖田の身体は、大高と折り重なるように床に倒れた。

倒れた沖田を中心に、包囲の輪を縮めかけた尊攘派の前に、倉地内記の鞭が旋回して顔面や小手を打ち据えた。一瞬、ある志士は小手が痺れて刀を取り落とし、一方の志士は面を打たれて視力を失い、別の志士は腕が痺れて使いものにならなくなった。

一方では額を深く斬られて昏倒直前の藤堂を庇いながら、絶体絶命の窮地に追い込まれていた永倉に、志士軍は優勢を嵩に永倉らに止めを刺そうとして一気に網を引き絞ってきた。

自分一人でも支えきれないのに、瀕死の重傷を負った藤堂を抱えていては、もはや千に一つの勝機もない。彼我の血が流れ込んで視野の妨げになっているだけではなく、絶望で視界が暗くなった。

左手の指の股の傷が深く、応急処置に当てた布が血浸しとなって、柄がぬめった。痛みはおぼえないが、柄が滑っておもうように剣を振るえない。

重い剣を遣う松田重助と推測される敵の剣は、たとえ受けても受けきれないことがわかっていた。松田重助の重い剣を受けた弾みに、永倉の愛刀手柄山氏繁の鋩子が折れた。

避ければ藤堂が据物斬りの素材となる。身を楯にしても盟友を見捨てることはできない。

永倉は鋩子の折れた氏繁で藤堂を庇った。いまや傷ついた友を助けなければならないという責務が永倉の気持ちを支え、彼を生かしていた。

松田重助の剛剣が風を起こした。永倉はもはやこれまでと観念の眼を閉じた。だが、柄を握った小手に衝撃はこない。敵の剣が身体に触れた感触もない。はっと我に返った永倉の目に、信じられないような光景が映じた。

剣と槍を握った二人の老人が、永倉と藤堂を庇って志士たちを阻んでいた。一瞬、永倉は土方らが救援に駆けつけて来たとおもったが、頼りなさそうな二人の老人に落胆した。

だが、尋常の老人たちではなかった。屈強な志士たちが老人の剣にたちまち斬り立てられ、槍に薙ぎ払われて浮き足立った。

「棺桶片足の老いぼれどもに、なにを遊んでおるか。不甲斐なし」

と老人と侮って力攻めをしようとした志士たちは、老人たちの正確無比な剣と槍に兵力を減殺されていた。

老人たちに殺意はないらしく、足や利き腕を確実に傷つけて戦闘能力を奪っていく。乱闘中、決定的な劣勢下で致命傷をあたえぬように手加減をしている余裕が、老人たちのなみなみならぬ手並みを物語っている。

志士の一人が手槍を振るっている老人の背後に回り込んだ。あわやという瞬間、池田屋の隣家の屋根の上から飛来した矢が、志士の利き腕に突き立った。

つづいて息継ぐ間もない連射が尊攘派の包囲陣を射ち崩した。

「弓がいるぞ。灯を消せ」

宮部が指示した。

行灯が消されて、闇が室内を塗りつぶした。弓の狙撃からは逃れたが、かわって同士討ちの危険が増えた。

際どいところで四人組に救援されて、一息ついた新選組は、

「土方歳三が駆けつけて来たぞ。もう大丈夫だ。頑張れ」

すかさず近藤勇が大声で呼ばわった。

暗闇の中で、尊攘派の志士たちには援軍の兵力や年齢はよくわからない。まさか援軍が四人の老人とは知らぬ尊攘派は、ただでさえもてあましていた新選組に新手が駆けつけたと聞いて、たちまち浮き足立った。

「怯(ひる)むな。敵は老いぼれ四人だ」

宮部や松田が必死に制したが、いったん逃げ腰になった退勢を変えられない。

闇の中を老援軍は物の怪(け)のように跳梁(ちょうりょう)して、新選組を助けた。闇が彼らの年齢と兵力を隠してくれたので、近藤の蛮声と相まって、戦力を強化した。

池田屋の表二階は八畳が二間つづき、三尺の廊下によって裏二階へ連絡している。当時の京の旅宿の特徴で、天井が低い。尊攘派は二階の八畳二間に集まって酒宴をしていたところに、近藤以下六名、および四人組が斬り込んだので、四十名を超える人数がこの狭い空間で乱闘をしたわけである。

闇と狭い空間は寡兵に味方した。四人組は傷つき疲れた新選組を助け、絶望的な退勢を支えた。

主膳の剣が閃(ひらめ)き、甚左衛門の槍が抉(えぐ)り、内記の鞭がうねった。たまりかねて隣家の屋根へ逃げ出そうとすると、平四郎の矢が飛んで来る。槍と刀と鞭を振るい、矢を射れば、必ずだれかに当たった。

同志討ちを恐れて存分に刀を振るえない志士たちに対して、四方敵の四人組は存分に暴れられた。

この間に、やや立ち直った沖田に近藤が合流して援護した。藤堂はほとんど意識はないが、永倉が支え、これを内記が援護している。奥沢はすでに床に這(は)って動かない。主膳と甚左衛門が血路を開いて、新選組を一階へ誘導しようとした。

池田屋の周囲はようやく出動して来た会津藩以下、桑名、彦根、松山、浜松の各藩兵が、蟻(あり)の這い出る隙もないほどに固めている。

彼らは傍観しているだけで、絶対的劣勢下で戦っている新選組と四人組を救援しようとはしない。実戦経験のないおもちゃの藩兵たちは、あまりに凄まじい剣戟の気配に、恐れをなして足踏みをしているだけである。

尊攘派の頼みの綱の長州藩邸からの救援も来ない。目と鼻の先にある長州藩邸には、すでに池田屋の騒動は聞こえているはずである。だが、一兵も援軍はない。このことが尊攘派をいらだたせ、不安に陥(おとしい)れていた。

このころ、長州藩邸では居合わせた者が十人に満たなかった。せめて居合わせた者だけでも応援に駆けつけようとした矢先に、外出から桂小五郎が帰って来た。

桂は押っ取り刀で立ち上がった藩士の前に立ち塞がり、「池田屋へ行くことはまかりならぬ」と制止した。

同志を見殺しにせよというのかと、血相変えてつめ寄った藩士たちは、桂から、

「池田屋は会津、桑名、彦根藩などが十重二十重に固めておる。そんなところへわずか十人で討ち入れば、自殺しに行くようなものだ。それより屋敷を固めよ。池田屋どころか、新選組がいまにも討ち入ってくるやもしれぬぞ」

と説得されて、池田屋の救援どころではない状況であることに気がついた。

そのころ、土方率いる本隊は討ち込んだ三条縄手の小川亭が蛻の殻と知って、池田屋に向かって必死に走っていた。

いかに近藤、沖田、永倉が豪勇であろうと、おそらく八倍から十倍の尊攘派が会合している池田屋へ斬り込んでは危ない。いま、近藤、沖田を失えば、新選組は崩壊する。土方は焦った。

三縁寺の角から三条通りへ出て、ひた走った。だが、土方隊は池田屋への途上、しばしば市中を警備している会津や加賀の藩兵によって阻まれた。

「どけ。我らは新選組である。きさまら、左様なところを警備している間に、なぜ池田屋に応援に行かぬか」

土方は大音声に怒鳴った。土方の剣幕に押されて、各藩の武装兵は道を開いたが、そのつど加速度が鈍った。

（近藤さん、総司、堪えてくれ。耐えよ。いま駆けつけるぞ。それまでの辛抱だ）

土方は走りながら祈った。

三条小橋を渡ると、池田屋の騒動の気配はすでに聞こえてきた。だが会津以下、各藩の藩兵は遠巻きにして見守っているだけである。

「木偶の坊めら。きさまら、祭り見物にでも行け」

抜き身を下げた土方に大喝されて、藩兵は道を開いた。

土方隊が池田屋に駆け込んだときは、戦況は膠着状態に陥っていた。

四人組に救援されて、窮地から辛うじて立ち直ったものの、尊攘派の圧倒的優勢には変わりない。尊攘派は四人組の活躍に浮き足立ったものの、数倍の兵力にものを言わせて、新選組と四人組に対抗した。

四人組に殺意のないことが尊攘派に幸いした。新選組は虫の息を吹き返し、尊攘派は全面崩壊に至る前で、際どい平衡を保って睨み合った。

そのとき土方隊が到着した。

「近藤さん、総司、元気か」

「永倉君、藤堂君、返事をしろ」

形相凄まじく、足音も荒くなだれ込んで来た新選組の援軍の気配に、尊攘派志士群は絶望した。長州藩邸からの援軍はもはや来ない。来たとしても間に合わない。

「もはやこれまで。無駄死にすることはない。それぞれに血路を開きたまえ」

さすがに宮部鼎蔵は落ち着いていた。固まって逃げれば、新選組の新手と、池田屋の外を固めた会津以下、諸藩に一網打尽にされる。散開して逃路を探す方がチャンスがある。

今宵、池田屋に集会した志士たちは、いずれも尊攘派の選り抜きである。彼らの喪失は尊攘派にとって大きなダメージとなり、尊攘運動を大きく後退させるであろう。いまは一人でも多く脱出を図るべきであると宮部は判断した。

「土方君、待ちかねたぞ。総司を見てやってくれ。奥沢はやられたらしい。永倉君と藤堂君も手負うているようだ。あんたらの分も残しておいた。頼むぞ」

彼我の血飛沫をあげて、全身血を浴びたような近藤が、たっぷりと血を吸った備前長船直光に素振りをくれて、大きく息を吐いた。

「後は任せてくれ」

小川亭で肩透かしを食わされた土方は、武田観柳斎、松原忠司、島田魁、原田、井上、斎藤一、谷三十郎らの強豪を率いて、一斉に斬り込んだ。

「一匹も生かして帰すな。新選組の恐ろしさをおもい知らせてやれ」

報復の怒りに燃えた新選組の新手の前に、尊攘派は崩れ去った。主膳はすでに大勢が定まったのを見極めると、

「無駄な殺生はするな。屋根へ逃げろ」

と声をかけた。後の言葉は、隣家の屋根の上で弓を構えている平四郎と尊攘派志士たちに対して言った。

主膳の言葉に、平四郎は弓を下ろし、数人の志士たちが隣家の屋根に飛び移った。

「我らの役目は果たし終えた。長居は無用じゃ」

主膳は同志に引き上げを宣した。

宮部鼎蔵はもはや逃れようがないことを悟った。ここに会合している志士たちは、尊攘派の最精鋭である。彼らが壊滅すれば、尊攘運動は大きく後退せざるを得ない。事ここに至った責任は、すべて自分にある。

古高が捕縛された時点で、彼が自供しようとしまいと、市中での会合は自重すべきであった。若手同志の血気を抑えられず、事を急いだ責任の重大さをおもうと、仮にこの窮地を逃れたとしても、腹をいくつ切っても足りない。

今はできるだけ多くの敵を自分に引きつけて、一人でも多く同志を逃がさなければならない。

「真(まこと)の武士の死にざまを見せてやる」

宮部は土方に率いられた新手の新選組の前に立ちはだかり、立ったまま刀を腹に突き立てた。

激痛に耐え、消えかかる意識を奮い起こして、左から右へ引き切った。引き終わったところで、いったん刀身を引き抜いた宮部は、切っ先を改めて上腹部へ突き立てた。十文字腹を行なうつもりらしいが、もはや気力、体力の限界であった。

立っていられなくなった宮部は、壁を背にしてもたれかかると、最後の力を振り絞って、刀を自らの身体に押し立てた。切っ先は彼の身体を突きぬけて、壁に突き立った。

宮部は自らを串刺しにした刀身によって、壁に固定された形となった。一見、確固たる姿勢に返った宮部の凄絶な姿に、さしもの新選組の猛者たちもたじろいだ。

「ご介錯(かいしゃく)仕る」

我に返った谷三十郎が繰り出した槍によって、宮部鼎蔵は止めを刺された。

二時間に及んだ池田屋の激闘は、宮部の死をもって事実上、終息(しゅうそく)した。

この激闘で新選組の死者は三名、藤堂が眉間を割られて重傷、永倉は左の親指の股を斬り裂かれ、剣が握れぬほどの重傷にめげず、傷口に布を巻いて二時間近くも戦い、藤堂を庇い通した。

沖田は戦闘中喀血して、戦闘後、昏倒した。

志士方の死者は七名、負傷者四名、捕縛者二名と記録されているが、実際はもっと大量の死傷者や捕縛者を出した。

白髪(しらが)の人柱

一

この池田屋事件によって、明治維新が一年遅れたと言われるが、逆に長州、土佐、肥後各藩、および尊攘派志士の憤激を買って、明治維新が早められたという説もある。

いずれにしても池田屋事件によって新選組の勇名は全国に轟(とどろ)き、斜陽の幕府にあって夕陽が一時昇り返したかのような勢いを示した。

会津藩主松平容保は大いに喜び、隊宛に五百両、戦死した隊士に一人二十両ずつ、ほか各隊士に十五両ないし三十両を報奨金(ほうしょうきん)として支給した。

奇妙なことに、朝廷からも隊士慰労金として百両が下賜(かし)された。尊攘派の志士を殺傷されて、朝廷が加害者に慰労金を出したことは、長州、土佐、肥後各藩以下、尊攘派に池田屋の損害以上の衝撃をあたえた。

だが、土方隊本隊が駆けつけるまで近藤らを支援した四人組退役老御庭番に対しては、なんの沙汰もなかった。

近藤や永倉は四人組に救援されなかったなら危なかったことを知りながら、新選組ともあろう者が老人四人に窮地を救われたとあっては、新選組の勇名に傷がつくことを恐れて、黙秘した。

「ばかにしておるではないか。我らが駆けつけなんだら、近藤や沖田らは命がなかったところじゃ」

内記がしきりに憤った。

「しょせん、我らは新選組の黒衣(くろご)よ。そこにいてもいない者として扱われる」

平四郎があきらめたように言った。

「まあ、そう言うな。我らに命を救われたことは、近藤らがだれよりもよく知っておる。それならば、我らは新選組の弱みをぎゅっと握っておるのよ」

甚左衛門が自身に言い聞かせるように言った。

「これからは新選組は懸賞首になる」

主膳が独り言のように言った。

「懸賞首？」

三人が主膳に視線を集めた。

「懸賞首とはどういうことかな」

甚左衛門が代表して問うた。

「池田屋以後、新選組は長、土、肥以下、尊攘派の怨みを集めるであろう。新選組隊士一人一人に尊攘派の懸賞金がかかったようなものよ。一人では外出もままならず、夜も枕を高くして眠れまい」

主膳が言った。

「なるほど。もし我らに池田屋での働きを賞されて報奨金が下しおかれるならば、我らの白髪首も懸賞首になるところであったの」

平四郎が首を撫でた。

「そういうことだ。もう充分に生きてはいるが、賞金をかけられて首を取られたくはない」

「我らの首にどの程度の賞金がかけられようかの」

内記が好奇の色を面に塗った。

「五十両……せいぜい百両かの」

甚左衛門が言った。主膳が薄く笑った。

「主膳、なぜ笑う」

平四郎が問うた。

「だれが我らのしわくちゃ首に百両出すものか。十両……せいぜい二十両じゃな」

「二十両……ばかにするな」

内記が怒った。

「まあ、そんなところよ。二十両でも賞金を出す者があればましじゃ。だが、年寄りと侮って、食いつめた刺客が押し寄せてくるやもしれぬぞ」

平四郎がうなずいた。

ともあれ池田屋事件以後、新選組は全盛期を迎えた。有頂天になった新選組は、滔々たる時勢の流れに目を閉ざし、その時代錯誤をますます促された。

新選組の中には山南敬助のような知識人もいたが、近藤、土方を中心とする主流派に押されて、ほとんど発言力を持たなくなった。

なるほど、新選組は斜陽の幕府にあって万丈の気炎を吐き、長州、薩摩、肥後、土佐などの大藩の躍動を押さえ込んだ感があったが、冷めた目で見れば、これら諸藩の過激派藩士やゲリラ戦で討っただけにすぎない。

衝撃は大きかったが、池田屋に居合わせた尊攘激派三十七名中、十数名を殺傷しても、大局にはほとんど関わりない。

滔々たる時代の潮流は間もなく開幕する日本全土を巻き込む大規模な内乱において、新選組のお家芸である白兵戦（剣や槍）によるゲリラ戦術を無用化しつつあった。

池田屋以後、老御庭番四人組は幕府や会津藩から忘れられたように放置されていた。

四人組によって窮地を救われた近藤、沖田、永倉らも、その事実には口をつぐんで知らん顔をしている。全国に轟き渡った勇名の手前、いまさら新選組が四人の老人に危ないところを助けられたなどとは、口が裂けても言えない。

四人組は功を秘し、任務の匿名性こそ、御庭番たる者の本義であると自らに言い聞かせても、内心はなはだ面白くない。

ともあれ慶応四年（一八六八）一月の鳥羽伏見の戦いまで、京は新選組が制圧した形となった。

池田屋事件以後、新選組は長州系を中心とした尊攘激派の残党狩りに奔命した。

この時期、六月十日、聖護宮内において、不審な浪人を捕らえて糾問すると、東山高台寺境内にある「曙亭」に長州系尊攘志士が集会していると口を割った。曙亭は長州藩の定休息所である。

まだ池田屋の余燼がくすぶっている時期であったので、新選組は第二の池田屋と総立ちになった。

新選組以上に気負い立ったのは会津藩である。池田屋で出遅れて、新選組にのみ名をなさしめた会津藩士は悔しいおもいをしていた。

新選組を会津藩の肉の楯として最前線に配するという藩の方針に従ったものの、池田屋事件以後の新選組の盛名は、洛中はもとより、諸国に轟いている。禁裏のおぼえもめでたく、隊士は市中を肩で風を切って歩いていた。

それに対して抱え主の会津藩は、事件の最中、一体なにをしていたのかと幕府や、佐幕派だけではなく、市民からも白い目で見られている。

会津藩士はいまこそ新選組を抑えて、会津藩の存在主張をする絶好の好機とばかり勇躍した。

新選組から沖田、井上、原田、武田観柳斎ら十五名の隊士が、また会津藩から柴司、常盤常次郎、石塚雄吾、田原四郎、両角大三郎五名が参加した。

曙亭に駆けつけた新会連合の巡邏隊は玄関口と庭の二手に分かれて踏み込んだ。

会合者は十数名。庭を望む離れ座敷の障子を開け放し、涼しい夜風を浴びながら会合者たちは酒を酌み交わし、なにやら密談を交わしていた。

「新選組である。御用改めをいたす」

と武田観柳斎が大音声を張り上げると、離れ座敷で会合していた者は悲鳴をあげて、蜘蛛の子を散らすように逃げ出した。新選組と聞いただけで抵抗の姿勢を失い、ただひたすら逃げ道を探している。

新会連合隊は新選組と名乗っただけで逃げ出した彼らに、尊攘派にちがいないとおもい込んだ。彼我双方にとって不幸であった。

柴司は庭上で待ち構えていると、一人の武士が飛び出して来た。柴は声をかけ、槍を構えると、武士は一瞬ぎょっとなって立ちすくんだが、開き直って斬りかかってきた。

両人は数合渡り合ったが、不意を衝かれた武士は不利な体勢から立ち直れぬまま、柴の槍によって横腹を刺された。傷は軽かったが、武士はその場にかがみ込み、

「人ちがいするな。拙者は土佐藩士、麻田時太郎である。新選組に狙われるおぼえはない」

と言った。

柴は愕然とした。八・一八の政変以後、土佐藩は前藩主山内豊信が抑えて公武合体派である。しかも相手は四百石の上士であった。

柴は同士討ちをしたことを悟った。池田屋にも土佐系の者がいたが、いずれも脱藩者であった。

柴は、ともかくその場は負傷者に応急手当てを加えて、身柄を奉行所に引き渡した。

報告を受けた会津藩は、事態が深刻なことを悟った。うろたえた藩の重臣は広沢富次郎を謝使として、藩医高橋順庵をつけて土佐藩邸へ送った。

だが、土佐藩は、

「同藩にも医者はいてござる。またゆえなく突きかけられたりとはいえ、手負うたるは武士たる者の油断。我が藩風にも反することにござる。本人は武士道に則っての覚悟もござるゆえ、他藩よりのいらざるお手出しはご無用に願いたい」

とけんもほろろに追い返されてしまった。

事がこれですめば、会土共に不幸な過ちとしてすむはずであった。だが、六月十一日、麻田時太郎が土佐藩邸内で自刃した。明らかに藩から強制された切腹、つまり詰め腹を切らされたのである。

会津藩は困惑した。事件の矢面に立った柴の家は、藩祖保科正之以来の譜代の家臣である。まして、このたびの事件は、藩命による巡邏中の事故である。当方が名乗りをあげて、逃げ出して来た胡乱の者を突き止めたのは、藩命を忠実に奉じたのであって、なんら咎められる筋合いはない。

たまたま柴の槍が先を制して相手を刺したが、一拍後れれば、柴がやられたかもしれない。アクシデントとはいえ、負傷者の方に過失が認められる。

だが、加害側となった会津藩として被害者が切腹したのに、加害者当人をそのまま捨ておけば、土佐藩との関係が悪化する。

土佐藩は前藩主山内豊信が家中の尊攘激派を誅して、藩論を公武合体に統一してより、会津藩と歩調を揃えている。会津藩としては土佐藩と事を構えたくなかった。

だが、同時に松平容保は先方の過失の大きい事故によって、譜代の家臣を失いたくなかった。

「土佐が勝手に腹を切ったのに、我が藩士がなぜ追従する必要があるか」

と容保は強気であったが、このまま柴を放置しては、土佐藩がおさまらない。土佐藩にしてみれば、一方的に討ち込んできたのは会津藩の方である。容保と会津藩は苦しい立場に追い込まれた。

藩の苦衷を悟って、柴はいまにも腹を切りかねない。

「よいか。くれぐれも短慮を起こしてはならぬ。余の許しなく腹を切ることはまかりならぬ」

容保は司に言い渡した。

このとき野村左兵衛がとんでもない知恵を出した。彼ははたと膝を叩いて、

「そうじゃ、我が藩に預かっておる隠居御庭番がおったな。あの者どもはすでに充分に生きた。彼らの一人を下手人に仕立て、腹を切らせてはどうか」

と言った。

「あの者どもは、元公儀御庭番にござる。いかに当家の下知についているとは申せ、勝手に身代わり詰め腹を仕らせては、公儀の聞こえもいかがと存じますが」

田中土佐は驚いた。

「かまわぬ。すでにかの者どもは退隠した者じゃ。公儀も我が藩に委ねたのは、いかように仕ろうと我らの勝手という内意である。土佐藩は柴が麻田を傷つけた場面を見ておらぬ。かの四人は池田屋にも参加して、相当な働きをしたようではないか。我が藩の下知についた白髪首一つ差し出せば、土佐藩もおさまるであろう」

野村左兵衛の口調には自信があった。

その場に居合わせた横山主税、手代木直右衛門、田中土佐ら重臣は顔を見合わせた。だれも反論はしない。

元老御庭番には気の毒であるが、たしかに野村の提案は起死回生の名案であった。すでに充分に生きた元御庭番の巧妙な廃物利用ともいえよう。その廃物のおかげで会津藩が窮地を救われるのである。

「四人を殺す必要はない。老いたりとはいえ、いずれもなかなかの手並みの者ども。飼っておけば、これからも役に立つであろう。人選は四人に任せよ。土佐も一人、我らも一人差し出せば充分じゃ」

野村左兵衛は一藩を背負う重職として冷酷に言った。

二

ようやく会津藩から呼ばれた四人組は、てっきり池田屋の報奨と胸を弾ませて、黒谷金戒光明寺へ赴いた。そこで四人が田中土佐から告げられたことは、報奨どころか酷い沙汰であった。

四人組は青ざめた。つづいて全身が小刻みに震えてきた。老いた血が怒りに煮えたぎり、しばし言葉もない。いかに充分に生きたとはいえ、身におぼえのない罪を着せられ、会津藩の人柱に立ついわれはない。

四人組に終始好意的であった田中土佐も辛い役目を命じられた。彼の顔面は強張（こわば）り、一語一語、肺腑（はいふ）を絞り出すようにして、会津藩の下知として言い渡した。

田中土佐は藩主の上意として告げ終わると、四人の前に平伏した。

「いかに我が藩の窮地を救うためとは申せ、拙者個人としてはおのおの方に詫びる言葉もござらぬ。なにとぞ、なにとぞ我が殿、および我が家中の苦衷をお察しの上、おのおの方にまげてお頼み申す」

会津藩の重臣の身が四人の退役御庭番の前に額を床にこすりつけていた。もし四人が拒否すれば、田中は腹を切るであろう。

しばし重苦しい沈黙が屯（たむろ）した。会津藩の身勝手ではあるが、同時にその苦しい立場も察せられた。

「承知仕りましてございます。我ら老骨の身をもって会津二十三万石の窮地を救うお役に立てれば本望（ほんもう）でござる。一両日中に太守の意を体して、善処（ぜんしょ）仕ります」

和多田主膳は上意を承り、四人はいったん宿所へ引き取った。重臣の中には、四人

組がこのまま逃亡するのではないかと危惧(きぐ)する者もいたが、

「おのおの方に目はござらぬのか。あの者どもはそのような侍ではない」

と田中にたしなめられて黙した。


宿所へ帰って来た四人は、暗然とした顔を見合わせた。死出の花道としては将軍直命による京都出向(しゅっこう)である。いつでも死ぬ覚悟はできている。

だが、会津藩に廃物として利用されるつもりはない。

「いっそのこと、四人揃って京より脱走してはどうか。幸いにもらった手当が溜(た)まっておる。当分、諸国漫遊(しょこくまんゆう)するのも悪くないぞ」

最初の憤激から冷めた平四郎が提案した。

「左様なことをしてみよ。我らは公儀の命により会津藩の下知についたのじゃ。我らがその下知に従わず、逃亡したとなれば、江戸の我らが家は断絶されるぞ。家督を継いだ者も無事ではすむまい」

主膳に言われて、三人は我に返ったような顔をした。

「一人だけで死なせるわけにはいかぬ。死ぬときは一緒と覚悟を定めた我々じゃ。四人揃って白髪首を差し出そうではないか」

内記が言った。主膳もそのつもりであった。

田中土佐は一人を選べと言ったが、和宮の陰供以後、生死を共にしてきた四人である。そんな酷い人選はできない。

「お主ら、落ち着け」

甚左衛門が手を挙げて制した。三人の目が甚左衛門に集まった。

「一命を差し出せばすむものを、四人揃って死ぬことはない。それでは廃物の利用にもなるまい。充分に生きたりとは申せ、大切に使えばまだまだこれからも生きられる。死出の花道、必ずしも四人揃うて逝く必要はない。一人を選び、残る三人が死んだ者の分まで生きればよいではないか」

甚左衛門が言った。

「その一人を選べぬからこそ、四人打ち揃うて逝こうとしておるのではないか」

内記が言った。

「選ばずとも、決まっておる」

「なんと？」

「柴司に間違って突かれた土佐藩士は、槍に刺されたのじゃ。我らのうち槍を使う者はわし以外になかろうが」

甚左衛門に問い返されて、三人ははっとした。

「剣や鞭や弓を使う者が首を差し出しても、土佐藩はおさまらぬよ、それこそ犬死にというもの、役立つ白髪首はわし以外にないのだ」

甚左衛門は言った。

「さればと言って、お主一人を死なせるわけにはいかぬ」

平四郎が言った。

「わしは死なぬ。お主らに取り憑いて生きていく。お主ら、わしの分まで行けるところまで行ってくれ。老いたりとはいえ、命を無駄にすることはない。せっかくこの面白い時世に生まれ合わせて、これからどのような世の中になっていくか、わしの分までしっかりと見届けてくれ」

甚左衛門は覚悟を定めた表情で三人に言い渡した。

結論は出たが、四人はこの悔しさを骨に刻んだ。会津藩が窮地に立ったとはいえ、要するに譜代の家臣と引退老元御庭番の生命を取り替えたのである。甚左衛門は会津藩のエゴの犠牲であった。

だが、これを拒否すれば、江戸の家や、家督相続者がどうなるかわからない。会津藩にとっても四人にとってもやむを得ぬ廃物利用であった。

せめてこの廃物をもって会津二十三万石と、江戸の紀州以来の四家を救うことができれば、もって瞑すべしと煮え立つ胸をなだめた。

翌朝、四人は揃って会津藩の本陣へ出頭した。

和多田主膳が切腹人として梶野甚左衛門を選んだことを告げると、会津藩の重臣の面々が顔色を改め、姿勢を正した。

このたびの四人組に対する身代わり切腹の下知が理不尽であることは、子供にもわかる。だが、会津藩は家名と家祖以来の譜代の臣を守るために、その理不尽を押し通さなければならない。

四人は本陣奥の貴賓を迎える客殿に請じ入れられ、贅美を尽くした馳走を振る舞われた。それはなんの罪も犯していない死刑囚にあたえられる最後の馳走である。

切腹開始は申の刻（午後四時ごろ）、切腹場は大書院と定められた。

この時間取りは、食後、食物が胃を通過するのを待つためである。食後間もなくの切腹は、食物が胃袋からはみ出したり、検使や介添えの者がその凄惨な場面に嘔吐したりする虞があるからである。

切腹場には赤い毛氈が敷かれ、その上に紫の絹の座蒲団が置かれた。赤や紫は血の色を吸収して、目に凄惨な光景を最小限に押さえるためである。

切腹場には白い花が飾られた。本来の切腹は武士の処刑であり、庭上で執行されるのが常であるが、この切腹人は咎人ではない。会津藩は甚左衛門の切腹に最高の礼をもって応対した。

「介錯人にご要望がござれば、承りましょう」

田中土佐が言った。

「介錯は拙者が仕ります。我が盟友の首級を余人にゆだねとうはござらぬ」

主膳が断乎とした口調で言った。会津藩の理不尽に対するせめてもの自己主張であった。

定刻が迫った。床の間を背にして、検使役の家老野村左兵衛以下、会津藩の重臣が威儀を正して並び、庭に面した縁側には家中の者が居流れた。

切腹場の背後には白襷をかけた足軽が二名座り、介錯の和多田主膳が甚左衛門の左後方に添い立った。切腹人と検使の間には白屏風が引きまわされている。

定刻が迫り、甚左衛門の前に家士の一人が白扇を載せた三方を運んできた。検使と切腹人の間を隔てる白屏風が幕下（介添えの小者）によって運び去られた。

手代木直右衛門が着座して、野村左兵衛に目配せした。左兵衛がうなずいた。それが切腹開始のゴーサインであった。

切腹場には馥郁たる花の香りと共に、凄愴な気がみなぎった。

「主膳、頼みがある」

甚左衛門が三方の扇子に目を向けて言った。

「なんなりと申してみよ」

「わしは本物の切腹をしたい。一生に一度の切腹を扇子でしたとあっては、わしの面目が立たぬ。お主の脇差しを貸してくれぬか」

甚左衛門が言った。主膳が我が意を得たりと言うようにうなずいて、腰の脇差しを鞘ごと引き抜き、甚左衛門に手渡した。

江戸中期以後、切腹は形式的となり、切腹人が三方に載せた短刀を手に取ると同時に、介錯人が首を打ち落とすようになった。

後期に入ると、さらに三方に短刀すら載せず、扇子を供えた。これを扇子腹と呼び、一撃によって首を打ち落とす練達な介錯人のニーズが大きくなったのである。

また扇子腹には切腹人に武器を取らせて絶望的な抵抗をする機会を防ぐ意味もあった。

会津藩家中は主膳が甚左衛門に脇差しを手渡したのを見て、少しざわめいたが、だれもなにも言わなかった。

「主膳、もう一つ頼みがある」

「なんだな」

「わしがよいと申すまで、介錯を待ってくれ」

主膳には甚左衛門の気持ちが痛いほどわかった。なんの罪咎もなく、会津藩の人身御供(ひとみごくう)にされた無念を少しでも訴えるために、本物の切腹を家中に見せつけてやりたい甚左衛門の末期(まつご)の意地が、白装束(しろしょうぞく)に身を固めた彼の全身から青い炎のように立ち上がっている。

彼らの問答は会津藩の重臣や家中の士には聞こえぬが、甚左衛門の無念は突き刺さるようにわかる。

甚左衛門と主膳の問答は、切腹場の背後に介添人として控えた平四郎と内記の耳にも届いた。

「わかった。辛い役目であるが、お主(ぬし)がよいと言うまで待とう」

主膳は答えた。いつの間にか頰が濡れている。平四郎と内記も肩を震わせて俯(うつむ)いていた。

甚左衛門は、

「さらばじゃ」

と言うと、主膳から借りた脇差しの鞘を払うと、一呼吸止め、左脇腹に突き立てた。そのまま一気に右脇腹までぎりぎりと引き切る。皮膚、腹壁、筋肉、脂肪、噴き出す血潮などの抵抗に逆らって一気に引き切った甚左衛門の腕と、脇差しの切れ味は尋常ではない。

「まだだ。まだまだ」

引き切ったところで、主膳を牽制した甚左衛門は、いったん切っ先を引き抜き、上腹部、臍（へそ）の上に再度切っ先を突き立てた。彼は十文字腹を行なうつもりらしい。すでに横一文字の切れ目が開いて、流れる血潮と共に腸が露出しかけている。朦朧としかける意識を奮い立て、甚左衛門は切っ先を切り下ろした。呼吸が切れて、気力、体力同時に共に衰えたようである。

柄を握った手は血糊（ちのり）ですべり、脇差しは腸の抵抗を受けて横一文字のようには刃が進まない。凄惨な光景であった。

見るに見かねた主膳が構えた刀身の先が孔雀（くじゃく）の尾のように震えた。

気配を察知して、甚左衛門が「まだだ」と制した。

会津藩家中は一同声なく、顔色を失っている。面を背け、必死に嘔吐を耐えている者もいる。

甚左衛門は消えいく生命の最後の力を切っ先に集めて、腸の抵抗をはね除け、切り下ろした。そこで横一文字の腹壁の新たな抵抗を受けた。

逆丁の字になった切り口をさらに切り下げようとしたものだから、傷口が開いて、腸が完全に飛び出した。さしもの甚左衛門もここで刀が尽きた。

「主膳、頼む」

甚左衛門の一声と共に、主膳の手練の一刀が振り下ろされた。甚左衛門の首が噴水のように噴き上がる血潮と共に、薄皮一枚残して前方に落ちた。大書院に寂として声なく、花の香りに混じって血のにおいが濃くなった。

大藩の家中とはいえ、本物の切腹を目にしたのはいずれも初めての経験であった。

野村左兵衛は自らの発案でありながら、甚左衛門の切腹を、

「武士たる者、最期はかくありたいものよな」

と洩らした。

平四郎と内記が進み出ると、会津藩幕下の介助を断り、二人で甚左衛門の死骸を大風呂敷に包むと、あらかじめ用意されていた白木の棺に納めた。二人の頬からしたたり落ちた涙が、棺に納められた甚左衛門の死骸に降りかかった。

埋葬時、甚左衛門の愛用の手槍が死骸に添えて棺に納められた。

一同には長いように感じられたが、切腹開始から事後の処理が終わるまで約小半刻（三十分）であった。

報告を受けた容保は、

「天晴れな者よ。葬儀は藩葬に準じて執り行なえ」

と命じた。だが、準藩葬といっても、あくまでも密葬である。

葬儀には会津藩の重臣、家中一同、および新選組から近藤、土方、沖田、永倉、井上、武田などが参列して、焼香した。

柴司は参列を控えた。

文学者でもある武田観柳斎は、

我もおなし台やとはんゆくすえは
　同し御国にあふよしもかな

と弔歌を献じた。

会津藩の藩史には、この葬儀は被弔者柴司として記録されている。

当時、病床についていた松平容保は、「なにぶんほかに致し方のこれなき儀、気の毒ながらうかがいの通りいたし候ほか、これあるまじく」と告げたと会津藩庁記録に記述されている。

元公儀御庭番梶野甚左衛門は歴史の中に消えた一粒の泡沫として、文字通り葬られてしまったのである。

甚左衛門の犠牲のおかげで、会津藩は窮地を逃れた。土佐藩から丁重な弔問使が来て、甚左衛門の死を悼み、「当藩はなんら意趣を相含まず、土会の協調、提携は前にも増して緊密なること、ご念には及ばず候間、一切ご懸念ご無用に候」と調子のよい口上を述べた。

甚左衛門の遺族には会津藩より弔慰金として百両、また三人には一人二十五両ずつが贈られた。

新選組からは局長近藤勇の名義で百両の香典が供えられた。

面白い老い先

一

　三人はかけがえのない同志を失った。

　おもえば現役のころから切磋琢磨し合った仲間であり、青春を共有した友であった。

　隠退後、なすことなくおのれを見失っていたとき、将軍の直命を受けた主膳が三人の仲間を呼び集め、和宮の護衛の任を果たした後、再度、将軍の内命を受けて京へ上ってきた。

　このままなすこともなく老い朽ちていくとあきらめていた身が、激動する時代の潮流に巻き込まれた。だが、まさかこのような形で同志を失おうとは夢にもおもっていなかった。

おもえば甚左衛門はただの同志ではない。現役と隠退後の再召集を通じて、一身二生の戦友であった。

三人は自分たちの身体の重要な部分を切り落とされたような気がした。

「甚左を介錯したとき、わしは自分自身の首を打ち落としたような気がした」

主膳は言った。

「甚左め、我らを後へ残して、さっさと旅立って行きよった」

内記が怒ったように言った。

「痩せても枯れても我らは直参旗本、元公儀御庭番である。それを親藩の陪臣の身代わりに立てられて、公儀はなにも言えぬまでに落ちぶれてしまったのか」

平四郎が悔しそうに言った。それは三人が等しく感じていることであった。

いまや一会桑は京都幕府として江戸の宗家を凌ぐ勢いを見せている。現実に政治の表舞台は京へ移り、帝のおぼえ、ことのほかめでたい京都守護職会津藩の権勢は絶大である。

また一橋慶喜は俊英の誉れ高く、弱小の将軍家茂を明らかに見くびっている。井伊直弼のような圧倒的な指導力を持った政治家を失った江戸は、京都幕府に政治のイニシアティブを奪われてしまった。

江戸がどんなにやきもきしたところで、現実に政治を動かすのは京都であった。おそらく会津藩は梶野甚左衛門を身代わりとして詰め腹切らせた事実を、江戸には報告していないであろう。

報告したところで、いったん会津藩の下知に従わせた江戸としては、文句を言えない。文句を言うだけの実力を失っている。それがわかっているだけに、会津藩は甚左衛門を廃物利用したのである。

彼らは会津藩の正体を見たおもいがした。新選組の補佐や牽制を命じられたときから、会津藩を信用ならずと見ていたが、これほどまでに独善的とはおもわなかった。

いまや会津藩は幕府を代表し、帝の寵信をよいことに、薩長土肥を凌ぐ天下第一位の威勢を示している。

斜陽の幕府とはいえ、現実に京都で第一等の権勢を張っているのは会津藩である。長州藩は都から追い落とされ、薩摩藩は朝廷の信頼が薄い。土佐藩は山内容堂（豊信）の許、公武合体派である。肥後藩は京都政治の主流から外れている。

会津藩の権勢は奇妙であった。斜陽の幕府にあって京都政治の主導権を握り、新選組を私兵に万丈の気炎を吐いている会津藩は、落日の興亡の中から新たな陽が昇るような奇妙な現象に見えた。

だが、これも時流から逸れた一時的な現象にすぎない。新選組の天下も文字通り三日天下で、京にふたたび不穏な情勢が高まってきた。

池田屋事件は六月十二日には長州藩に伝えられた。八・一八の政変によって、都から放逐されていた長州藩にとって、京への復帰は藩の面目にかけても果たさなければならない。

すでに朝廷には藩主、および三条実美以下、七卿の復帰を再三願い出ていたが、朝廷から悉く却下されていた。朝廷を制した会薩が長州藩の復帰を認めるはずがなかった。

だが、長州藩にしてみれば、天皇を至上の存在として奉戴する自分たちが、なぜ朝廷から遠ざけられるのか納得がいかない。尊皇派にとっては公武合体などという朝廷と幕府が政権を共有するような理論はあり得ないのである。

長州藩にとっては、朝廷が逆賊どもに乗っ取られたような気がした。京都の奪回こそ、日本唯一の誠忠藩としての長州藩に負わされた責務であった。

池田屋事件は長州藩をいても立ってもいられなくした。

「同志を討たれ、都を逆賊どもに乗っ取られ、なにをおめおめとしておるか」

「ただいま都におわす帝は、会薩の囚帝とされておる。我が長州藩がお救い奉らずして、だれが帝を救うか」

「いまこそ我が藩の総力を挙げて都へ押し上り、会賊、薩賊どもから帝を奪い返し奉るべきではないか」

　藩論は沸騰した。

「かくなる上は実力行動あるのみ」

　超過激派の来島又兵衛が、武力による上京を主張した。

「ただいまの主上は、畏れながら会薩の囚帝にすぎぬ。主上も我らの上京を心待ちにしておられるにちがいない。いまこそ我が藩の総力を挙げて、主上の許に馳せ参じ、会薩の檻の中から主上を救い奉るべきときである。もし会薩阻めば、主上を長州にご動座し奉るべし」

　今楠公と呼ばれて、尊攘派のオピニオンリーダーとなっていた真木和泉が油を注いだものであるから、過激派の血はますます上った。

　彼らの理論武装は、天皇至上主義の尊皇派が天皇を擁すべきであるという、武装とも言えない、しごく単純な理論であった。

　だが、もともと理論によって戦う意志はない。会薩が力で帝を押さえているのであるから、長州の力で帝を奪い返そうという発想である。

六月二十四日、久坂玄瑞率いる第一軍三百名が洛南天王山に陣を張った。つづいて家老・福原越後率いる第二軍三百が伏見、来島、国司信濃が指揮する第三軍六百が洛西嵯峨天龍寺、益田右衛門介の第四軍六百が男山八幡宮に布陣した。

上京の名目は、江戸表へ下向する途上の滞在と銘打って、藩主および七卿の復帰を、武力を背景に強請してきたのである。

この長州藩の強圧的な姿勢に、もともと親幕派の孝明帝は不快を示し、はねつけた。

公武合体派の諸藩も、長州藩の布陣に黙っていたわけではない。佐幕諸藩二十数藩の連合軍は手分けして長州藩に向かい合い、御所宮門も在京諸藩が警護した。兵力は佐幕諸藩が圧倒的に優勢であったが、彼らが烏合の衆であったのに対して、長州軍は八・一八の雪辱を期して、士気は極めて高い。

京都市中はいまにも市街戦が始まりそうな気配に、市民は怯え立ち、流言蜚語が飛び交い、家財道具をまとめて避難を始めている。

このとき、新選組は会桑両藩の軍勢と共に、九条河原に布陣していた。長州藩にとって新選組は憎しみの的である。

上京の主たる目的は主上の解放であるが、同時に池田屋の復讐を狙（ねら）っている。佐幕派連合軍に加わっている土肥両藩にも、池田屋で同志を討たれ、新選組を憎悪している者が多い。新選組は腹背に敵を抱えていた。

京都が一触即発の情勢になっているとき、三人の元御庭番は完全に蚊帳（かや）の外に置かれていた。

幕府はもとより、会津藩からもなんの声もかからない。天下真っ二つに割れての大騒動の中で、三人は完全に忘れられていた。

「勿怪（もっけ）の幸いではないか。この機会に、公武一和諸藩と長州の手並みがどのようなものか、とっくりと見物しようではないか」

主膳が言った。

「主膳、左様な呑気（のんき）なことを言ってよいのか。我らは瘦せても枯れても元公儀御庭番であるぞ。帝を奪い奉ろうとして長賊が都へ攻め上ってきたのを、指をくわえて見ておるというのか」

倉地内記が憤然として言った。

「内記、まあ、そのように目くじらを立てることはあるまい。我ら老いぼれ三人が騒動に加わっても、大勢は変わらぬよ。ここは主膳の言うように、双方の手並みを見届けておくのも悪くはないぞ。甚左衛門も言い残したではないか。どんな世の中になるか、よく見届けろとな」

古坂平四郎が間に入った。

「新選組がどれほどのものか見届けるには、またとない機会じゃ。これまで新選組は軍としての戦いをしたことがない。すべてが小競り合いであり、奇襲じゃ。諸藩連合と長州の軍勢が真っ向から向かい合う中で、新選組の剣がどれほど役に立つか、面白い見ものになるぞ」

主膳が楽しげに言った。

三人は会津藩の下知につけと桜井豊後守から命令を受けたが、その下知によって盟友・梶野甚左衛門が詰め腹を切らされた。

主膳は甚左衛門を介錯したときの刀の柄の感触を、心に刻みつけている。自分自身の首を打ち落としたような気がした。それ以後、会津藩には心を許していない。内記も平四郎も同じである。

会津藩がどうなろうと知ったことではないというのが、彼らの本音であった。だからといって、長州藩に味方する意志はない。要するに、天下の潮流がどう変わろうと、老い先短い身にはあまり関係ないのである。

だが、先祖代々、公儀の禄米を食んだ身として、公儀には恩義を感じている。その公儀すら、彼らを忘れてしまったようであった。

主膳の提案は、忘れられた狭間での見物である。危険な見物であるが、面白い。主膳の提案に内記と平四郎も乗り気になった。京都市中はパニック状態にあった。抜き身を下げた諸藩の軍勢が市中を行き交い、胡乱な者と見れば容赦なく引き立てる。抵抗すれば、斬って捨ててもよいという命令を受けている。

そんな不穏な情勢下、のんびりと平服を着て歩きまわっている三人は、たちまち殺気だった諸藩の藩兵から誰何された。

主膳は悠然として、我らは新選組の市中見廻遊軍であると名乗った。新選組の名前は絶大の威力を発揮した。諸藩の兵士は恐縮して、三人の前に道を開いた。彼らの心境は複雑であった。

「元公儀御庭番と名乗ったところで犬も逃げまいが、新選組と聞いて縮み上がりおった。直参旗本が多摩の百姓上がりの浪人団にも劣るとはな」

内記が悔しがった。

「怒るな。それがご時世というものよ。しかし、新選組が羽ばたくのもそう長くはあるまい。ドンパチ始まれば、大砲や鉄砲の前で刀を振り回しても、糞の役にも立たぬ」

主膳は吐き捨てるように言った。それは自嘲でもある。

将軍家譜代の恩に奉ずるため磨いた技も、新兵器の前には滑稽な玩具でしかない。どんな剣槍の達人も、農兵が持った一挺の銃の前には無力である。

だが、京で人を斬りまくった新選組の威名は、まだ充分に通じた。主膳らは面白がって、新選組の名前を乱発しながら市中を見物していると、会津藩の巡邏隊に呼び止められた。

主膳がこれまでのように新選組だと名乗ると、指揮官が血相を変えて、

「新選組がこの非常の折に、左様な平服を着て市中を歩くか。新選組は我が藩と共にただいま九条河原に布陣しておる。新選組の名を騙る痴れ者め。引っ立てよ」

と部下に命じた。

会津藩の巡邏隊は二十名は超える。平四郎は弓を持っていない。痴れ者と言われて、気の短い内記が、

「お疑いとあらば、ご重役野村左兵衛殿や、田中土佐殿に問い合わされよ。お主ら末の者に拙者らの顔は通っておらぬわ」

と言った。

「なに、末の者だと。無礼な」

指揮官は激怒した。

あわやと見えたとき、手代木直右衛門が通り合わせた。

「これはおのおの方、いかが召された」

直右衛門が問いかけてきた。主膳はほっとして、

「いや、なんでもござらぬ。我ら貴藩の巡邏隊と出会いまして、ご挨拶（あいさつ）を交わしたところにございます」

とその場を取り繕（つくろ）った。直右衛門は不穏な気配を察知したらしく、巡邏隊の指揮官に、

「こちらの方々は我が藩の客人じゃ。無礼があってはならぬぞ」

と言った。指揮官は恐縮して、部下をまとめ退散した。

「おのおの方、市中は危険でござる。宿所に引き取られた方がよろしかろう」

直右衛門は三人の方へ向き直ると、忠告した。これまでは新選組の看板を無断借用して見物していたが、肥後や土佐藩の過激派に出会えば、ただではすまぬかもしれない。

「ご忠告、恐れ入ります。宿所に閉じこもっていても暑うてたまらず、涼みに出て来

たところ、なにやら不穏な気配で、まごついておったところにございます」

主膳は言った。

盆地の京都には残暑がこもり、鍋の底で焙り立てられるような暑さであった。特にこの年の京の暑さは異常であった。

家の中にいても暑く、外に出ても暑ければ、外の方が面白い。その点、老い先短い老人三人組は度胸がよい。直右衛門もそれ以上は言わず、

「お気をつけて行かれよ」

と忠告を残して立ち去った。

二

暑さに焙り立てられるようにして、七月十八日五つ（午後八時）、長州軍は行動を起こした。

戦端は十九日未明から、伏見から兵を進めた福原越後率いる長州軍七百と、伏見口の守備についていた大垣藩との間で開かれた。

呼応して、嵯峨方面から発した猛将・来島又兵衛率いる長州軍の最精鋭が、会桑両

藩の主力が守る蛤御門に攻めかけた。戦況は一進一退、予断を許さなかった。

この間、新選組は誠の旗を押し立て、走り回っていたが、新選組得意の白兵戦に持ち込む前に、遠方から鉄砲を射かけられて身動きできなくなった。

白兵戦の猛者が、農兵の扼する鉄砲の前で身を縮めている。その恥辱に新選組は歯ぎしりした。池田屋の戦法はまったく通じない。会津藩も負けじと応射する。火力と火力の勝負であった。

弾込めのわずかな隙を狙って、新選組は斬り込みをかけた。敵を捕捉すれば、新選組の本領が発揮される。だが、一騎討ちで一人ずつ斬ったところで、大勢にはなんの影響もない。

新選組の威名も鉄砲はせせら笑った。銃口は天然理心流も、北辰一刀流も吹き飛ばした。

この様を主膳ら三人は距離をおいて高みの見物をしていた。

「新選組の時代は去ったな」

主膳はつぶやいた。

「わしらの時代も去ったということだな」

内記が自嘲めいた口調で言った。

「わしらの時代はとうに去っておるよ」

平四郎が言った。

「そうではない」

主膳が少し強い声を発した。

「そうではないというと」

内記と平四郎が主膳に目を向けた。

「わしらに時代があったか。五十俵十人扶持、御目見以下、御役付（現役）の間ですら、御駕籠台に召しだされたことはなかった。それが息子に家督を譲った後、お召し出しにあずかり、いま都におる。これがわしらの時代なのじゃ。甚左からも頼まれたであろう。甚左の分も生きよとな。なるほど、もはや刀や槍や弓の時代ではない。だが、武士の魂が取って代わられたこれからの時世こそ、面白いではないか。新選組を見よ。我ら紀州以来の譜代と異なり、多摩の百姓から成り上がり、鉄砲の前で天然理心流を振り回し、頑張っておるではないか。旗本八万騎を差し置いて、徳川の最強軍団になりおった。わしら旗本は新選組の前に恥辱で顔も上げられぬはずよ。よいか。これからこそ、我らの時代なのじゃ。老い先短いいま、面白い時代にめぐり合ったことを感謝すべきではないか」

主膳の言葉に二人はうなずいた。

「お主に言われて、目が覚めたようなおもいじゃ。わしらは新選組よりも遠方まで行かねばならぬ」

内記が言った。

「その意気じゃ。なにせ我らには甚左が取り憑いておるからのう。めったなことで死ぬわけにはいかぬ」

平四郎がうなずいた。

この間、彼我両軍の戦いは激しさを増していた。

長州軍は勇戦しているが、戦況はどうやら圧倒的兵力を誇る連合軍に有利に傾いているようであった。

梃子の平衡が崩れると、傾くのは速い。寡勢の長州軍が次第に息切れしてきた隙を衝いて、新選組が斬り込んだ。白兵戦となると、新選組は圧倒的に強い。

新選組のお家芸である接近戦に持ち込まれて、鉄砲の撃ち方しかおしえられていない農兵たちは、芋や大根のように斬られた。

新選組に突っ込まれたのは堺町御門を攻めていた長州軍である。そこへ蛤御門、中立売御門から会薩、彦根、桑名の軍勢に押されて、来島、国司の長州勢が敗走して来たので、総崩れになった。

逃げ場を失った長州軍は、長州贔屓の鷹司邸に立てこもった。長州軍の残兵は鷹司邸から時どき門を開いては、決死の斬り込みをかけ、頑強に抵抗した。新選組のお株を奪った形である。

結局、長州軍に止めを刺したのは剣槍ではなく、大砲であった。西殿町の賀陽殿の前に据えた十五サンチ砲から釣瓶撃ちに撃ち込まれる砲弾によって、鷹司邸の塀はたちまち崩壊し、火の手が拡がった。

残兵の最後の抵抗も、砲口を揃えた一斉射撃の的にされた。

この戦いで、長州藩の尊攘激派来島又兵衛、久坂玄瑞、入江九一などが戦死し、オピニオンリーダーの真木和泉は自刃した。

「結局、長州勢も新兵器には敵わなかったな」

戦いの帰趨が定まったのを見て、主膳がつぶやいた。

いまや長州軍は組織的な抵抗力を失い、残兵が散発的に抵抗し、袋叩きにされている。

三人は戦法が完全に変わったのを悟った。新選組が得意げに残兵狩りに精を出しているが、勝敗が定まった後の無益の殺生にすぎない。

正規軍同士の会戦では、すでに新選組は出番を失っていた。その腹いせのための残兵狩りでもあった。

だが、その事実に、新選組自身も幕府も会津藩もまだ気がついていない。

土方などは銃火器の前には、天然理心流も北辰一刀流も無力であることを察しているが、それを自ら言明することは自分の首を絞めることになってしまう。幕府や会津藩にしても、新選組の威名がある限り、飼っておく利用価値がある。

充分高みの見物をした三人は、宿所へ引き返そうとした。この辺り、流れ弾が飛んでくる。

新選組と長州藩自らが火を放って退去した河原町御池上ルの長州藩邸から発した火の手は、折からの北風に煽られて市中に燃え広がっていた。

市内にはまだ長州軍の残兵が跳梁して騒然としている。高みの見物をしていた三人の居場所も安全ではない。長居をして傍杖を食ってもつまらない。

火の手は彼らの宿所のある南方へ燃え広がっている気配である。火の手に追われるように、三人は急ぎ足になった。

彼らはとある社の境内を横切って、近道しようとした。ふと平四郎が立ち止まった。

「どうした？」

内記が問うた。

「先程からこらえておったのだ。ちょっと用を足してくる。先へ行っていてくれ」

平四郎が言った。

「罰（ばち）が当たるぞ」

主膳が苦笑した。

平四郎を残して社殿の前にさしかかった主膳と内記は、反対の方角から来た武装兵の一団と鉢合わせした。残兵狩りをしている諸藩の藩兵であろう。

一瞬、双方ともぎょっとなって立ちすくんだが、そのまま行き過ぎようとした。すれちがいかけたとき、武装兵の一団の中から「新選組だ」と声があがった。

「なんだと」

顔色を変えた武装兵の一団は、手にしていた刀槍（とうそう）と鉄砲を構えた。

「これはしたり。人ちがいでござる。我らは見ての通りの隠居老人でござる」

主膳は弁明した。

「こやつら、先日、新選組市中見廻遊軍と称して、市内を徘徊しておった」

「ここで出会ったのは天与の機会だ。池田屋の同志の無念を晴らしてくれる」

彼らはどうやら肥後藩の藩兵らしい。残兵狩りで殺気だった彼らは、老人二人と見て、池田屋の鬱憤（うっぷん）を振り向けてきた。

武装兵は六名、そのうち三名は銃を持っている。銃がなければ主膳の剣と内記の鞭でなんとかしのげるが、三挺の銃口を突きつけられては身動きができない。

主膳は唇を噛（か）んだ。平四郎はまだ追いついて来ない。たとえ追いついたとしても、平四郎は戦力に数えられない。絶対的劣勢下の絶望的な状況であった。

「かまわぬ。討ち取れ。胡乱な者は斬り捨て勝手たるべしとの沙汰（さた）である。新選組であろうとなかろうとかまわぬ。市中をのんびりとほっつき歩いておるのが悪いのじゃ」

一団の首領格は言った。武装兵は包囲の輪をじりっと詰めた。

そのとき主膳の視野に、社殿のものかげに潜（ひそ）んでいる平四郎の姿が見えた。彼は弓を手にしていた。矢をつがえ、弦を引き絞り、銃兵の一人に狙いを定めている。社殿に奉納（ほうのう）されていた弓矢を無断借用したのであろう。

主膳は内記に目配せして、間合いを測った。銃兵は圧倒的優勢に驕（おご）って、主膳の剣と内記の鞭の間合いに入っている。平四郎の矢が銃兵の一人を倒せば、主膳の居合と内記の鞭で他の二人の銃兵を処理できるかもしれない。あとは問題ではない。

内記も同時に平四郎の姿を確認した。三人の間にあうんの呼吸が整い、平四郎の矢が切って放たれた。

狙い誤(あやま)たず、矢は銃兵の背に突き立ち、仰天(ぎょうてん)して発砲した銃弾は空に逸れた。同時に、主膳の居合が走り、銃兵の一人を袈裟懸けに斬り落としていた。連携して、内記の鞭(むち)が閃光(せんこう)のように迸(ほとばし)り、銃兵の手から銃を捥(も)ぎ取っていた。

攻守はたちまち逆転した。愕然(がくぜん)とした武装兵の一団は、主膳の剣と内記の鞭によって手足を薙(な)がれ、目を打たれ、戦闘能力を失っていた。無傷な者は戦意を喪失している。

「退(ひ)け。お主らに怨みはない。手加減をして斬ってある。早く手当てをすれば助かるであろう」

主膳が言い渡した。

動転したと見えて、銃兵は二挺の銃をその場に残したまま逃げた。

「平四郎。助かったぞ。お主が弓を射てくれなんだら、危ないところであった」

内記が首を撫(な)でた。

「社殿に奉納されてあった弓矢を見つけてな。これぞまさしく神が下し賜(たまわ)れた梓弓(あずさゆみ)だとおもった」

「神罰が当たると言ったのは、だれだ」

内記が言った。

「わしはおぼえておらん。お主ではないのか」

主膳がとぼけた顔をした。

社殿に弓矢を返した平四郎は、武装兵が残して行った銃を取り上げた。

「梓弓に救われた我らじゃが、これは梓銃じゃ。弾丸もこめてあるわ。後日の役に立つであろう。有り難くいただいておこう」

平四郎は言った。

袋の狼(おおかみ)

一

蛤御門の戦いは長州藩の完敗に終わった。

八月十八日の政変の失地回復(しっちかいふく)を焦(あせ)って、長州藩は再起不能なほどに疵(きず)を深くしてしまった。ここに長州藩は来島又兵衛、久坂玄瑞、入江九一などが戦死し、また戦後、講和の条件として福原越後、国司信濃、益田右衛門介が切腹して、人材を一挙に失った。

さらに八月五日、四国艦隊による馬関(ばかん)攻撃を受け、ひとたまりもなく敗れた。

これは昨年五月十五日以後、攘夷期日の実力行動として、長州藩が米・仏・蘭の艦船を攻撃した報復を受けたものである。

攘夷の巣窟であった長州藩は、外国連合艦隊に降伏し、攘夷派のあらかたは死んだ。長州藩の降伏によって神国思想に基づく単なる観念論では、近代兵器で武装した外国に敵わないことを悟った。

すでに薩摩藩は生麦事件の後、鹿児島湾において英国艦隊と砲火を交え、西欧の近代兵器の威力を知っている。

薩摩はその後、英国に急接近して軍備の近代化を急いでいた。長州藩もこの敗戦を契機に、攘夷から軌道修正して外国へ近づいて行く。

一方、幕府は蛤御門で長州藩に大勝したものの、その後の行動にまったく統一を欠いていた。

積年の宿敵・長州を討つ天与の機会を得ながら、江戸幕閣と京都幕府は犬猿のように仲が悪い。これに会薩両藩のおもわくが絡まって空転している。

もともと幕府と薩摩は共に天を戴かざる間柄である。関ヶ原の戦いで家康に敵対して以後、西南隅に身を縮めて生き永らえてきたが、濃尾三川の治水工事を幕府より命じられて財政が破綻し、多数の藩士の犠牲を出し、藩が立ち行かなくなるほど追いつめられた。

薩摩藩は幕府に対する怨みを骨の髄に刻みつけている。たまたま幕府と提携して長州を撃退したが、長州の息の根を止めようという気などは毛頭ない。

ともかく公武合体派の足並みは揃わぬながらも、七月二十三日、長州追討の勅命が下り、二十一藩に出陣準備が命じられた。

征長軍の総指揮官として一橋慶喜の呼び声が高い。これが江戸幕府にとっては面白くない。

江戸にとっては蛤御門の戦いは、京都幕閣の独断専行だという意識がある。これに勝利して、長州勢を京都から追っ払っただけで充分満足であった。

都から追われ、四外国連合艦隊に叩かれ、虫の息になっている長州を、わざわざ止めを刺しに重い腰を上げて行く必要はないとおもっている。

朝廷と京都幕閣から再三、将軍家茂の上洛を促してきたが、一向に腰を上げる気配もない。京都幕閣は業を煮やした。

このとき増長した近藤勇は、自分が江戸へ下向して将軍を引き出してくると言い出した。近藤としては、もし将軍の担ぎ出しに成功すれば、新選組の威名はさらに大きくなる。

近藤勇は単なる剣客集団の長としてだけではなく、政治家として政治の表舞台に登場する。同時に、江戸で新隊士の募集をすれば一石二鳥である。

多摩の百姓上がりのおんぼろ道場主が成否はともあれ、将軍を引き出しに行くまでになった。

松平容保に出府の趣を伝えると、優柔不断な将軍にいらいらしていた容保は、渡りに船と許した。いまは政治家や論客よりも、近藤のような血飛沫を被った剣客の方が説得力があるかもしれないとおもったのである。

近藤は土方を京の押さえとして残し、永倉新八、尾形俊太郎、武田観柳斎の三名に供を命じた。

永倉は試衛館以来の創立隊士であり、沖田総司と並ぶ剣客である。近藤勇の江戸行きを知って、道中どんな妨害が入らぬとも限らない。

また尾形と武田は新選組の学問と軍事顧問であり、京都の事情に精通している。この三名を引き連れていけば、政武両面において心強い。この人選は絶妙であった。

だが、近藤は土方を呼んで耳打ちした。土方は驚いて、近藤の顔を見直した。

「あのおいぼれ三人組に陰供を……」

「歳三さん、驚くことはない。あんたも池田屋であの三人の手並みのほどは知っているだろう。三人が援けてくれなければ、歳三さんが駆けつけて来るまで支え切れなかったかも知れない。芹沢を討った手並みも見事だった」

「まあ、それはそうだが、新八が気を悪くしないか」

「だから陰供だよ。新八の腕を信用しないわけではないが、多数に襲われては、いかに新八でも一人では支え切れまい。総司の身体は長旅に耐えられぬし、原田や斎藤は京の押さえに必要だ。どうせあの隠居ども、宿所では日向ぼっこをしながら、猫の蚤取りでもしておるであろう。彼らも久しぶりの江戸帰り、喜ぶのではないかの」

近藤に言われて、土方もその気になった。

近藤勇は、いまや新選組の象徴として懸賞首になっている。尊攘派だけではなく、欲に目のくらんだ不逞者が、道中狙ってくるかもしれない。

もともと土方は近藤の江戸行きに、もっと多数の護衛を割きたかった。だが、京都状勢は予断を許さない。永倉一人を割くだけでも、京都の戦力ががた落ちする。

さすが近藤、よいところに目をつけているとおもった。老骨ではあっても、あの三人組には土方も一目置いていた。

土方は一度だけ、三人組（当時四人）の一人と刃を交えたことがある。いまおもいだしても背筋がぞっとするほどの剣勢であった。土方のような喧嘩剣法と異なり、生まれついての剣の才能を、優れた師についてみっちりと磨き上げた太刀筋であった。

すでに暗殺の目的を達して、土方らには四人組とともに斬り合う意志はなかったが、もし正面から対決していれば、必ず新選組側に犠牲者が出たはずである。

　四人組がなぜ内山彦次郎暗殺を阻もうとしたか不明であるが、新選組の増長を掣肘しようとした会津藩のおもわくが絡んでいるかもしれないと、土方は推測していた。

　近藤と土方の間で話はまとまり、永倉には内緒で、近藤の江戸行きの陰供が主膳ら三人に委嘱された。


　突然、近藤からの委嘱に、三人は驚いた。

「ずいぶん馬鹿にしておるではないか。我らは痩せても枯れても直参旗本、元公儀御庭番である。公儀の命によって会津藩の下知についているとはいえ、新選組から陰供を命じられる筋合いはない」

　内記は憤然とした。

　彼の言う通り、新選組が会津藩の身柄御預かりであるなら、三人は同藩の下知につき、同格である。百姓上がりの新選組に対して、譜代の直参旗本、元公儀御庭番の彼らの方が格がちがう。内記が怒るのも無理はない。

「まあ、そう怒るな。こたびの近藤の江戸行きは、容保侯の内意でもある。近藤からの委嘱であっても、容保侯の内密の仰せ出だしと等しい。また都にいても、我らにはなすべきことはなにもない。ちょうどよい江戸帰りの機会ではないか。久しぶりに江戸へ帰って、懐かしい顔ぶれに会うのも悪くないぞ」

主膳になだめられて、内記はおもい直したようである。

「わしも久しぶりに江戸の酒が飲みたくなった」

平四郎が驥尾に付した。

衆議一決した。近藤の陰供とはあまり愉快な役目ではないが、和宮の陰供よりは気が楽である。

近藤にはなんの恩義もない。命を懸けてまで彼を守り通そうという意志などさらさらない。道中、多数の敵が待ち伏せて襲いかかって来たならば真っ先に尻に帆をかけて逃げ出すつもりである。

だが、三人の陰供はまったく不必要であった。近藤一行が京を出発したのは十月下旬であったが、早駕籠と船とを組み合わせて、江戸までわずか三日間で東海道を駆け抜けた。

これは元禄の赤穂事件の際、江戸から赤穂まで百六十里を四日半で走った速さに相当する。

京都から江戸まで、男の足で平均十二日を要する。三人にはとうてい最急行の飛脚並みに飛ばした近藤一行について行けない。

三人はそれでも十日目に、ようやく江戸に到着して、近藤がなんのために三人に陰供を委嘱したのか不思議におもった。

江戸に着いた近藤は、連日、老中、重臣を忙しく訪ね回って、将軍の上洛を要請した。

だが、江戸の重職たちは近藤の説得を馬耳東風（ばじとうふう）と聞き流した。門前払いを食わせたり、居留守を使って会わない者もいた。彼らは等しく、オンボロ道場主の成り上がりが、時代の風雲に乗って京都で剣名を上げ、増長して、政治に口出しすることを苦々しくおもっていた。

「近藤め、池田屋で少々尊攘派を斬った血を浴びて、頭に血が上ったのであろう」

「左様。剣を振り回して、一会桑の番犬を務めておればよいものを、社稷（しゃしょく）の政治を論ずるとは笑止千万（しょうしせんばん）」

「京都には、そのためにこそ京都守護や禁裏守衛総督がいるのではないか。番犬の分を忘れて、ただですらお忙しい上様の御上洛を促し奉るは僭越の極み。番犬は番犬らしく、会津の檻の中で吠えておればよいのじゃ」

老中阿部越前守や諏訪因幡守や松平伯耆守は、近藤の身分をわきまえぬ運動に苦い顔をした。

最も好意的な者が、一応新選組の京都の実績を評価して、耳を傾ける振りをするだけである。

老獪な松前伊豆守は、一応会津容保の督促使の形で江戸へ来た近藤をすげなく追い返しては、江戸と京都の亀裂を深くすることを危惧して、

「近藤の意見を一応もっともと聞き入れる振りをして、我らの了見にて処理してはいかが」

と折衷案を出した。

要するに、適当に聞く振りをしておいて、老中で握り潰してしまおうというわけである。

老中一同は松前案に同意した。だが、とにもかくにも江戸の片隅のオンボロ道場主が、幕閣にその対応策を協議させただけでも、彼がいかにビッグな存在にのし上がったかを示すものであった。

近藤としても、彼の説得によって、直ちに家茂が上洛して来るとは考えていない。

近藤は老中が一応彼の意見を聞いてくれたので満足した。

近藤の江戸下向の目的はもう一つ、隊士の募集にあった。

新選組創設初期には、隊の拡張を急いで隊士の選考が粗雑になった。博徒や、町の無頼漢上がりまで採用したことに対する反省から、江戸で優れた人材をリクルートしようという腹である。

近藤の動きを見てもわかるように、新選組はいまや単なる剣客集団から、政治を動かす組織へと移りつつある。隊士も単なる剣術遣いではなく、文武両道に秀でた者が求められた。

いまや政治と時代の潮流は京都に移っている。その表舞台で大活躍をした新選組の勇名は江戸にも鳴り響いている。まして、浪人上がりの剣客集団が、斜陽の幕府を盛り返すほどの万丈の気炎を吐いていることも、不遇の武士や浪人の人気を集めていた。

その新選組の局長自身が新隊士の募集に来たのであるから、江戸で腕を撫していた若者たちは、選考会場の小日向柳町の試衛館に殺到した。ここで学問は尾形、兵学は武田、実技は永倉によって試される。

だが、三人だけでは、とうてい殺到する応募者をさばき切れない。特に実技を永倉一人で選考するのは不可能である。

そこで、近藤は主膳らに第一次選考を委嘱してきた。

「なんだ、わしらの陰供はこのためであったか」

と内記はぼやいた。

だが、彼らはこの仕事を面白がった。腕におぼえのある若者たちが、いまこそ世に出る機会と集まって来た。いずれも腕自慢の若者たちは、老いた試験官に驚いた。こんな老いぼれが新選組の入隊試験に、試験官として出てくるとはおもわなかった。

驚きが鎮まると、慢心した天狗どもは、

「新選組は我らをなめておる。棺桶片足の耄碌爺どもを打ちのめしても大して自慢にもならぬが、おもい知らせてやれ」

と気負い込んだ。

だが、老人と侮った入隊希望者は、たちまち天狗の鼻をへし折られた。おもい知らされたのは彼らの方である。さすがは新選組、祖父ほどの歳の開きのある老人三人組が、腕におぼえの若者たちをさんざんに翻弄してしまった。

多少筋がよく、第二次選考に残った者も、永倉新八によって自信を木っ端みじんに打ち砕かれてしまった。

二百六十年の泰平に酔って、武士の表芸もすっかり形式化してしまった。

厳しい選考を潜り抜けて、見込みのありそうな者を近藤が面接し、五十余名の優秀な新隊士を獲得した。この中に新選組の殺し屋として恐れられた大石鍬次郎や、後に伊東について御陵衛士となった新井忠雄などがいた。

さらに、近藤はかねてから目をつけていた深川佐賀町に町道場を開いていた伊東甲子太郎に入隊を勧誘し、彼の引き出しに成功した。

伊東は常陸国の出身、水戸で神道無念流と水戸学を修めた後、北辰一刀流伊東精一の門弟となり、師の没後、その道場を引き継いだ。文武両道の達人で、尊皇の志篤く、水戸天狗党の武田耕雲斎らと親交があった。

江戸での伊東の人気は高く、門下には人材が蝟集し、いまや江戸でも指折りの道場に成長している。

伊東甲子太郎は活躍舞台として京都を狙っていた。彼の道場は繁盛し、門弟も百人を超えている。諸藩の上士も出入りし、剣術だけではなく、政治を論じ、時代を談ずる一種の政治サロンとなっていたが、実体は江戸の川向こう（隅田川以東）にある地方道場にすぎない。

彼がどんなに時代を洞察し、高い識見を述べても、川向こうから吠えているだけであり、京都に届くはずもない。伊東はこのまま、江戸の川向こうで朽ちるつもりはなかった。

そこへ新選組から声がかかったのである。新選組の理論的矛盾は百も承知である。だが、伊東は新選組を政治の表舞台である京都での昇竜(しょうりゅう)の雲として申し分ないとおもった。どんな雲であろうと、天に昇ってしまえばこちらのものである。

伊東と近藤のおもわくは天地ほどもかけ離れていたが、双方にとって利用価値があるという点では一致していた。

伊東と、彼の率いる人材集団の参加によって、新選組の実力は文武共に充実した。

伊東の政治思想(イデオロギー)は尊皇攘夷である。新選組も本来は尊皇攘夷を隊是(たいぜ)として発足したが、会津藩の走狗(そうく)となって尊攘志士狩りを行なっているのは矛盾であった。新選組の知性派・山南敬助などは、その矛盾を指摘していたが、近藤、土方は無視した。

幕末にイデオロギーが公武合体と尊皇攘夷に大きく色分けされたが、佐幕攘夷派もあれば、尊皇だけで攘夷には反対の者もいた。だが、尊皇佐幕はあり得ない。

伊東甲子太郎は尊皇の志篤く、その姿勢は常に京都を向いていた。彼の学識と、その人材集団を新選組に取り込み、隊力を充実しようとした近藤であるが、幕府の爪牙(そうが)である新選組と、伊東の志は水と油のように馴染(なじ)まない。近藤は自ら隊内に新選組の存立そのものを危うくするような矛盾を抱え込もうとしていた。

伊東グループの入隊によって、新選組に二大派閥が生じ、後に血で血を洗う粛清へと発展していく。腹に一物抱えた伊東と異なり、まだ近藤はこのことを予感もしていない。

幕閣から非公式ではあるが、「前向きの言葉」を得て、伊東グループ、および五十余名の新入隊士を引き連れて、近藤は意気揚々と帰京への途についた。

今度は往路のように急がない。またこれだけの大部隊を引き連れては、早駕籠というわけにはいかない。近藤は大名行列並みに歩武堂々と東海道を上った。

途中、大井川と安倍川を越える。大部分の旅人は川越人足の肩車に乗って渡河した。武士が馬で越す場合は、人足一人が馬の口を取り、水が深いときにはさらに二人つく。

大井川越えのとき、近藤は大名並みに中高欄と称する八人がかりの輦台の上に一人悠然と座った。伊東すら四人担ぎの台に乗り、幹部隊士以下、新入隊士は一人ずつ、川越人足の背に乗った。

一行が渡り始めたとき、銃声が轟き、一発の銃弾が近藤をかすめた。

仰天した近藤は、輦台の上に腹這い、一行はそのまま川を渡った。近藤は無傷であったが、受けた衝撃は大きい。

狙撃犯人は不明であったが、池田屋事件以後、近藤を怨んでいる者は多い。

その後、警戒を厳重にして、なにごともなく京へ到着したが、狙撃犯人はわからず仕舞いであった。

京の宿所へ戻って来たとき、古坂平四郎が、肩から斜めに背負った長い包みを取り外しながら、

「さすがの近藤も大井川では肝を冷やしたようだの。あまりいい気になっておるから警告を発したが、大名並みに輦台の上に一人でそっくり返っておるとは、狙ってくれと言っておるようなものだ」

とにやりと笑った。

「お主、まさか」

主膳と内記が唖然とした。

平四郎は細長い包みから小銃を取り出すと、銃口を口でふっと吹いた。蛤御門の変の際、市中の社で肥後兵から分捕った鉄砲である。

平四郎は鉄砲を手に入れてから、密かに射撃の訓練をしていた。もともと弓にかけては御庭番の中で右に出る者のない平四郎であったが、鉄砲においても彼は抜群の才能を示した。

わずかな練習で、弓の数倍の射程から点のような的をつづけざまに射抜く。平四郎に本気で狙われれば、近藤の命はないところであった。

「近藤は油断しておった。我ら陰供、刺客を阻むだけが役目ではあるまい。油断を戒め、予防するのも我らの役目じゃ」

平四郎はうそぶいた。

ともあれ幕府は尾張藩主、徳川慶勝に家茂の委任状をあたえ、長州征伐の腰を上げた。長州藩にはもはや幕府征長軍と戦う余力はなかった。

ここに薩摩藩の西郷吉之助が間に入り、講和の斡旋をした。長州藩は講和条件をあっさりと受け入れ、講和が成立した。

蛤御門の首謀、三家老は切腹、藩諸役は謹慎、五卿は筑前移転という軽すぎる条件に、幕府は不満であったが、もともと気の進まない長州征伐であったので、西郷の調停を受け入れたのである。

新選組は江戸で隊士を募集し、伊東グループを取り込み、隊力は充実したが、近藤、土方の隊内の粛清がつづいた。

新選組の軍師、隊切っての論客・山南敬助が脱走途上、沖田総司に連れ戻され、切腹した。

つづいて松原忠司が人妻と恋仲になり、これを土方に咎められ、詰め腹を切る形で人妻と心中した。

また、瀬山多喜人と真田次郎が商家の女と密通した廉で切腹。佐野牧太郎が商家から金を恐喝して斬罪に処せられた。

二

この間、元治二年四月七日、慶応と改元され、新選組は住み慣れた壬生から、屯所を西本願寺へ移した。移したとはいえ、実際は押し入ったのである。

西本願寺はもともと長州藩と縁が深い。勤皇僧も多く、蛤御門の変においては長州藩の残兵をかくまった。

この京における尊攘派の一大拠点を新選組の本営にしてしまえば、新選組の拡張に伴い、手狭になった壬生屯所の住宅難を解決し、一石二鳥となる。

「仏門に威力を示して、無理やり押し入るのは武士たる者のすることではない」

と、山南らは反対したが、もはや彼に発言力はなかった。

伊東が参加してから、軍師としての山南の存在は有名無実となっている。ここに山南は脱走して、粛清の口実とされたのである。

だが、山南の粛清は近藤派にとって、自らの首を絞めるようなものであった。新選組の良心、オピニオンリーダーであった山南を失い、伊東の存在が大きくなってきた。

山南は近藤の耳に痛いことを言ったが、江戸以来の同志である。新選組の覇権に対する野心はなかった。

だが、伊東は新選組を踏まえて京都政界に羽ばたこうとする野心を秘めている。新選組は山南の緩衝を失って、近藤対伊東の二大派閥に色分けされてきた。

折から近藤、土方の新選組を私物化したような姿勢に対して、反感が強まっていた。そこに温厚篤実、視野が広く、きめ細かな理論派タイプの伊東が登場して、たちまち隊内の人気を集めていった。

局中法度や軍中法度によって隊士を縛るばかりであった近藤に比べて、伊東は論旨明快な説得力によって、隊士を洗脳していった。

近藤は佐幕、伊東は尊皇であり、両者の共通点は攘夷だけであった。その攘夷が馬関戦争や薩英戦争を通して、机上の空論にすぎないことが実証されたいま、共通点はまったく失われた。

隊力の充実のために伊東を呼んだ近藤も、庇(ひさし)を貸して母屋(おもや)を乗っ取られそうな勢いに、脅威をおぼえていた。

この状況を主膳ら三人は外から見守っていた。彼らは近藤の陰供として江戸へ下向し、伊東を見ている。初めから近藤と伊東が反(そ)りが合わないことを見抜いていた。

「このままいくと、新選組は真っ二つに割れるぞ」

主膳は逸早(いちはや)く予言した。

「面白いではないか」

内記が無責任に言った。

「幕府や会津藩にとっては、新選組が分裂することは好ましくないだろうな」

平四郎が推測した。

「新選組に頼っておるようでは、幕府も会津も先が見えたようだ」

主膳は自嘲するように言った。だが、それが実情である。蛤御門の変のような正規軍の対決は、頻繁に起きるものではない。目まぐるしく変転する政局の中で、やはり頼れるものは新選組の小回りの利(き)く戦力であった。

だが、新選組の亀裂は、三人に近いうちに大事件が起きるような予感をおぼえさせていた。

新選組が近藤派、伊東派の対立を深めている間に、長州藩では萩を中心とする恭順派と、馬関に挙兵した高杉晋作主導の尊攘派にわかれ、内戦となった。

この結果、尊攘派が勝利して、尊攘派が藩政を握ってしまった。蛤御門の変以後、驚くべき早さの復活であった。

幕府は長州の倒幕政権を放任できず、長州征伐を計画した。

このころ薩摩藩では、西郷吉之助が二度の流罪から召還され、政治の表舞台に台頭してきていた。

西郷主導の薩摩藩は、すでに幕府を見限り、長州藩に接近していた。会薩提携は有名無実となり、薩長同盟の素地がつくられていたのである。

第二次長州征伐には、徳川親藩こぞって反対したが、家茂は第一次長州征伐と異なり、反対を押して出陣、慶応元年五月二十四日、大坂城に入って、ここを本陣とした。

将軍直々、大坂城に乗り込めば、長州藩は戦わずして降伏するであろうと予測していたところが、まったく当てが外れて、最新兵器を装備し、軍備充分に、来るなら来いと言う構えを見せた。

幕府の権威は失墜した。薩摩藩は幕府瓦解の兆しと喜び、長州藩の気勢は上がる一方である。

元御庭番三人組は江戸から帰って以来、京の宿所になすことなく過ごしていた。だが、退屈はしていない。

近藤の陰供の形で、久しぶりに江戸へ帰り、身内や親しい知友に会って旧交を温めてきた。時代は三人を置き忘れて激しく流動しているが、また必ず出番があるような嵐の前の静けさを予感している。

江戸で堀に釣り糸を垂れたり、賭け碁(ご)をしたり、菰(こも)を広げたりしていた無聊(ぶりよう)とは異なる種類の無聊であった。

「老い先短い我らだ。起きることなら早く起きてくれぬと間にあわなくなる」

平四郎がつぶやいた。

「焦るな。時代と駆け比べするのも面白いではないか。いまのうちにゆっくりと老骨を休めておけ」

主膳がはやる二人をなだめた。

三

三人の予感を裏書きするように、九月二十一日、家茂が長州征伐の勅許を得た矢先、英仏蘭九隻の連合艦隊が兵庫開港を要求して、兵庫沖に碇泊し、戦闘態勢を整えて恫喝した。

英国公使パークスは開港に幕府が同意しても、勅許がなければ実行力がないのを悟って、天皇との直談を要求してきたのである。長州征伐どころではなくなった。パークスは幕府にとって屈辱的な五箇条の要求を打ち出してきた。

こうなってくると、二十歳の家茂の手に負えなくなる。一橋慶喜を大坂へ呼び、対応策を検討した。

家茂、慶喜、老中、朝廷、薩摩のおもわくが絡み、紆余曲折を経て、結局、慶喜の意見が結論となった。朝幕合同会議が開かれ、条約が勅許された。

長州藩になめられ、すべては慶喜の意志の通りに運ぶ政治に、はなはだしい無力感に陥った家茂は、慶喜を後任に推挙して、辞表を提出した。歴代将軍十四代中、辞表を提出したのは家茂が初めてであった。だが、これは朝廷や慶喜に慰留されて、辞表は撤回された。

この情報を耳にした老三人組は、家茂の治世が長くないことを悟った。

家茂は隠居した主膳を召し出した当人である。いわば死んだも同然であった三人（当時は四人）に、死出の花道を開いてくれた恩人である。家茂が辞任すれば、三人は京都にいる根拠、いや、生きている理由を失ってしまう。

どちらにしても、大したちがいはない。すでに会津藩からも忘れられてしまった彼らは、家茂の意識にその影も留まっていないであろう。だが、会津藩は三人を忘れていなかった。

この時期、近藤勇は長州訊問使、大目付永井主水正一行の随行を命じられた。土方以下、新選組の幹部隊士はこぞって反対した。池田屋の遺恨を決して忘れていない長州藩に近藤勇が乗り込むのは、飛んで火に入る夏の虫である。

だが、近藤は、

「この機会に長州を見ておきたい。長州がいかに血迷ったとしても、幕府訊問使に手を出すほど馬鹿ではあるまい」

と笑い捨てた。

「長州を侮ってはいかん。やつらは幕府をなめておる。幕府訊問使を血祭りに上げて挑発するやもしれぬぞ」

近藤ほど楽観的になれない土方は危惧した。近藤は内蔵助と変名を名乗り、伊東甲子太郎、武田観柳斎、尾形俊太郎の三名を同行者として選んだ。剣客よりも学者を選んだのである。沖田、永倉をはじめとする武闘派は長州に顔を知られている。

訊問にふさわしい論客揃いであったが、土方が危惧するように、長州藩が使者の一行を開戦の口実とすれば、狼の群の中に裸で飛び込むようなものである。

陰供として服部武雄、新井忠雄が選ばれたが、彼らは伊東派である。尊攘派の伊東が長州で寝返らないとも限らない。

「歳三さん、心配するな。また隠居御庭番に陰供をしてもらうよ」

近藤は言った。土方もうなずいた。

隊士ではないが、近藤、土方はいまや三人組に隊士以上の信頼を置くようになっている。

あの三人が陰供に付いてくれれば、沖田や永倉並みの戦力となる。

会津藩を介して、長州訊問使の陰供を命じられた三人組は、これが最後の花道になるかもしれないと覚悟を新たにした。

彼らも池田屋の援軍として突入して、顔を知られた可能性がある。蛤御門の変においては肥後藩の藩兵と渡り合い、鉄砲を分捕った。いつ、どこで、三人の面が割れるかもしれない。新選組隊士ではないまでも、江戸に随行して入隊試験の選考まで務めている。

訊問使の陰供ということであるが、実質は近藤の護衛である。

「会津藩の下知が、いつの間にか新選組の下知に変わってしまったようだな」

内記がぼやいた。

「まあ、よいではないか。ここまでくれば、会津藩も新選組も同じようなものだ。それだけ近藤から高く買われたのだ。京も飽きた。気晴らしに長州見物も悪くはあるまい」

主膳になだめられて、

「わしは前から安芸の宮島を見たいとおもっておった」

と平四郎が呑気なことを言った。

十一月十六日、永井訊問使一行は広島へ到着した。広島は以前毛利輝元の居城であったが、関ヶ原に敗れて防長の地へ移った。以後福島氏を経て浅野氏が入城してその藩領となった。その後二度にわたる征長軍の基地となったが、浅野藩は中立の姿勢を維持している。同地の国泰寺（こくたいじ）において、同二十日、長州側の使者、宍戸備後守（ししどびんごのすけ）と会談が行なわれた。

会見は国泰寺応接室十六畳の間で行なわれた。幕府側から永井ほか三名、長州側は宍戸一人が相対した。

永井ら三名は帯刀していたが、宍戸は無腰である。これは宍戸が被訊問者としての形式を踏んだのである。

近藤らは会見の席に入れず、廊下の端に控えていた。陰供は廊下にすら上がれず、庭上にうずくまっている。

会談の行方によってはどうなるか予断を許さない緊張が張りつめていた。宍戸は被訊問者の姿勢を取っているが、なんといっても長州に近い中立藩領内である。

永井は八項目にわたって厳しく訊問したが、宍戸は巧妙にのらりくらりと躱（かわ）し、不都合な点は知らぬ存ぜぬで押し通した。宍戸には会見の初めからまともに答ようとする意思はなかった。

訊問に誠意をもって答える意思があれば、初めから藩主が素直に大坂城に出向いていたはずである。いまさら訊問使などを派遣して、笑止であるという幕府を見くびった姿勢であった。

永井も長州側の応対は会談前から予測していた。だが、幕府としても訊問をしなければおさまりがつかない。

永井はこれ以上、訊問をつづけても意味なしと判断して、不満足ながら訊問を打ち切った。

このとき、宍戸と同行していた松原音三が、廊下の端に控えていた近藤勇を見て、

「永井家中の近藤内蔵助と名乗っている男は、新選組局長近藤勇ではないか」

と言い出した。松原の言葉に、宍戸の随行が色めき立った。

「すると、同行の者も新選組か」

「まず」

「永井め、新選組を家中と偽って引き連れて来たのか」

「天与の機会ではないか。近藤であれば、永井の家中ではない。公式会見に身分、姓名を偽り、新選組が潜入したとあれば、これを処刑しても、永井には我らを咎め立てできぬ」

池田屋の讐敵新選組が、永井の家中と偽って他領に潜入すれば、間諜として処刑できる。公儀御庭番が他領で処刑されても、幕府から公然と抗議できない理と同じである。

宍戸の随行の間で、たちまち近藤捕縛の案が煮つまった。

「手にあまらば斬って捨てろ。ここは中立藩領だ。後始末はどうにでもなる」

大津四郎右衛門が言った。

ほとんど同時に、近藤も長州藩使者の正体を察知していた。

近藤が探索方として召し使っていた元奇兵隊総督で六角牢に捕らえられていたのを、伊東甲子太郎の口利きで救い出した赤根武人という男が、近藤の陰供をしていた。

宍戸との会談後、赤根が近藤の許へやって来てささやいた。

「長州の使者、宍戸備後介は大変な喰わせ者です」

赤根によると、備後介は家老、宍戸備前の養子ということになっているが、百姓上がりの兵隊出身だという。

近藤は赤根の情報に顔色を変えた。これは幕府と長州の公式の会見である。それに見合う作法を踏み、大目付永井主水正を使者に立てた。

これに対して長州藩は農兵上がりの家老のにわか養子を代表として送ったということは、最初から幕府とまともな会談をする意思がないことを示したものである。

長州藩は、家茂の藩主出頭命令を無視したのみならずか、公式会談までも愚弄した。

だが、その場は胸をさすって堪えた。

まだ、会談は終わったわけではない。第二次会談が行なわれたが、宍戸の態度は相変わらず煮え切らず、大した成果もないまま終わった。

会談を終えて、永井主水正一行が会談場から引き揚げ、廊下の端に控えていた近藤がつづこうとしたとき、数人が彼を取り囲んだ。近藤は腰のものを預けて、脇差し一本であるのに対して、彼らは帯刀している。彼らは長州藩の家中である。

「待たれよ」

大津四郎右衛門が近藤に声をかけた。つづいて松原音三が、

「新選組の近藤勇殿とお見うけした」

と言った。

近藤は無言のまま通り過ぎようとした。その前を松原と大津が阻み、背後を広沢(ひろさわ)(真臣(さねおみ))以下、数名の者が塞(ふさ)いだ。その構えを見ただけでも、いずれも尋常ではない遣(つか)い手(て)である。いかに豪勇の近藤であっても、脇差し一本で彼らと相対すれば危ない。

「近藤勇殿がなに故(ゆえ)変名を使い、幕府使者の一行に紛(まぎ)れて、長幕会談の席に臨まれた

か。この儀、納得のいくようにご説明賜りたく、我らと同道願いたい」

大津四郎右衛門以下、有無を言わさず、近藤を拉致(らち)しようとした。抵抗すれば斬るという姿勢である。

「我は永井主水正家臣、近藤内蔵助である。公儀の使者に対して無礼であろう」

拉致されてしまえば、いかに近藤といえども袋の中の鼠(ねずみ)である。近藤はすでに永井一行から遠ざけられていた。

このとき庭の方角から矢声が発して、飛来した一本の矢が松原音三の袖(そで)を縫(ぬ)った。

長州藩の家中は愕然として矢が飛来した方角を見た。これまで庭にうずくまっていた老人三人が立ち上がり、一人は弓、一人は鞭(むち)、一人は鉄砲を構えて、近藤を囲んだ長州藩家臣団に狙いを定めている。

長州藩家中の者が眼中にも置かなかった訊問使随行のそのまた小者とおもっていた庭の隅に縮(ちぢ)こまっていた老いぼれ三人が、突如立ち上がり、面(おもて)も向けられぬような殺気を吹きつけてくる。

いまの弓の手並みを見ただけでも、彼らが尋常ならざる老人であることがわかった。

「我らは公儀直参旗本、将軍直属の探索の者にござる。お手前方、ただいま公儀使節大目付永井主水正殿のご家中、近藤内蔵助殿に対し、妙な言いがかりをつけておったが、我らの探索によれば、貴藩使者、宍戸備後介殿の御身分について疑義あり。公式の幕長会談に、貴藩が農兵上がりの奇兵隊出身者を代表者として送ったことが事実と判明すれば、貴藩は公儀を辱めたことになる。公儀御使節大目付永井主水正殿ご家中に近藤勇殿が仮に紛れ込んでいたとしても、貴藩を辱しめたことにはならぬ。事の性質のちがいがわからぬほど、ご家中、血迷ってはおるまい。たって公儀使節の随員を拉致するとあらば、我らも宍戸備後介殿の身分について、厳しく詮索しなければならぬ。それとも第二矢、鉄砲、鞭、おのおの方にお見舞い申そうか」

鉄砲を構えた三人の首領格の老人が渋い声で呼ばわった。

第一矢を放った弓の射手の手並みを見ても、三人がいずれも恐るべき遣い手であることがわかる。

和多田主膳の言葉に、長州藩家中は我に返った。将軍直属の探索方といえば、公儀御庭番である。彼らに宍戸備後介の身上を察知されたとなると、一大事であった。

近藤勇が変名を使って公儀訊問使に参加したごときの問題ではない。また、近藤勇はいまや幕府旗本大番頭であり、幕府の訊問使に参加していても、長州藩からなんら咎め立てを受ける筋合いはない。

農兵上がりの備後介を幕府への公式の使者に押し立てたことが公になれば、それだけで長州藩は幕府に対して申し開きができなくなる。

そのような計算をする前に、現実の弓と鉄砲と鞭の脅威の前に晒されて、長州藩家中は身動きできなくなっていた。

近藤の拉致を強行しようとすれば、まず三人は倒される。近藤自身、身に帯びたものは脇差し一振りとはいえ、天下に聞こえた豪勇である。長州藩家中が三人、一挙に倒されれば、残るは三人、これに対して公儀御庭番に近藤が加わって四対三。長州藩家中はたちまち劣勢に立たされてしまう。

いずれにしても、長州藩家中に勝ち目のないことがわかった。

「退け」

大津四郎右衛門が敗北を認めた。

この間に、永井主水正一行は国泰寺から出た。近藤勇は主膳、内記、平四郎の三人に守られて永井の後を追った。

広島会談は幕府側にとってほとんど成果のないままに終わった。幕府としてもこの際、フランスの武力を借りても長州藩の息の根を止めたかった。

だが薩長両藩は急速に歩み寄りながら、同時にイギリスに近づいていた。イギリスもすでに幕府の実力を見限り、薩長の後援をしていた。

幕長関係はいまや仏英の対立を代理している観をなしてきた。

獅子身中の虎

一

　将軍家茂は著しい無力感にさいなまれていた。将軍とは名ばかりで、彼の意志はほとんど通らない。幕威の衰えたいま、朝廷の力を借りなくては諸藩を押さえられなくなっている。

　一橋慶喜が禁裏守衛総督に任じられてからは、朝廷は江戸幕府を眼中に置かず、京都幕府を事実上の幕府と見なした。

　蛤御門の変により、長州軍を撃破した一会桑の勢力は、さらに確固不動となった。江戸はいまや京都幕府の一行政機関に成り下がった観があった。

　家茂は決して暗愚ではなかったが、彼のかたわらに年長でもあり、稀代の政治天才慶喜がいたことが、家茂の不幸であった。

十三歳で将軍に祭り上げられた少年が、日本史上初めて外圧にもみしだかれ、二百六十年にわたる鎖国後の近代化への脱皮に対応することは無理である。

長州藩からは馬鹿にされ、江戸幕府と京都幕府の意見が対立すると、慶喜主導の京都の意見に落ち着き、将軍でありながら一挙手一投足、勅許を要する。

無気力が極まって、朝廷に辞表を提出したが、朝廷と慶喜になだめられ、これを撤回した。

歴代十四代将軍中、自ら将軍の権威を失墜するようなみっともないことをしたのは家茂だけである。和宮の待つ江戸へ帰りたくとも、一存では帰れない。

こんな時期、家茂はふと、和宮江戸降嫁の際、陰供を命じた和多田主膳をおもいだした。

主膳以下、四人の元公儀御庭番は和宮の江戸下向の道中、尊攘激派による数度にわたる襲撃をよくはね返し、無事、彼女を江戸へ守り届けた。

その後、家茂上京の際も陰供をし、そのまま京に留まって新選組と共に活躍していると漏れ聞いている。祖父のような老人たちであったが、頼み甲斐のある者どもであった。

家茂は主膳に無性に会いたくなった。主膳と一緒に陰供をしたという三人の老人には、まだ一度も目通りを許していない。主膳以外の三人にも会っておきたい。

無気力の中でふとおもいついた家茂は、側近に和多田主膳以下、四人の元公儀御庭番を呼べと命じた。

突然、桜井豊後守を経由して、和多田主膳以下、四名の元公儀御庭番を大坂城へ召し出すようにと命を受けた会津藩は、愕然として顔色を失った。

四人組の一人、梶野甚左衛門は野村左兵衛の発案によって、柴司の代わりに詰め腹を切らせてしまった。土佐藩との確執で、会津藩が陥った窮地（きゅうち）を免れるために、隠居したとはいえ、元公儀御庭番を会津の人柱に立ててしまったのである。

もとより、この事実は桜井豊後守に報告していない。会津藩の下知につかせるという豊後守の言葉を鵜呑（うの）みにして、会津藩のスケープゴートにしてしまったのである。事の真相を家茂が知ったなら、どうなるか。軽輩とはいえ、直参旗本を徳川の支藩の陪臣を救うために詰め腹を切らせてしまったのである。

会津藩は青くなった。まさか家茂自身が、野村左兵衛が廃物と呼んだ隠退御庭番に呼び出しをかけてこようとは、夢にもおもっていない。真相が公になれば、会津藩の重臣がいくつ腹を切っても足りないくらいの重大事であった。

会津藩は事の重大性を悟って、重臣会議を開いた。

「拙者が腹を切って、大樹公にお詫び奉る」

発案者の野村左兵衛が言った。

「事はご家老一人の責任ではござらぬ。我ら一同、同罪にござる」

野村左兵衛を重臣一同が押し止(とど)めた。とはいっても、会津藩の重職全員が腹を切るわけにはいかない。

「この上は、三人の元御庭番に我らが窮状を打ち明け、大樹公お目通りの際、一人は老衰して死亡したということに装(よそお)うてはいかがでござるか」

手代木直右衛門が提案した。

「あの者どもが、左様な虫のよい頼みを聞いてくれるか」

野村左兵衛が問うた。

「それ以外に方策はござらぬ。もし聞き入れざれば、我ら一同、打ち揃うて腹を切る以外にござるまい」

会津藩の重臣はこのとき、廃物利用の人柱が高いものについたことをおもい知らされた。

「元五十俵十人扶持の軽輩とはいえ、隠居が死亡すれば届を出しましょう」

と田中土佐が疑義を呈した。

「それならば、蛤御門の変などで戦乱に巻き込まれ、行方不明になったとでも取り繕えばよい」

横山主税が一案を出した。

会津藩の窮地を救うための人柱であるので、甚左衛門の死は江戸には秘匿されている。

「おのおの方、左様な相談は三人の同意を得てからのことにござる」

手代木直右衛門に一喝されて、重臣たちは沈黙した。

二

将軍家茂の召しと同時に、会津藩から梶野甚左衛門の件については、在京中、行方不明になったという体にしてほしいと頼み込まれて、主膳らは会津藩の自分本意の虫のよさに呆れた。

「ご貴殿らのお腹立ちはもっともながら、いまここで梶野甚左衛門殿が我が藩のために腹を切ったと大樹公に報告されなば、宗家と会津藩にいかなる亀裂が生ずるやもしれず、徳川の藩屏(はんぺい)をもって任ずる我が藩にとって、まことに好ましからざる仕儀と相なりまする。手前勝手は重々承知なれど、朝幕の関係微妙にして、天下の風雲急なるいま、大局に立ち、ここはまげてご承服いただけまいか」

会津藩を代表して、手代木直右衛門は三人の前に面をこすりつけんばかりにして懇願(こんがん)した。彼らに好意的な手代木の苦衷(くちゅう)はよくわかる。

野村左兵衛が四人組のだれかを人柱に立てようと発案したとき、手代木一人が反対したと後から耳に入った。

いまや会津藩は徳川宗家を支える唯一の雄藩である。御三家でありながら、水戸は尊攘派の巣窟となり、紀州、尾張共に信じ難い。いまここに元御庭番の一死をもって、徳川と会津の間に不信のひびが入れば、甚左衛門の人柱を無駄にしてしまう。

「承知いたしました。もし上様より甚左衛門について御下問賜りましたなれば、蛤御門の変において消息を絶ったまま、行方知れずと言上(ごんじょう)仕(つかまつ)りましょう」

三人を代表して主膳は言った。

「かたじけない」

直右衛門はふたたび面を床にこすりつけた。

「されど、甚左衛門は貴藩のためにのみ死んだのではござらぬ」

主膳が言葉を追加した。

「とおっしゃると……」

直右衛門が面を上げた。

「甚左衛門は我ら三人のために死んでくれたのでござる。腹を切るのは甚左衛門でなくともようござった。我らのだれが腹を切っても、会津藩の御用には立ち申した。甚左衛門は我らを残して腹を切ったのでござる。我ら四人、共に切磋琢磨し、生まれたときはちがえど、君の馬前にて共に討ち死に仕ろうと誓い合った仲でござる。甚左衛門一人死なせて、おめおめと生き残った我らでござれば、ご家中のご事情はご事情として、このまま甚左衛門を合戦中の行方知らずとしては、冥府（めいふ）の甚左衛門に合わす顔がござらぬ」

「ご尤（もっと）もでござる」

直右衛門はうなずいた。なんと言われようと、返す言葉がない。

「会津藩の人柱に立った身が、合戦中の行方知れずとあっては、甚左衛門は浮かばれますまい。ついては、会津藩の誠意を示していただきたい」

「我が藩の誠意をいかように示したならばよろしいか」

直右衛門は問うた。

「甚左衛門には二人の子息がござる。長子は梶野家を継ぎ申したが、次男は終生、部屋住みにござる。甚左衛門の次子、先行き立ち行くよう、貴藩においてお取り計らい願いたい」

束の間、直右衛門は返答に詰まった。つまり、甚左衛門の次男を会津藩で取り立てろということである。主膳の会津藩の足許を見ての強請であった。

合戦中、行方知れずということは敵前逃亡をも意味する。会津藩の人柱であればとにかく、会津の都合によって人柱から敵前逃亡にされては、梶野甚左衛門の浮かぶ瀬がない。

主膳らにしてみれば、この程度の要求は当然であった。

「その儀、承知いたした。拙者、責任をもって梶野殿のご子息が立ち行くよう仕る」

直右衛門は言った。

主膳は甚左衛門の死を高く売りつけた。甚左衛門の命が戻ってくるわけではないが、多少とも彼の死を償えたかもしれない。

手代木直右衛門は信ずるに足る侍である。彼が責任をもって請け負ったからには、悪いようには取り計らうまい。

翌日午後、主膳以下三人は大坂城内において、家茂にお目通りした。この度の謁見は、前回のように簾越しではなかった。

「和多田主膳、室（和宮）の江戸道中の際、其方どもの働き、耳にしておるぞ。その後の働きも聞こえておる。大儀である」

　家茂は懐かしそうに言った。

「直答を許し賜る」

　かたわらから桜井豊後守が言葉を添えた。

「畏れ入り奉ります」

　三人は面を伏せたまま上げられない。

「苦しゅうない。面を上げよ」

　家茂が言った。三人はおずおずと顔を上げた。

「いずれも頼もしげな者どもよな。室から四人と聞いておったが、あと一人はいかがいたした」

　家茂は問うた。

「蛤御門の変に際して、会津藩のご家中と共に行動中、乱戦と相なり、消息を立ちましてございます。我ら必死に捜索をつづけておりますが、いまだに消息をつかめませぬ。おもうに長州藩退去のみぎり、放った火に巻き込まれたものと推測仕ります。蛤御門の兵火の中に行方知れずとなり、いまだに消息をつかめぬ者が少なからずございます」

兵燹（へいせん）に焼かれた焼死体の中には、男女の見分けすらつかぬ者もいた。

「梶野甚左衛門と申すか。その者の家はどうなっておるか」

「長子彦太郎が家督相続を認められてございます。なお次子彦次郎は近日中、会津藩ご家中に新規お召し抱えの予定にございます」

「そうか。それはよかった。なおこの上とも、甚左衛門の行方を捜すように」

家茂は言った。今日の謁見の模様は、桜井豊後守より会津藩に伝えられるであろう。将軍の耳に達したからには、会津藩は手代木直右衛門の言質（げんち）を反故（ほご）にできなくなった。

「紀州以来、連綿（れんめん）たる忠誠、余は嬉しくおもう。この上とも、徳川のために忠勤を励んでくれよ」

家茂は機嫌よく三人をねぎらった。三人は上々の首尾で御前から退出して来た。だが、主膳はなにか浮かぬ顔をしている。

「主膳、どうしたのだ」

将軍が退役（たいえき）した軽輩の元御庭番に直接目通り許すことは稀有（けう）である。彼らの祖先も御目見以下であった。

面目を施(ほどこ)してうきうきしていた内記と平四郎は、浮かぬ表情の主膳に不審の目を向けた。

「お主ら、上様の御顔色に気がつかなかったか」

主膳は問い返した。

「上様の御顔色……？」

「そうよ。あの御気色(みけしき)はただごとではないぞ」

「御気色斜めならずと見たが」

「たしかにご機嫌麗(うるわ)しゅうあらせられた。だが、あの土気色の御顔色は尋常(じんじょう)ではない。上様の御身体(おみたい)、患(わずろ)うておられるやもしれぬ。わしは上様の御面(みおもて)に死相が浮いているように見えた」

「主膳、めったなことを言うてはならぬ」

内記がたしなめるように言った。

「いや、そう言われてみれば、上様はいたく疲れておわすように見えたぞ」

平四郎が言い出した。

「二人とも聞いてくれ。上様はもしかすると、もう長くないかもしれぬ。今日の御目見は畏れ多いことであるが、上様が我らに別れを告げたもうたのかもしれぬ」

「なんだと」

内記と平四郎が顔を見合わせた。束の間、啞然としたようにたがいの顔を見合っていたが、突然、内記が弾けるように笑いだした。

「ははは、主膳、馬鹿もやすみやすみ言え。なるほど、上様はお疲れのご様子であった。江戸から離れ、内親王様と別れ別れの住み慣れぬ大坂城での針の筵のようなお暮らしに、身も心もお疲れあそばしているのだ。おいたわしい限りである」

内記が言った。

「江戸の内親王様の御許へ帰られなば癒される程度のお疲れならばよい。だが、覚悟だけはしておけ」

主膳は言い渡した。

三

三人が家茂に目通りしてから間もなく、幕府にとって驚天動地の事件が起きた。

慶応二年一月二十日、これまで会津藩と提携していた薩摩藩が坂本龍馬の斡旋によって、長州藩と連合したのである。

すでに一月八日、長州藩の桂小五郎が伏見二本松（にほんまつ）の薩摩藩邸に薩長提携の話し合いのために入っていた。

この動きを幕府は見過ごしていた。早耳の新選組監察方ですら、桂の薩摩藩邸入りを知らなかった。幕府は情報戦において、すでに薩長に敗れていた。

いや、新選組はまったく知らぬわけではなかった。新選組隊士、酒井兵庫（さかいひょうご）は薩摩藩士と親しく、たまたま一月八日、薩摩藩邸の近くへ来たとき、桂小五郎の姿を見かけた。

彼はこの情報を土方に報告したが、酒井を疑っていた土方は、これを取り上げなかった。むしろ薩摩と通謀（つうぼう）したとして、酒井を粛清してしまった。

この間、薩長連合から完全に蚊帳（かや）の外に置かれていた幕府は、二月七日、小笠原長行を再度広島へ送り、長州各支藩藩主に出頭を命じた。

第二次広島行にも近藤は同行した。近藤の陰供として三人も随行した。

三人にとってありがた迷惑のところもあったが、近藤の彼らに対する信頼は、第一次広島行以来、絶対的になっていた。

近藤の同行者は伊東甲子太郎、尾形俊太郎、篠原泰之進（しのはらたいのしん）である。

幕府は長州藩の実力を完全に見損なっていた。すでに薩摩と提携し、内乱を含んで内外の敵と戦い、イギリスに接近して洋式兵備に近代化されていた長州藩は、幕府恐るるに足りずの気概に溢れていた。

二次にわたる会談に応じたのも時間稼ぎに過ぎない。いまさら長州藩が幕府の召還に応じて、藩主が大坂までのこのこと出頭するはずもなかった。

この第二次広島行に同行した伊東甲子太郎は、長州藩訊問使の立場とは逆に、ますます長州藩士と誼を深くし、尊皇の志を篤くした。その意味で、同行者として伊東を加えたことは、最も悪い人選であった。

近藤の第二次広島行中、新選組隊内において会計方の河合耆三郎が、隊運用金に穴をあけたという廉で切腹させられた。

生家が裕福な商家である耆三郎は、隊士たちに自分の裁量で寛大に融通してやっていた。

土方から突然、手許に隊金がいくらあるかと問われ、帳尻が五十両合わなかったところから、局中法度に照らされて、会計方という地位利用による不正支出と見なされた。

だが、河合に出金を命じた五百両は、近藤勇が執心していた島原の遊女を身請けする金であったので、十日間の猶予（ゆうよ）をあたえられた。

河合の実家から不足金を埋めるために、多めに六百両が届けられたのは十三日目であった。使者が遅れたためである。金が届いた前日、河合耆三郎は土方の命で首を討たれた。

土方は河合が多数の隊士に金を融通して、罪を一人で背負ったことを察知していた。彼に武士として名誉ある切腹をさせれば、近藤の女を身請けするために命じた出金の正当性を問われる。土方としては河合に不名誉なる死をあたえなければならなかった。

河合は死の座に座って、首討ち役に、帳簿にあけた穴は千両と記録してくれと言い残した。

「自分は武士として死ぬことが許されぬならば、商人として死にたい。商人がたった五十両で死んだとあっては、死んでも死に切れない。せめて千両と記録してもらいたい」

と遺言した。

耆三郎の遺言通り、後日、河合家から千両箱が馬にくくり付けられて新選組に届けられたが、さすがの土方もその金を受け取ることができなかった。

近藤勇に随行して、第二次広島行から帰って来た主膳ら三人は、河合耆三郎の処刑を聞いて声を呑んだ。

主君のいない新選組の精神的拠点となった土方主導による局中法度であるが、最近の土方のやり方は度を超えている。いまや局中法度は新選組を律する理念から、恐怖政治の檻になった。

だが、土方の権力は絶対であった。江戸以来の隊士、永倉、原田、井上なども土方の粛清に怯えている。胸に不満はあっても、それを口にすることはできない。いつ自分が粛清の対象にされるかもわからない。

「この調子では、新選組も先がおもいやられるな」

主膳はつぶやいた。

第二次広島行から帰って、新選組内部に近藤派と伊東派の亀裂が大きくなってきた。もともと二人は水と油のように馴染まない性質である。

主膳は初めて伊東に会ったときから、彼を油断も隙もない人物と見ていた。識見豊かで、人望が厚い。洞察力に優れ、先見の明がある。広い人脈を駆使して集めた膨大な情報を分析して時代を鋭く見据えている。伊東の謦咳に触れた者は、たいてい彼のシンパになってしまう。彼の高説は豊かな教養に支えられ、マクロの視野を持ち、説得力に富んでいた。

だが、激烈な野心を柔らかな人当たりの糖衣の下に秘めている。いつまでも一道場主の枠におさまってはいない。いずれは天下に志を伸ばす熱い意志を持っている。

近藤も伊東の野心は察知していた。だが、彼はそれを新選組の拡大に利用しようとしていた。その点では、たがいに利用しようとしていたのである。

野心は近藤勇も持っている。だが、近藤の方が率直であり、正直であった。伊東のように教養や社交的な糖衣で野心を隠さない。

主膳が特に伊東を警戒するようになったのは、第二次広島行からである。伊東はこの機会を大いに利用して、長州藩の要人と親交を結び、近い将来の飛躍に備えた。

広島から帰京して来た近藤は、これ以上、伊東と行動を共にできないことを悟った。いまや新選組は近藤、伊東両派真っ二つに分かれた。土方が予言した通り、伊東に庇を貸して母屋を乗っ取られそうな勢いである。

だが、近藤としては、自分が入隊を勧誘した手前、いまさら出て行けとは言い出しにくい。

尊皇の行きつく先は倒幕である。尊皇佐幕はあり得ない。幕府の走狗たる新選組が尊皇佐幕の理論的矛盾を隊内に抱えて、分裂の危機を強めていた。

主膳は幕府の傭兵たる新選組の禄を食みながら、幕府の悪口ばかり言っている伊東を批判的に見ていた。

人それぞれの意見があり、野心を持つのはよい。だが、雇い主の禄を食みながら、その悪口を言うのは公正ではないと主膳はおもっていた。雇い主の悪口を言いたければ、その禄を捨てるべきである。

にもかかわらず、伊東は新選組そのものを乗っ取ろうとしている。そのような伊東の姿勢に、主膳は反感を持っていた。

紀州以来、徳川家に仕えている内記も平四郎も、伊東を快くおもっていないようである。だが、彼らはあくまで新選組の部外者である。よけいな口出しはすべきではない。

部外者と言えば、三人は奇妙な部外者であった。元御庭番であるが、すでに家督は息子に譲っている。家茂の直命によって召し出されたが、いまは会津藩の下知につき、そのまた御預かり身分の新選組の、実質的には遊軍のような形になっている。

だが、新選組には彼らに対する命令権はない。瘦せても枯れても元公儀御庭番であり、半農上がりの新選組とは格がちがう。新選組の応援や、近藤の陰供に際しても、あくまでも会津藩の下知を介しての新選組の委嘱という形を取っている。

委嘱であるから、いやなら断ることもできる。だが、主膳らは新選組の委嘱を一度も断ったことがない。委嘱のないときは、宿所で無聊を託つ以外にない。

時代がどんなに激しく流動していても、三人には無関係である。彼らは幕府、朝廷、会津藩、薩長以下諸藩、諸外国の狭間に生じた一種の真空地帯のような中にいた。

四

この間、幕長の関係は最悪の形を迎えていた。これ以上、征長をためらっていると、長州を増長させる一方である。幕府は諸藩に征長の大動員をかけた。

だが、四月十四日、薩摩藩は真っ向から出兵を拒否した。朝廷がなるべく穏便にすませよという趣意であるのに、「いたずらに兵を動かすのは天下の大乱を招き、天理にもとる」と言って出兵を拒否しただけではなく、幕府の征長を公然と非難した。

家康の天下統一以来二百六十年、幕府の権威はここまで落ちてしまったのである。

中核戦力の薩摩が参戦を拒否すると、征長戦略は大幅の修正を迫られる。諸藩にも薩摩を見習うものが出てくるかもしれない。

やむを得ず、幕府は薩摩抜きで征長軍を進めた。初戦は幕府が勝利したが、後半から長州に押され、戦況は一進一退(いっしんいったい)となった。

長州藩は内戦を含み、諸外国と戦い、兵器が近代化されているのに対し、幕府軍は依然として関ヶ原以来の刀槍を主力兵器としている。戦況が長引けば、たった一藩の長州藩を制することのできない徳川連合軍が張り子(はりこ)の虎であることを露呈してしまう。

三人の元御庭番は、時代の潮流から完全に置き忘れられていた。

三人だけではなく、新選組も第二次征長戦においては出番がなかった。洋式兵備された長州軍に対して、新選組はもはや通用しなくなったのである。新選組自体が時代の潮流から置き残されつつあった。

失われた支援者（タニマチ）

一

このころ大坂城内にあった家茂の病状が篤（あつ）くなってきた。持病の脚気（かっけ）に加えて、喉（のど）や胃腸の疾患（しっかん）が加わっている。

こんなとき最もよい手当てとなる和宮は遠く江戸に離れている。彼の枕頭（ちんとう）へ来るのは、征長軍の連戦連敗の報告ばかりである。

第二次征長に失敗すれば、幕府の権威は地に堕（お）ちる。徳川二百六十余年の歴史に終止符を打つ自分が、最後の将軍となるかとおもうと、病床にある身が焙（あぶ）り立てられるようなおもいであった。

だが、この病軀（びょうく）では前線に立つことはおろか、病間の歩行もままならない。家茂は病床で生きているのか死んでいるのかわからないような境界を漂流しながら、徳川の血筋に生まれついたのが自分の不幸だとおもった。

もし来世に生まれ変わることが可能であれば、ごく平凡な家に生まれたい。そして庶民の子として生まれ変わった和宮とまた出会いたい。

七月二十日、家茂は大坂城内で没した。享年二十一歳であった。

二十八日、家茂の遺命として、一橋慶喜を後継人として朝廷に奏請（そうせい）した。喪は当分秘匿（ひとく）された。


家茂の没後、一橋慶喜が徳川宗家十五代目の家督を継いだ。だが、彼はあえて家督だけ引き継ぎ、将軍職は辞退した。

徳川宗家の家督と将軍職は、本来セットになっている。これを慶喜は、家督は徳川家固有のものであるから、徳川の血流に連なる者として継承せざるを得ないが、将軍職は国事であるので受けないという庇理屈（へりくつ）を考えだした。

いま慶喜が将軍職を継げば、慶喜自身が提唱した雄藩連合による合議制政権を押しつけられてしまう。各藩それぞれのおもわくを持った寄せ集め政府で、この内外の困難を乗り切れない。むしろ征長軍の総指揮を執（と）って、長州を押さえ込んだ実績をもって将軍位に就任すれば、名実伴う将軍として朝廷を制し、諸藩に君臨することができる。

慶喜の設計図は巧妙であったが、出陣予定日の前日、北九州の幕軍拠点である小倉城が陥落してしまった。

慶喜はやむを得ず、朝廷に働きかけて朝命による停戦という形を整えた。

だが、どのように体裁を整えようと、第二次征長戦が完全な失敗であったという事実は、天下に公然となってしまった。

この事実を上塗りするように、八月二十日、家茂の喪が発表された。ようやく慶喜の出番が回ってきたわけであるが、まことにタイミングの悪い出番であった。

征長戦の中止は慶喜の最大の支持者であった松平容保や、賀陽宮（かやのみや）（中川宮）の信頼を失った。幕府の重臣たちは慶喜に対してなんの期待も寄せていない。むしろ、これまで京都幕府の重臣として独断専行（どくだんせんこう）していた慶喜に、反感を持っている。

だが、慶喜は強気であった。薩長をイギリスが支援していれば、幕府にはフランスの後ろ楯（だて）がある。フランスと提携して洋式兵備に切り替えれば、幕府の軍事力は薩長を圧倒できる。

慶喜の強気の拠点は、なんといっても大の幕府贔屓（びいき）の孝明帝の存在である。孝明帝おわす限りは、薩長がなにを画策しようと、尊攘倒幕派がなにをわめこうと、幕府は安泰であるという意識があった。

倒幕はとにかく、攘夷派は、その巣窟であった薩長両藩がイギリス以下諸外国に接近し、長射程の大砲の前に刀槍を振り回すナンセンスが露呈してしまったので、はなはだ気勢があがらない。もはや攘夷派は恐るるに足りない。

尊攘倒幕の浪士たちは、机上の空論の攘夷論では世論を動かせないことを知って、戦術を尊皇倒幕に切り替えた。

家茂の訃報は主膳ら三人に甚大な衝撃をあたえた。身分は天地ほど隔たっているが、家茂こそ、隠退した彼らを召集した直接の雇い主である。彼らは雇い主を失ったわけである。

「我らはこれからどうすればよいのか」

内記が言った。

「上様が薨去されたからには、もはや京に留まる理由もあるまい」

平四郎が言った。

「まあ待て。我らはいま、会津藩の下知についておる。上様が薨去されようと、勝手に動くことは適わぬ」

主膳が戒めた。

だが、その会津藩からすらも、このところなんの音沙汰もない。家茂の喪に関わりなく、三河屋からは充分すぎる手当が定期的に届けられている。与吉の配慮であろう。これまでの貯えもあり、暮らしにはなんの不安もない。

「江戸へ帰っても、どうせ居所のない我らだ。このまま京に根を下ろすのも悪くはあるまい」

主膳は言った。彼はわりあい都での暮らしが気に入っている。

いまや天下の中心は江戸ではなく都にある。食物はうまいし、女は美しい。成り上がり武士の都の江戸よりも、千年の歴史に培われた京の方が諸事雅やかで、洗練されている。

暮らしの不安もなく、都を終の栖とできれば、こんなけっこうなことはないではないかという意識が、主膳にはあった。

だが、意識の隅に、まだなにか起きそうな予感がしている。家茂は没しても、時代の流れが停まったわけではない。家茂が自分たちを召し出したように、時代がふたたび彼らを召集するかもしれない。

そうでなければ、三人を生かすために、率先して人柱に立った甚左衛門の死を無駄にしてしまうことになる。甚左衛門はどんな世の中が到来するか見届けろと言い残したのである。

折しも、尊攘倒幕の浪士たちは幕府の征長戦の失敗を彼らの存在主張の好機として、京の市街で長州藩を支援すべくゲリラ戦術を展開した。

この時期、幕府は京の二十ヵ所の制札場に、蛤御門の変後、長州藩の罪状を記述した制札を掲示した。

制札文の大意は、長州藩は尊皇を旗印にして自ら兵火を起こし、朝廷に発砲した朝敵であり、これをかくまった者は朝敵と同罪と見なすというものである。

攘夷を引っ込め、尊皇第一と藩論を統一した長州藩にとって、この幕府の制札はその存在理由を否定するものである。長州藩としては蛤御門の変においては、朝廷に発砲したのではなく、朝廷を乗っ取った「薩賊会奸(さつぞくかいかん)」に射かけた意識である。先に発砲したのが会薩であり、長州藩は応戦したという意識が強い。

幕府の制札は倒幕派の浪士たちにとって、恰好(かっこう)のゲリラの的となった。制札は無防備であり、一切抵抗しない。しかも、制札に対する攻撃の効果は大きい。

八月三十日早朝、三条大橋袂(たもと)の制札が墨で真っ黒に塗りつぶされ、鴨河原に投げ棄(す)

てられていた。町奉行所は新たな制札をつくって立て直したが、これも直ちに引き抜かれて、鴨川に投げ込まれた。

引き抜かれ、投棄されたものは一枚の板切れにすぎないが、これは幕府の権威の否定である。これを黙過すれば、幕威は地に堕ちたままである。

幕府は激怒し、町奉行所は新選組に犯人探索の協力を求めた。だが、犯人は神出鬼没で、奉行所と新選組の網を潜って制札の投棄をつづけた。

二十ヵ所の制札場すべてに張り込みはできない。仮に全制札場を警備するとすれば、兵力は薄くならざるを得ない。犯人は複数、それもかなり組織的に動いている模様である。

犯人一味としても、幕府に挑戦しているのであるから覚悟はしているはずである。もし、幕府側が犯行現場で犯人一味に後れを取るようであれば、新選組の面目どころか、幕府の権威そのものが失墜して、回復できなくなる。

犯人一味は新選組と奉行所を嘲弄するように犯行を重ねた。

土方歳三は洛中二十ヵ所の制札場のうち、最も狙われる三条大橋に兵力を集中して、待ち伏せすることにした。市中の中心であり、交通の要衝にある三条大橋の制札の投棄は、最も効果が高い。

土方は、一隊十二人編制、三隊三十六名を三条大橋を中心に、橋東詰所、高瀬通り東入ルの酒楼（しゅろう）、および先斗町（ぽんとちょう）町会所に常駐させて警戒に当たった。

これだけでもまだ不安であった土方は、隊士二名を乞食（こじき）に変装させて、橋桁（はしげた）の下に潜（ひそ）ませた。これは新選組としては池田屋以来の警備態勢であった。

「いいか、我々が守るものは単なる板切れではないぞ。公儀の権威と新選組の面目がかかっているのだ。公儀を恐れざる不逞者（ふていもの）め、一匹残らず捕まえろ。歯向かえば、その場を去らせず斬り捨てろ。二度と制札に手を出せぬようにおもい知らせてやれ」

土方は隊士たちに檄（げき）を飛ばした。土方にとっては、鴨川に投げ込まれた制札が、新選組の隊旗のような気がしていた。

二

「近ごろ、公儀の制札が塗（ぬ）り潰（つぶ）されたり、引き抜かれたりしておるそうではないか」

旅籠（はたご）でとぐろを巻いていた主膳が、巷（ちまた）の噂（うわさ）を聞きつけて言った。

「薩長が攘夷を捨てて、頼る場所を失った攘夷倒幕の浪士どもが、閑（ひま）をもてあましているのであろう」

鼻毛を抜きながら内記が言った。

「やつらも我らと同じように閑と見ゆるな」

平四郎が欠伸を嚙み殺した。

「どうせ我らも閑な身分だ。一体、どんな不埒者が制札を引き抜いておるのか、見物に行かぬか」

主膳が誘った。

「制札引き抜きの見物か。そんなものを見物してどうする」

内記が鼻毛を抜く手を止めて、主膳の方へ目を向けた。

「我ら、隠退したとはいえ、徳川の縁につながる者じゃ。公儀の制札に手をかける者を見かけなば、制止しようではないか」

「制止して、おとなしく言うことを聞くような手合いではあるまい」

平四郎が今度は欠伸を抑えずに言った。

「そのときはよい稽古になろう」

「稽古？」

二人が主膳に視線を集めた。

「そうよ。旅籠でなにもせず、膝を抱えて日向ぼっこをしていると惚ける一方じゃ。

このままでは死出の旅路どころか、三途の川も越えられずに押し流されそうじゃ。惣け払いにどうじゃ」

「新選組や奉行所が躍起になって追いかけている相手じゃぞ。我ら老いぼれ三人の手に負える相手ではあるまい」

「手強ければ、見物するだけでよかろう。わしらはどうせ隠居じゃよ。無理をすることはない」

「なるほどのう。制札荒らしの見物か。恰好の時間潰しにはなるの」

内記と平四郎が興味を持ったようである。

家茂が薨去した後、三人は気が抜けたようになって、なすこともなく宿所でごろごろしていた。時代は激しく旋回しているが、幕府の第二次征長が停戦となって、京都は束の間の平穏を回復した。倒幕派の浪士が制札を引き抜いて幕府に嫌がらせをしている程度で、大変はない。

浪士どもがゲリラを展開していることが、大変のない証拠である。嵐の前の静けさであるが、嵐の気配に関係なく、京は都として活気を取り戻している。

中原に覇を唱えようとして、幾多の武将が上洛して、そして滅びていったことか。権力の変遷の歴史を見守ってきた都の人間は、権力の脆さを知っている。彼らは権力を信じない。都の殷賑は幾多の戦火を潜ってきた市民のしぶとさを示している。市民にとっては、尊皇倒幕も攘夷もない。彼らにはただ日々の生活があるだけである。市民にとってはイデオロギーよりも、市民生活を潤してくれるものが有り難い。その意味では財布の口が渋い会津藩や薩摩藩よりも、気前のよい長州藩が評判がよい。長州贔屓の市民がこぞって制札荒らしを支持しているので、幕府はなかなかその尻尾を捕らえられない。

連夜の張り込みに、新選組隊士は倦んできた。土方は躍起になって幕府の権威と新選組の面目を訴えているが、隊士たちにとっては、制札は板切れにすぎない。

一応武士の恰好をしているが、新選組の羽振りのよさに惹かれて、世に出ようとして応募してきた若者たちが多い。途中参加の隊士たちには、幕府に対する忠誠心が薄い。彼らにとって板切れが何枚引き抜かれようと、新選組がわざわざ出向くまでもないという意識がある。

「馬鹿にしておるではないか。我らは板切れの番人をするために新選組に参加したのではない。そんなもの、引き抜きたければ好きなだけ引き抜かせればよいではないか」

「左様。制札など引き抜かせたままにしておけばよい。制札がなくなれば、なにが書いてあるかわからぬ。新たに立て替えるから、また引き抜くのじゃ」

「公儀が放置しておけば、やつらも気が抜けてしまうであろう」

夜毎の張り込みに駆り出された隊士たちは、制札場近くの酒楼に上がり込んで、酒宴を張りながら、鬱憤を打ち明け合っている。

新井忠雄を隊長とする新選組隊士十一名は、九月初旬から三条大橋の袂に陣取って、制札荒らしの現われるのを待ち伏せていた。すでに三夜、空振りに終わって、隊士たちはうんざりしていた。

旧暦の九月十二日は新暦の十月二十日に相当する。九月は長月と呼ばれ、夜が長い。これは夜長月の略語である。

九月十三日は十三夜で、八月十五日の十五夜と同じように団子を供えて月を眺める。だが、十三夜の団子は十三個で、餡ではなく、黄粉がまぶしてある。

遊郭では十五夜に来てくれた客に十二、十三、いずれかの夜にも月見に来るように約束をさせる。今日のバレンタインデーのように、月見を客寄せに利用している。

どこで見ても月は月であるが、京の月は歴史に彩られていて、特に趣があるようである。

秋の月は月光が青く澄み渡り、美しく見える。夜間、「月夜に提灯、夏火鉢」と古い諺に言われたように、照明の乏しい時代に提灯を持たずに歩き回れた月の明るい夜は、京都のナイトライフを豊かにした。

　夜間はかなり冷え込む。新井忠雄は不寝番も置かずに、酒楼で隊士一同と共に酒浸りになっていた。隊長からしてこの為体であるから、隊士も本気で待ち伏せしようとする者はいない。

　このように酒に腰が抜けていては、制札荒らしが現われてもものの役に立たないが、どうせ今夜も現われまいとたかをくくっていた。

　同じ夜、元御庭番三人組は三条大橋に向かって歩いていた。万一に備えて、内記は鞭、平四郎は弓を携えている。見物とはいえ、元御庭番の習性から、一応の用心はしている。

　彼らは最も狙われやすい三条大橋の制札場へ足を向けた。新選組もそこへ兵力を集めて監視しているらしい。

「新選組が待ち伏せているとわかっているところへ、のこのこ制札荒らしが現われるかな」

　平四郎が言った。

「待ち伏せているのは浪士どもの方かもしれぬぞ」

主膳がなにかを含んだような言い方をした。

「それはどういう意味じゃ」

内記が問うた。

「ただの制札荒らしではない。きゃつらは新選組を挑発しておる。新選組をおびき出して打ちのめせば、制札を鴨川へ投げ込むどころではない。新選組の威名は地に堕ちる。新選組はいまや幕府の表看板じゃ。新選組を叩きのめせば、幕府の表看板を鴨川へ投げ込んだようなものよ」

「ならば、なぜ出て来ぬ」

平四郎が問うた。

「連夜の待ち伏せに肩透かしを食わせれば、新選組も油断する。連夜、凝っと待ち伏せているわけではなかろう。酒が重なってへべれけになるのを待っているのであろう。この間に待ち伏せの兵力を探り、腕におぼえのある者を揃え、酒に腰が抜けたところを見計らって討ち込んでくれば、新選組といえども後れを取るやもしれぬ」

「さすがは主膳、読みが深いのう」

内記と平四郎が感心したように言った。

「とにかく油断をするな。新選組危うしとなれば、見過ごしにもできまい」

「また池田屋の二の舞か」

「今度は甚左衛門がおらぬぞ」

内記と平四郎が辟易（へきえき）したような顔をした。

「池田屋とちがって野外じゃ。旗色が悪ければ、尻に帆をかけて逃げればよい」

主膳が言った。

三

この夜、土佐藩の尊皇派、藤崎吉五郎（ふじさききちごろう）、宮川助五郎（みやがわすけごろう）ら八名は、丸山（まるやま）の料亭「東次（とうじ）」に集まり、酒宴をしていた。メートルが上がるほどに制札を引き抜こうと言いだしたのは宮川である。面白いとたちまち一同が和して酔余（すいよ）の勢いを駆って表へ繰り出した。彼らは鴨河原の南の方角から三条大橋に近づいた。いずれも土佐藩中の遣（つか）い手揃（てぞろ）いで、新選組なにほどのことやあらんと呑んでいる。

土佐藩の一行を最初に発見したのは、橋の下に菰（こも）をかぶって潜んでいた橋本皆助（はしもとかいすけ）である。長剣に大髻（たぶさ）、一見して長州か土佐系の武士であった。夜気に酒気が漂（ただよ）っている。詩を吟（ぎん）じながら悠々とやって来た。

蛤御門の変後、長州藩士は洛中から追われている。土佐系であれば、一応会津藩の同盟藩であるので、現行犯でなければ手を出せない。橋本は武者震いを抑えて、様子を見守っていた。武士団は橋本に見られているとも知らず、制札場の木柵を乗り越えようとした。

橋本は同志に連絡すべく、堤の上にのぼった。だが、土佐藩士は乞食姿の橋本を無視した。

橋本はまず新井隊の屯（たむろ）する酒楼へ走った。だが、新井隊は、隊長の新井以下、酒に腰が抜けていて素早く反応できない。

新井隊だけでは心もとないと悟った橋本は、隊士の浅野に橋東詰所に待機している大石鍬次郎に連絡するように告げて、自分は原田左之助の隊に通報するために町会所に向かった。

だが、ここで意外な蹉跌（さてつ）が生じた。橋東詰所にいる大石に連絡しようとした浅野は、いったん橋を渡りかけたものの、屈強な土佐藩士が制札を引き抜いている現場に恐れをなし、橋を避けて鴨川を渡った。このため大石隊への連絡が遅れた。

最初に連絡を受けた新井隊では、隊長の新井が泥酔していて、呼べど叫べど、身体を揺すってもなかなかに目を覚まさない。この間に、土佐藩士は制札を引き抜いていた。

　土佐藩士を最も先に捕捉したのは、町会所から駆けつけて来た原田隊であった。制札を鴨川に投げ込み、意気揚々として引き揚げかけた土佐藩士の前に、原田隊が立ち塞がった。

　だが、新選組は原田以下四名で、残りの隊士はまだ現場へ駆けつけて来ない。原田隊も連夜の張り込みに疲れて、対応が遅れたのである。二対一の絶対的劣勢下で、新選組は土佐藩士団と斬り合った。状況は池田屋と似ていた。

「新選組は寡勢だ。分断して討ち取れ」

　宮川が的確な指示を下した。原田以下、歴戦の新選組隊士も多勢に無勢で、次第に土佐藩士の長剣に斬り立てられてきた。

「堪えろ。間もなく新井君や大石君が駆けつけて来る」

　原田は隊士と背中を合わせて戦いながら叱咤したが、乱戦のうちに、次第に分散させられている。

「新井君や大石君はなにをしておる」

　原田は歯ぎしりしながら戦っていたが、応援が駆けつけてくる気配は一向にない。

　このとき、新井はようやく目を覚ましたものの、意識朦朧として足がふらつき、戦える状態ではなかった。

一方、大石には浅野が遠回りしたために、まだ通報されていない。東袂の大石の詰所には剣戟（けんげき）の響きも届かない。

そこへ隠退御庭番三人組が来合わせた。一見して新選組が苦戦している。深刻な状況を察知した平四郎が、逸早（いちはや）く弓に矢をつがえて引き絞った。同時に、主膳と内記が乱闘の中に駆け込んだ。

突然、背に矢を突き立てられ、きりきり舞いしながら倒れた土佐藩士の一人、早川（はやかわ）安太郎（やすたろう）に藩士団は愕然（がくぜん）とした。そこへ疾風（しっぷう）のように主膳の居合と内記の鞭（むち）が走り、藤崎吉五郎は右足の膝を割られ、安藤鎌治（あんどうかまじ）は目を打たれて視力を失い、共に戦闘能力を失った。彼我の兵力はたちまち逆転した。

攻守ところを変え、土佐藩士団は防戦一方に立った。ようやく大石隊が駆けつけてきた。松島和助（まつしまわすけ）、沢田甚兵衛（さわだじんべえ）、岡山禎六（おかやまていろく）、中山謙太郎（なかやまけんたろう）の四名は逃げた。

宮川助五郎一人、最後まで激しく抵抗した。

原田左之助と、そのときようやく駆けつけて来た新井忠雄が、二人がかりで辛（かろ）うじて宮川を斬り伏せた。

だが、まだ死んでいない。新井が止（とど）めを刺そうとした。

「死ぬような傷ではござらぬ。後日の証人として生かしておくがよろしかろう」

と主膳が新井を制した。

制札荒らしが長州藩士であれば、この場を去らせず討ち果たしてもよい。だが、土佐藩士が制札荒らしに加わっていたとなると、会土同盟に影響する。

もともと土佐藩には尊皇派が多い。土佐藩士、麻田時太郎の誤殺事件も同藩にしこりとして残っている。三人組にとっては盟友、梶野甚左衛門を人柱に立てさせられた痛恨の事件であった。

「お主らはなに者だ」

血のにおいを嗅いで、殺気だった新井は主膳以下三人組の方へ血走った目を向けた。

「新井君、言葉に気をつけたまえ。貴君が泥酔して寝くたれている間に、このお三方がご助勢くださったのだ。元将軍家御庭番、ただいま会津藩の下知につき、我らの客分としてお手伝いいただいておる」

原田左之助にたしなめられて、新井ははっとしたように、

「それでは、この三人が池田屋で……」

と言いかけて、後の言葉を呑み込んだ。

池田屋事件のときは、まだ新井は新選組に参加していない。だが、隊内で隠退老御庭番の隠れた働きは伝説のように伝わっている。新参ではあるが、諸士取扱役兼監察として重用されている新井が、三人組と直接顔を合わせたのは、これが初めてであった。

これまでにどこかですれちがっているような気もするが、会津藩の隠居ぐらいに考えて、眼中になかった。まさかこの老いぼれ三人が池田屋の伝説的な救援者とは知らなかった。

「これはご無礼仕(つかまつ)った」

新井は素直に頭を下げた。

「いらざる口出し、お許しくだされよ」

主膳も頭を下げた。

宮川助五郎はその場で応急手当てを受け、捕虜となった。後に彼は、会津藩へ身柄を引き渡されたが、会土関係を考慮した会津藩から、土佐藩へ送還された。

宮川の引取人になった土佐陸援隊長中岡慎太郎(なかおかしんたろう)が、その相談に坂本龍馬を訪ねた夜、刺客(しかく)に襲われて運命を共にする。

主膳の一言によって危うく一命を拾った宮川助五郎は、三条制札事件で刀を交えた新井忠雄と共に、明治二年（一八六九）六月二日、新政府から軍務精励を賞されて、五十石を下賜される。

三条制札事件は歴史の流れにさしたる影響はあたえなかったが、この夜の事件がなければ、中岡慎太郎は死なずにすんだ。

この事件以後、新選組は内部分裂を早めていく。

慶応二年（一八六六）後半期、家茂の死後、慶喜が十五代将軍に就任すると、天下は幕府と反幕勢力の二色にはっきりと分けられた。反幕勢力の主力は薩長二藩である。

だが、この対立は紅白のように単純なものではなく、幕府の背後にはフランス、薩長はイギリスが後押しし、両国の代理対立の観を呈しつつある。

勝海舟は英仏の野心を見抜いて警戒していたが、いまや英仏抜きでは、幕府、薩長もへたに手を出せないことも事実である。英仏を絡めた彼我のおもわくが、辛うじて幕府と薩長の間に力の均衡を保っている。

孝明帝は徹底して幕府贔屓であったが、同時に外国を蛮夷として毛嫌いしていた。

理屈ではなく、生理的な感情であるだけに、始末に悪い。

だが、孝明帝のおかげで、岩倉具視以下、反幕派公家は朝廷から追放されて、幕府は京都における優位を辛うじて維持していた。

この時期、幕府に致命的なダメージをあたえる事態が出来した。

かねてより病弱であった孝明帝が、十一月初旬に発病し、十二月二十五日、手当ての甲斐なく崩御したのである。病名は天然痘とされたが、倒幕派によって暗殺されたという噂も流れた。

帝の崩御に最も衝撃を受けたのは慶喜である。孝明帝は十三代将軍の座を慶喜と家定が争ったころより、慶喜の支持者であった。慶喜が京都にあって、江戸の幕閣との対立を深めていたとき、慶喜のために禁裏守衛総督というポストを新設してくれたのも孝明帝であった。

帝は幕府贔屓というよりは、慶喜の支持者であり、個人的なタニマチと言ってもよい存在であった。

孝明帝は日本歴史中、後醍醐天皇と昭和天皇と並ぶ激動の時代を担った天皇である。徹底した幕府贔屓で、尊皇倒幕派にとっては、その精神的拠点であるはずの帝が最大の障害となっていた。

帝の死は尊皇倒幕派にとっては起死回生のチャンスであり、慶喜にとっては致命的な打撃となった。

修羅の花道

一

このような京都政情から、孝明帝の暗殺説は流布したのである。

伊東甲子太郎は、いまこそ新選組から分離する千載一遇の機会と見た。

伊東にとって、新選組は都へ出るための乗物にすぎない。便利な乗物ではあるが、新選組はしょせん時代に逆行して沈みゆく船にすぎない。そんな船に乗っていて、近藤、土方らの時代錯誤者と、運命を共にする気は毛頭ない。

だが、新選組には局中法度がある。主君と主家に対する忠誠を第一義とした武士に比べて、〝半武士〟の集団である新選組は、その精神的拠点として五箇条の御誓文とも言うべき局中法度を定めた。

その第二条に、「局を脱するを許さず」と規定している。この鉄の掟に背いた者は山南敬助が処断されたように、隊草創の隊士といえども容赦されない。伊東の新選組離脱が脱隊と見なされれば、局中法度に照らして処刑される。

新選組という船にいったん乗った以上は、簡単には下船できない仕組になっていた。山南粛清後、その地位を奪った観のある伊東であるが、それだけに深く新選組に関わってしまった。新選組からの離脱は脱走ではなく、分離・独立の体にしなければならない。

伊東は分離・独立を近藤に持ちかけるに際して、かねてから温めていた新選組複眼論を持ち出した。

「いまや時代は激動している。新選組も徳川家の御楯として重きをなしている。徳川最精鋭の兵力を擁し、その規模も大名並みになっている。大名にも国元、江戸屋敷、京都、大坂屋敷などがあるように、新選組も一ヵ所に集中していては視野が狭くなり、激しい時勢に対応できなくなる。我々は新選組から脱隊するものではない。この際、新選組を複眼にするために、別隊として本隊と協調しながら徳川家の御為に尽くしたいとおもう」

と伊東は近藤を説いた。

土方はもとより、伊東の新選組複眼論を詭弁として大反対であった。

「口から先に生まれたようなあの野郎、複眼などと言いやがって、配下や手なずけた連中を引き連れて集団脱走しようとしていやがる」

土方はもともと伊東の新選組参加に反対であり、新選組を乗物にした伊東の魂胆をとうに見抜いている。

伊東は孝明帝崩御の機会をとらえて、慶応三年（一八六七）一月十八日、腹心の新井忠雄らを従えて、九州遊説の旅に出た。土方との緊張した対立を避け、併せて分離・独立の基盤を築くための遊説である。

三月上旬に帰京した伊東は、十三日、十五日、近藤勇と会って、分離の具体案を論じ合った。面談といっても、伊東の一方的なペースで進められた。伊東の勢力はもはや近藤の力をもってしても抑止できないほど大きくなっていた。

近藤は結局、伊東の複眼論に説得された形で、その分離・独立を認めた。このまま分離を認めず隊内に留めておくと、伊東の勢力はますます拡大し、新選組そのものを乗っ取られそうな脅威を近藤がおぼえたからである。

いまや伊東は平隊士の大多数の尊敬を集め、永倉、井上、原田などの試衛館以来の同志すら、伊東寄りになっている。藤堂は初めから伊東の崇拝者である。

伊東が近藤と別隊の分離・独立を面談したときは、すでに根回しが完壁に行なわれていて、近藤の反対する余地はなかった。

近藤の同意をしぶしぶ取りつけた伊東は、三月十九日、泉涌寺塔頭戒光寺の湛念の周旋により、孝明天皇陵の御陵衛士を拝命した。そして山稜奉行戸田大和守の支配下に入った。別隊どころか、組織的にも新選組から離れて独立したのである。

伊東甲子太郎以下、服部武雄、新井忠雄、藤堂平助、鈴木三樹三郎、篠原泰之進、斎藤一、橋本皆助等十四名、白昼堂々と武具をかつぎ、身の回りの品を手にして、居残るほぼ全隊士見守る中を屯所から出て行った。このうち鈴木は九番隊隊長、斎藤は三番隊隊長、藤堂は八番隊隊長。また藤堂は試衛館以来の同志であり、池田屋討ち込みの一員である。斎藤は沖田、永倉と並ぶ剣客であり、服部、新井、篠原も、隊有数の遣い手であった。新井、毛内は監察方、橋本は平隊士ながら三条制札事件で活躍した。つまり、新選組の中核兵力をごっそり引き抜かれてしまったのである。

近藤は奥の部屋に閉じこもって出て来なかった。土方は冷然と一行を見送った。

土方は表面、平然としていたが、内心は歯ぎしりしていた。新選組創立以来、このような屈辱を味わったことはない。このままではすまさぬと、彼は固く心に誓った。

単に屈辱だけではない。新選組の中核隊士をごっそりと持っていかれて、新選組そのものがかなり弱体化してしまったことは否めない。

六月八日、伊東派はさらに月真院へ移住した。彼らは新選組の報復に備えて、刀を抱いて眠った。

御陵衛士とは、策士伊東らしい新隊名である。幕府の傭兵であった身が、先帝（孝明帝）の墓の番人に変わった。門前に菊の紋章を麗々しく打ち抜いた一対の高張提灯を掲げ、同じ紋章を染めた幔幕を張りめぐらしている。これは新選組除けであったが、土方の目には、新選組を挑発しているように見えた。

大量脱走した御陵衛士を放任しておくことは、新選組の名声と威勢を傷つけるものである。だが、いかな土方といえども、菊の紋章に守られた御陵衛士の拠点に討ち込むことはできない。

「歳三さん、焦るな。やつらには服部や新井や、篠原がいる。藤堂もしたたかだ。真正面からぶつかって伊東を討ち漏らしたり、万一後れを取るようなことでもあれば、取り返しがつかぬ。伊東一人をやれば、あとは雲散霧消する。手は打ってある」

近藤はしきりに焦る土方を抑えた。

近藤の言う打ってある手とは、伊東に従いて脱退した斎藤一である。近藤は斎藤を密偵として伊東派に潜り込ませたのである。

「だが、待っておる間に、伊東派は日一日と力をつけていくぞ。現に御陵衛士の名前で新隊士を募集している」

伊東の名声は二度の長州行と、分離直前の九州旅行によって南西雄藩にも知られ、いまや全国区になっている。御陵衛士は新選組よりも人気が高くなっている。土方が焦るのも無理はない。

「隠れ蓑(みの)ではあっても、へたに伊東に手を出せば、菊のご紋章に刃を向けた者として、新選組は伊東や薩長に恰好の口実をあたえてしまうぞ」

近藤が諭(さと)すように言った。

「ならば、伊東が一人になっても討てぬではないか」

土方が顔色を改めた。

「まあ、落ち着け。このようなことのために、我らには秘密兵器があるではないか」

近藤がにやりと笑った。

「秘密兵器?」

「歳三(とし)さんも、池田屋、三条大橋でその秘密兵器の手並みをとくと見せてもらったはずだ」

「まさか、あの老いぼれ四人……いや、三人組に」

土方が驚いたような表情をした。

「すでに隠退した元御庭番、墓石に片足かけたような老いぼれが、惚けてなにをしようと新選組の関わり知ったことではない」

近藤の表情がこの上なく冷酷になった。土方も元御庭番三人組の尋常ならざる手並みはとくと承知している。だが、仮にも元公儀御庭番が新選組の委嘱を受けて、その内紛に手を貸すであろうか。

土方の表情を読んだ近藤は、

「歳三さん、案ずることはない。伊東は局中法度に背いて新選組を脱退しただけではない。きゃつらは幕府を裏切ったのだ。幕府より会津藩の下知につき、いま新選組の客分となっておる三人に伊東の処分を命じても、なんら不都合はない。三人が伊東らに返り討ちに遭ったところで、すでに充分に生きた。おもい残すことはなにもあるまい」と言った。

「隠退したとはいえ、元公儀御庭番直参旗本が我らの委嘱を受けて伊東を斬ってくれるかな」

土方の表情はまだ懐疑的である。

「すでに江戸、長州と我らの陰供をしてくれた三人だ。それにどうやらあの三人、伊東によい感情を持っていないようだ。徳川の栖たる新選組に庇を借りながら、尊皇を唱えておる伊東を獅子身中の虫と見ている。我らの委嘱をいやとは言うまい」

近藤は自信ありげに言った。さすがは近藤、紀州以来の譜代の御庭番として徳川家に仕えている三人組の心情をよく察知している。近藤の深慮遠謀に、土方もようやく得心したようである。

伊東の処分に三人組の起用は絶妙である。新選組が真っ向から伊東派にぶつかれば、新選組としてもかなりの損害を覚悟しなければならない。首尾よく伊東を討ち果たしたとしても、菊の紋章を張りめぐらした御陵衛士と事を構えれば、薩長や倒幕派の口実とされてしまう。

隠居した老元御庭番が伊東を討ったところで、幕府や新選組にはなんの責任もない。むしろ老いぼれ三人に討たれた伊東が、天下の侮りを集めるだけであろう。三人組が返り討ちに遭っても、死ぬ手間が省けたというものである。

「三人組に委ねるのはよいとしても、急いだ方がよいぞ。明日死んでもおかしくない老いぼれどもだ」

土方はすでに近藤案を踏まえて言った。

「案ずるな。あの者どもはまだ当分は死なぬ。江戸でくすぶっておったのが、京へ上って若返っておるよ」

近藤は保証するように言った。

二

この間も時代は激しく流れていた。

慶喜は孝明帝崩御のダメージにめげず、フランスの主導のもとに兵備の洋式改革を急いだ。幕府の武力を充実し、併せて官僚機構を近代化して、朝廷にはない政治能力を拡充し、徳川の絶対的中央集権を再現する。これが慶喜の悲願であった。

この時期、二月二十六日に幕府がオランダに注文した新鋭戦艦開陽丸（かいようまる）が日本へ着いた。開陽丸によって、幕府の海軍兵力は日本第一等になった。

慶喜はさらに、英、仏、米、蘭四ヵ国の代表と大坂城で謁見（えっけん）し、勅許を得ぬまま兵庫開港を言明した。これは慶喜が、日本の統治権を幕府が掌握（しょうあく）していることを諸外国に証明したものである。

慶喜のこのパフォーマンスは薩摩藩に攻め口をあたえた。薩摩藩は兵庫開港の無断言明の責任を慶喜に問い、政権を幕府から薩摩藩主導の越前、土佐、宇和島（うわじま）四藩連合へ移そうと画策した。

だが、宇和島、越前両藩は薩摩藩の企図に反発した。

同時期、近藤勇は朝廷に建白書を奏呈した。

その大意は、長州追討は朝廷より節刀を賜ったる聖戦であるにもかかわらず、これを妄挙、無意味な戦いと申し立て、先帝を軽蔑し、前将軍を踏みつけにすることは臣として心得難く、長州を許さば天下の紀綱は相立たず、長州征討に参加した諸藩すべて有罪と相なり、朝幕の面目立ち申さずというものである。

奏上の是非、その効果は別として、半農出身の江戸のおんぼろ道場の浪人刺客が、諸侯に伍して堂々とものを言えるようになったのである。

近藤の建白書は朝廷に対する効果よりも、諸侯、特に薩長を驚かせ、伊東を愕然とさせた。その意味では、新選組の存在が剣だけではなく、政治的にも断然重きをなす効果抜群のデモンストレーションとなった。

五月二十四日、慶喜は粘りに粘って、ついに勅許を得てしまった。無断開港を口実に、一挙に政治の潮流を倒幕へ傾けようとしていた薩長の画策は、完全に躱された。

慶喜をかねてより端倪すべからざる相手と目していた薩摩藩は、慶喜の政治的手腕を見せつけられて、もはや武力対決以外にはないと決意したのである。

だが、慶喜は薩摩の意図を見越して、これを上回る仕掛けを準備していた。

慶喜の手並みに脅威をおぼえたのは薩摩藩だけではない。孝明帝の崩御によって潮流が変わると観測していた伊東は、当てがはずれてしまった。変わるどころか、斜陽の幕府が慶喜体制のもと、ふたたび息を吹き返したように見える。

新選組を牽制するために御陵衛士などというご大層な職名を有り難く奉戴して、先帝の墓の番人などを務めているが、先帝の墓を狙う者などあろうはずもなく、要するに有名無実の遊休の群に過ぎない。

辣腕の慶喜によって徳川絶対体制が復活すれば、もはや伊東らの出る幕はなくなる。伊東は次第に焦ってきた。

伊東の焦燥に追い打ちをかけるように、近藤は大御番組頭取格、土方は同大御番組頭格、以下幹部、平隊士全員大御番組並に召し抱えられ、晴れて直参旗本に取り立てられた。

近藤の格式は御目見以上であり、禄高三百俵、御役料として月五十両であるが、十万石大名並みの、しかも幕府最精鋭の兵力を擁して、その発言力は幕閣においてますます大きくなった。

だが、新選組の幕臣取り立てに、佐野七五三之助、茨木司ら十名は反対した。かねてより伊東に心を寄せていた佐野グループは、自分たちが遵守するものは局中法度のみであって、幕府の家臣になるつもりはないと主張して、打ち揃って新選組から出て行った。

局中法度の規定する局は幕府ではない。したがって、近藤以下が幕臣に取り立てられた時点から、局はなくなったことになる。近藤自ら局を否定して、幕府丸抱えとなったので、佐野グループの離隊を止めることができない。

新選組を出た佐野グループは、伊東を頼ってきたが、これ以上、近藤、土方を刺激することを恐れた伊東は、彼らの受け入れを婉曲に断った。

行き場を失った佐野グループは、会津藩に相談した。

会津本陣に留め置かれた佐野グループを、内報を受けた新選組は、大石鍬次郎以下、刺客集団を送って、佐野、茨木、中村、富永、四名の首謀者を一気に誅殺した。四名は会津藩邸において切腹したと伝えられた。

佐野グループの誅殺は、伊東の新選組に対する敵意をさらに強くした。伊東はその敵意を、国民一和、富国強兵策以下、三十二項目にわたる建言書に書きつらねて、議奏柳原前大納言光愛（そうやなぎわらさきのだいなごんみつなる）を通して奏上した。

これは近藤の建白書とまったく対立する意見であり、新選組と幕府に対する伊東の挑戦状であった。

三

江戸から与吉こと、いまは三河屋の当主友右衛門が上洛して来た。友右衛門は部屋住時代、江戸城のお堀端で主膳と不遇の竿を並べていた仲であるが、三河屋の店主の座を継ぐと同時に、持って生まれた商才を遺憾（いかん）なく発揮して、三河屋を幕府第一等の御用達から、諸藩の市場を商圏におさめた巨大商社に押し上げた。

友右衛門は時代の潮流を敏感に読んで、幕府の鎖国政策から世界への門戸開放に先んじて、幕府の政商に留まらず、海外市場を視野に入れていた。このたびの上洛も、仏蘭以下、諸外国との交易および諸藩の市場調査を兼ねて、長崎、九州へ旅程を延ばす予定であった。

友右衛門は主膳との再会を喜び、三人を一夜、島原へ招待した。島原第一の遊廓「角屋（すみや）」を惣仕舞（そうじまい）（買い切り）にして、三人を接待した。

角屋の二階、翠簾の間二十二畳、扇の間二十五畳、以下十余室の各部屋仕切りの襖を取り払い、通しの部屋とし、そこに大夫から天神、鹿恋、新造、禿、遣り手、幇間、針（裁縫女）、真魚箸（料理人）、妓夫太郎に至るまで、漏れなく惣花をまき（祝儀を配る）、遊興する。

友右衛門らしい豪放な惣仕舞に、このような場所が初めての三人は、度肝を抜かれた。

満楼に灯が競い、きらびやかな衣装をまとった遊女が客に侍り、その豪壮華麗さは天上からこの地上に迷い込んで来たかのようなきらめきによって満たされたように見えた。

主膳のかたわらには島原随一の名妓と謳われた薄墨大夫がふんわりと寄り添った。主膳は薄墨大夫が侍ったとき、あたかも天上の光に柔らかく包み込まれたような気がした。内記と平四郎にも薄墨に準ずる名妓が侍っている。

ほのかに高雅な香りが全身を包み込み、雲の上を漂流しているように陶然となった。まぶしくて、薄墨の顔もよく見られない。

大夫は容姿が美しいだけではなく、高度の教養と芸能を身につけ、客のいかなるリクエストにも応じてもてなす技術を身につけている。一般の客には手の届かぬ高嶺の花で、大名、公卿、豪商たちが呼ぶことができた。

当世随一の名妓薄墨を呼んで惣仕舞にする費用は莫大なものである。これを友右衛門は商用の接待ではなく、主膳ら三人をもてなすために惜しげもなく投じた。羽化登仙とはこのような気分を言うのであろうか。

夢見心地の間に、ようやく目が慣れたように薄墨の顔を確かめた。

「そなたは……」

後光に包まれたような薄墨に、主膳は記憶のある面影を認めて驚いた。

薄墨は主膳の驚きに反応するように艶然と微笑んだ。内親王の陰供をして、沓掛宿に宿泊したとき、質の悪い助郷人夫に捕まって難儀していた奥女中を助けてやった。彼女はたしか冬乃と名乗った。その冬乃と薄墨の顔がぴたりと重なった。

だが、主膳は直ちに人ちがいであることを悟った。瓜二つではあるが、江戸城の奥女中が幼女の禿のころから厳しく仕込まれ、大夫に出世して、天下の高級客を接待しているはずがない。

「旦那、隅に置けませんねえ。天下の薄墨大夫となにやらいわくがありそうではありませんか」

友右衛門が事情を察したように冷やかした。

「まあ、三河屋はんのお察しのよいこと。友右衛門様には隠し事ができんせん」

薄墨が当意即妙に調子を合わせた。

酒がまわり、弦歌がさんざめき、幇間が踊り始め、座は賑やかに盛り上がってきた。

友右衛門は巨店の主らしく、遊女に注がせた盃を悠然と口に運びながら、

「こうして旦那と並んでいますと、お堀端や大川端で釣り竿を並べていたころをおもいだします。おもえばあのころが一番楽しゅうございました」

友右衛門はしみじみと言った。

「友右衛門殿、左様なことを言ってはいかぬ。ご貴殿はもはや一人の身体ではない。三河屋という幕府の懐を支える大店の主人じゃ」

主膳は言った。

「私は商人の子に生まれ、生まれついての商人でございます。三河屋の暖簾を継いだからには、三河屋を大きくしていくつもりでございます。武家にとって腰の物が魂であるように、商人にとっては金が魂でございます。三河屋の扱う金は公儀の御勘定を賄うと言っても言い過ぎではございますまい。けれども、旦那と堀端や大川端に釣り竿を並べていたころのように、商人以外の別の生き方はなかったのかと、ふと考えることがございます。起きて半畳、寝て一畳。だれも知る者もいない小さな町に、好

きな女と二人でひっそりと生きる暮らしを、ただいまの金、金、金に囲まれた生きざまから、ふと覗いてみたいような気になることがあります」

天下の経済を動かす巨商の面に、臆面もなく郷愁が揺れている。現在の境遇に不満があるわけではないが、大屋台を支える責任の重圧に耐えながら、シンプルな人生の選択肢に心を惹かれることがあるのであろう。

主膳には友右衛門の心情がよくわかった。隠居して家の中に居場所もなく、町の空き地に日向を探してうずくまっていた身が、桜田門外の変に行き合わせたときから、修羅の道へ踏み込んでしまった。

友右衛門のように若ければ人生の選択とも言えようが、先の見えた隠居の身では、どの道を選ぼうとさしたるちがいはない。主膳らは死出の花道として、この修羅の道を選んだのである。その選択に悔いはない。

だが、堀端や大川端に友右衛門と共に無心に竿を並べていたときが懐かしいことも事実である。友右衛門のいまの生きざまには金のにおいが立ち込めており、主膳らには血のにおいがある。堀端や大川端ののどかな水のにおいとは別世界のものであった。

「旦那とこんな話をしておりますと、骨の髄まで染みた金っ気を洗い落とされるような気がしますよ」

二人の会話を薄墨は優しく見守っている。

このとき、主膳は友右衛門が心身に染みついた金気を洗い流すために、この豪勢な遊興をしているのではないかとおもった。

一時ほど賑やかに歓を尽くして、遊女屋へ席を移そうとした矢先、友右衛門は、

「よけいなことかもしれませぬが、薄墨にはすべて申し含めてあります。旦那のお好きなようになさってくださいまし」

とささやいた。

大夫はどんな上客でも、初会で客と褥を共にしない。どんなに金を積まれても、意に染まぬ客は拒む。それだけの見識を持っている。

都で当代随一の聞こえ高い薄墨大夫を意のままに操る友右衛門の実力を、主膳は改めて見せつけられたおもいであった。

四

慶応三年十月十四日、慶喜はかねてより胸に温めていた大仕掛けを実行した。大政

奉還の上意奏請である。

現在、朝幕二元化している政権を、「朝権一途に帰し奉る」と朝廷に大政奉還を奏上した。

だが、鎌倉幕府以来、実権は幕府、名目は朝廷という分権に慣れた朝廷に、政治能力がないことはわかっている。せっかく奉還された政権を摂政という形で幕府に再委任してくることはわかっている。諸藩連合政権ということになれば、依然として最大の兵力を擁している幕府主導となる。そうなれば、慶喜の本領を遺憾なく発揮して、幕府の絶対君主制を復活させる。

薩長の倒幕目的は、幕府から政権の奪取にある。その政権を幕府の方から朝廷に奉還するというのであるから、薩長は倒幕の意義を失ってしまう。薩長の武力倒幕の鉾先を巧妙に躱して、徳川の権勢を復活しようという慶喜が打った大芝居であった。

上方に滞陣している一万五千の幕府の大兵力は、慶喜の大芝居を支える〝圧力集団〟となっている。

だが、薩長の本命目的は幕府からの政権奪取に留まらず、幕府そのものの息の根を止めることにあった。慶喜の芝居に瞞着されて、おとなしく引き下がるはずがない。

十一月下旬、薩長両藩は大兵力を動員して、京都および西宮に進駐して、幕軍と睨み合った。兵力において幕軍が優勢であるが、兵備は薩長両軍の方が近代化されている。いまや一触即発の予断を許さぬ形勢になった。

十一月十五日、京都市中に大事件が勃発した。

薩長連合の立役者坂本龍馬が中岡慎太郎と共に、なに者かにその宿所四条蛸薬師の近江屋で暗殺されたのである。下手人として新選組が容疑者の最右翼に置かれたが、新選組の犯行ではなかった。

たしかに坂本龍馬は新選組にとって許すべからざる人間であったが、いまさら坂本を討ったところで、薩長連合が解消するわけでもなく、いたずらに両藩や公武合体派の土佐藩の怨みを集めてしまう。坂本は新選組にとって敵性人物であるが、すでに殺すメリットを失った過去の人物であった。

新選組は見境いのない人斬り集団ではない。冷徹な戦略、戦術によって動く幕府最精強のゲリラである。いまやそのゲリラが組織化され、軍としての体制を取っている。新選組がそんな無益の殺生をするはずもなかった。

坂本龍馬暗殺の報は、伊東派にも深刻な衝撃をあたえた。

実は伊東甲子太郎は藤堂平助を同道し、坂本が暗殺された当日、坂本を訪問して、新選組や見廻組の過激派が狙っているゆえ、安全のために当分の間、市中の宿から土佐藩邸へ移ってはどうかと忠告したばかりであった。

坂本は伊東の忠告を感謝したが、動こうとはしなかった。伊東と藤堂が訪問した後の当夜、坂本は暗殺されたのである。それだけに伊東の衝撃は大きかった。坂本が伊東の忠告を素直に受けていれば死なずにすんだのである。

伊東は悔しかった。伊東の忠告に対して坂本は、

「拙者の身をご案じくだされ、忝のう存ずる。なんちゃあ当方にもちくっと（少しは）手立てもありますれば、むざとは討たれ申さぬ。ご懸念ご無用にしとおせ」

と笑っていた。

坂本は千葉道場で鍛えた北辰一刀流の遣い手でもある。腕におぼえがあるだけに、伊東の忠告を深刻に取らなかったのであろう。

伊東自身、風雲に乗じた策士であるが、坂本の大局に立った視野と戦略には舌を巻いている。薩長連合の演出をし、「亀山社中」を組織、これを「海援隊」と改め、世界を視野に入れている。このような人物こそ、これからの日本に必要な人材と属目していただけに、伊東の忠告が受け入れられず、残念であった。

坂本が暗殺された当日、伊東が訪問して、新選組が狙っているので藩邸に避難する

ようにと忠告したことは、斎藤一から逸速く近藤や土方に報告された。

新選組は激怒した。坂本は敵性人物ではあるが、もはや新選組の的ではなかった。

「江戸の川向こうでくすぶっていた身が、京へ出て来られたのはだれのおかげか。恩を仇で返すとはこのことよ」

これまで土方のなだめ役に回っていた近藤が憤激した。

「伊東、許すべからず」の気運が坂本暗殺と共に一挙に高まった。だが、新選組の手を直接汚すのはいかにもまずい。世間には同士討ちと映るであろうし、御陵衛士に手を下せば新選組が菊の紋章に刃を向けたことになってしまう。

「月真院の裏山に隊が装備している砲二門を引き揚げ、門前南北に小銃隊を配し、相呼応して一挙に葬れ」

近藤は命じた。さすがの土方も近藤の乱暴な作戦に驚いて、

「そんなことをしたら、菊の紋章に砲口を向けた者として、新選組だけではなく、会津藩、幕府までも逆賊にして、薩長のおもう壺にはまってしまう。かねて申し合わせの通り事を運ぼう」

と土方が逆に近藤のなだめ役に回った。


（下巻につづく）

（この作品『虹の生涯（上）――新選組義勇伝』は
平成二十年十月、中央公論新社より文庫版で
刊行されたものです）

虹の生涯（上）

一〇〇字書評

切り取り線

購買動機（新聞、雑誌名を記入するか、あるいは○をつけてください）	
□（　　　　　　　　　）の広告を見て	
□（　　　　　　　　　）の書評を見て	
□ 知人のすすめで	□ タイトルに惹かれて
□ カバーが良かったから	□ 内容が面白そうだから
□ 好きな作家だから	□ 好きな分野の本だから

・最近、最も感銘を受けた作品名をお書き下さい

・あなたのお好きな作家名をお書き下さい

・その他、ご要望がありましたらお書き下さい

住所	〒				
氏名		職業		年齢	
Eメール	※携帯には配信できません	新刊情報等のメール配信を 希望する・しない			

この本の感想を、編集部までお寄せいただけたらありがたく存じます。今後の企画の参考にさせていただきます。Eメールでも結構です。

いただいた「一〇〇字書評」は、新聞・雑誌等に紹介させていただくことがあります。その場合はお礼として特製図書カードを差し上げます。

前ページの原稿用紙に書評をお書きの上、切り取り、左記までお送り下さい。宛先の住所は不要です。

なお、ご記入いただいたお名前、ご住所等は、書評紹介の事前了解、謝礼のお届けのためだけに利用し、そのほかの目的のために利用することはありません。

〒一〇一－八七〇一
祥伝社文庫編集長　坂口芳和
電話　〇三（三二六五）二〇八〇

祥伝社ホームページの「ブックレビュー」からも、書き込めます。

http://www.shodensha.co.jp/bookreview/

祥伝社文庫

虹(にじ)の生涯(しょうがい)(上)——新選組義勇伝(しんせんぐみぎゆうでん)

平成30年12月20日　初版第1刷発行

著　者　森村誠一(もりむらせいいち)

発行者　辻　浩明

発行所　祥伝社(しょうでんしゃ)

東京都千代田区神田神保町3-3
〒101-8701
電話　03（3265）2081（販売部）
電話　03（3265）2080（編集部）
電話　03（3265）3622（業務部）
http://www.shodensha.co.jp/

印刷所　堀内印刷
製本所　ナショナル製本
カバーフォーマットデザイン　芥　陽子

造本には十分注意しておりますが、万一、落丁・乱丁などの不良品がありましたら、「業務部」あてにお送り下さい。送料小社負担にてお取り替えいたします。ただし、古書店で購入されたものについてはお取り替え出来ません。

Printed in Japan ©2018, Seiichi Morimura ISBN978-4-396-34483-2 C0193